La sonrisa etrusca

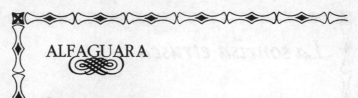

ALFAGUARA

José Luis Sampedro

La sonrisa etrusca

ALFAGUARA

JOSE LUIS SAMPEDRO
DE ESTA EDICION:

ALFAGUARA

1985, EDICIONES ALFAGUARA, S. A.
1986, ALTEA, TAURUS, ALFAGUARA, S. A.
1992, SANTILLANA, S. A.

JUAN BRAVO, 38
28006 MADRID
TELEFONO (91) 322 47 00
TELEFAX   (91) 322 47 71

• Aguilar, Altea, Taurus, Alfaguara S. A.
Beazley 3860. 1437 Buenos Aires
• Aguilar, Altea, Taurus, Alfaguara S. A. de C. V.
Avda. Universidad, 767, Col. del Valle,
México, D.F. C. P. 03100
• Ediciones Santillana, S. A.
Carrera 80 Nº 10-23
Bogotá, Colombia

I.S.B.N.: 84-204-2180-4
DEPOSITO LEGAL: M. 34.442-1997
Impreso en España - Printed in Spain

© CUBIERTA:
APOLO DE VEIES
TRATAMIENTO DE IMAGEN DE JESUS SANZ
© SOBRECUBIERTA:
JESÚS SANZ

© FOTO: ANNA LOSCHER

PRIMERA EDICION: MAYO 1985
QUINCUAGESIMA EDICION: MARZO 1997
QUINCUAGESIMOPRIMERA EDICION: OCTUBRE 1997

La sonrisa etrusca

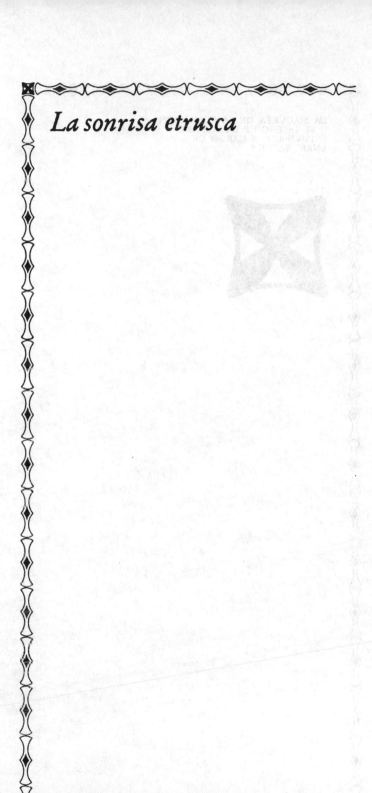

LA MAQUETA DE LA COLECCION
Y EL DISEÑO DE LA CUBIERTA
ESTUVIERON A CARGO DE
ENRIC SATUE ®

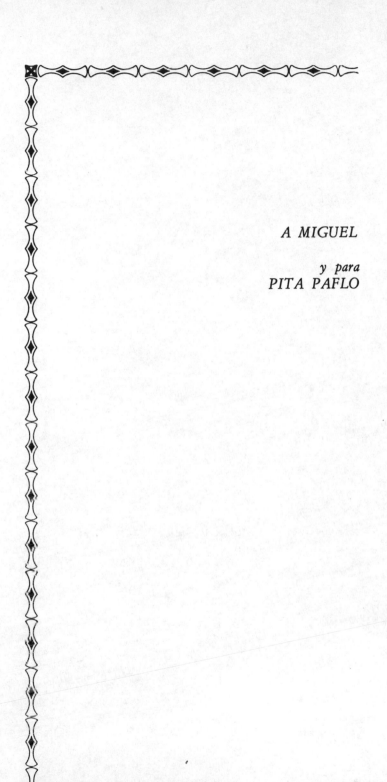

A MIGUEL

y para
PITA PAFLO

En el museo romano de *Villa Giulia* el guardián de la Sección Quinta continúa su ronda. Acabado ya el verano y, con él, las manadas de turistas, la vigilancia vuelve a ser aburrida; pero hoy anda intrigado por cierto visitante y torna hacia la saleta de *Los Esposos* con creciente curiosidad. «¿Estará todavía?», se pregunta, acelerando el paso hasta asomarse a la puerta.

Está. Sigue ahí, en el banco frente al gran sarcófago etrusco de terracota, centrado bajo la bóveda: esa joya del museo exhibida, como en un estuche, en la saleta entelada en ocre para imitar la cripta originaria.

Sí, ahí está. Sin moverse desde hace media hora, como si él también fuese una figura resecada por el fuego y los siglos. El sombrero marrón y el curtido rostro componen un busto de arcilla, emergiendo de la camisa blanca sin corbata, al uso de los viejos de allá abajo, en las montañas del Sur: Apulia o, más bien, Calabria.

«¿Qué verá en esa estatua?», se pregunta el guardián. Y, como no comprende, no se atreve a retirarse por si de repente ocurre algo, ahí, esta mañana que comenzó como todas y ha resultado tan distinta. Pero tampoco se atreve a entrar, retenido por inexplicable respeto. Y continúa en la puerta mirando al viejo que, ajeno a su presencia, concentra su mirada en el sepulcro, sobre cuya tapa se reclina la pareja humana.

La mujer, apoyada en su codo izquierdo, el cabello en dos trenzas cayendo sobre sus pechos, curva exquisitamente la mano derecha acercándola a sus labios pulposos. A su espalda el hombre, igualmente recostado, barba en punta bajo la boca faunesca, abarca el talle femenino con su brazo derecho. En ambos cuerpos el rojizo tono de la arcilla quiere delatar un trasfondo sanguíneo invulnerable al paso de los siglos. Y bajo los ojos alargados, orientalmente oblicuos, florece en los rostros una misma sonrisa indescriptible: sabia y enigmática, serena y voluptuosa.

Focos ocultos iluminan con dinámico arte las figuras, dándoles un claroscuro palpitante de vida. Por contraste, el viejo inmóvil en la penumbra resulta estatua a los ojos del guardián. «Como cosa de magia», piensa éste sin querer. Para tranquilizarse, decide persuadirse de que todo es natural: «El viejo está cansado y, como pagó la entrada, se ha sentado ahí para aprovecharla. Así es la gente del campo.» Al rato, como no ocurre nada, el guardián se aleja.

Su ausencia adensa el aire de la cripta en torno a sus tres habitantes: el viejo y la pareja. El tiempo se desliza...

Quiebra ese aire un hombre joven, acercándose al viejo:

—¡Por fin, padre! Vámonos. Siento haberle tenido esperando, pero ese director...

El viejo le mira: «¡Pobre chico! Siempre con prisa, siempre disculpándose... ¡Y pensar que es hijo mío!»

—Un momento... ¿Qué es eso?

—¿Eso? *Los Esposos.* Un sarcófago etrusco.

—¿Sarcófago? ¿Una caja para muertos?

—Sí... Pero vámonos.

—¿Les enterraban ahí dentro? ¿En eso como un diván?

—Un triclinio. Los etruscos comían tendidos, como en Roma. Y no les enterraban, propiamente. Depositaban los sarcófagos en una cripta cerrada, pintada por dentro como una casa.

—¿Como el panteón de los marqueses Malfatti, allá en Roccasera?

—Lo mismo... Pero Andrea se lo explicará mejor. Yo no soy arqueólogo.

—¿Tu mujer?... Bueno, le preguntaré.

El hijo mira a su padre con asombro. «¿Tanto interés tiene?» Vuelve a consultar el reloj.

Milán queda lejos, padre... Por favor.

El viejo se alza lentamente del banco, sin apartar los ojos de la pareja.

—¡Les enterraban comiendo! —murmura admirado... Al fin, a regañadientes, sigue a su hijo.

A la salida el viejo toca otro tema.

—No te ha ido muy bien con el director del museo, ¿verdad?

El hijo tuerce el gesto.

—Bueno, lo de siempre, ya sabe. Prometen, prometen, pero... Eso sí, ha hecho grandes elogios de Andrea. Incluso conocía su último artículo.

El viejo recuerda cuando, recién acabada la guerra, subió él a Roma con Ambrosio y otro partisano («¿cómo se llamaba, aquel albanés tan buen tirador?..., ¡maldita memoria!») para exigir la reforma agraria en la región de la Pequeña Sila a un dirigente del Partido.

—¿Te ha acompañado hasta la puerta dándote palmadas en el hombro?

—¡Desde luego! Ha estado amabilísimo.

El hijo sonríe, pero el viejo tuerce el ceño. Como entonces. Fueron precisos los tres muertos de

la manifestación campesina de Melissa, junto a Santa
Severina, para que los políticos de Roma se asustaran
y decidieran hacer algo.

Llegan hasta el coche en el aparcamiento y se
instalan dentro. El viejo gruñe mientras se abrocha el
cinturón de seguridad. «¡Buen negocio para unos cuantos! ¡Como si uno no tuviera derecho a matarse a su
gusto!» Arrancan y se dirigen hacia la salida de Roma.
A poco de pagar el peaje, ya en la *Autostrada del Sole,*
el viejo vuelve a su tema mientras lía despacio un cigarrillo.

—¿Enterraban a los dos juntos?

—¿A quiénes, padre?

—A la pareja. A los etruscos.

—No lo sé. Puede.

—¿Y cómo? ¡No iban a morirse al mismo
tiempo!

—Tiene usted razón... Pues no lo sé... Apriete
ahí, que sale un encendedor.

—Déjate de encendedores. ¿Y la gracia del fósforo?

El viejo, efectivamente, frota y enciende con
habilidad en el hueco formado por sus manos. Arroja
el fósforo al exterior y fuma despaciosamente. Silencio desgarrado tan sólo por zumbido de motor, susu-
rrar de neumáticos, algún imperioso bocinazo. El coche empieza a oler a tabaco negro, evocando en el hijo
recuerdos infantiles. Con disimulo baja un poco el cristal de la ventanilla. El viejo entonces le mira: nunca
ha podido acostumbrarse a ese perfil delicado, herencia
materna cada año más perceptible. Conduce muy serio, atento a la ruta... «Sí, siempre ha sido un chico
muy serio.»

—¿Por qué reían de esa manera tan..., bueno,
así? ¡Y encima de su tumba, además!

—¿Quiénes?

—¡Quiénes van a ser! ¡Los etruscos, hombre, los del sepulcro! ¿En qué estabas pensando?

—¡Vaya por Dios, los etruscos!... ¿Cómo puedo saberlo? Además, no reían.

—¡Oh, ya lo creo que reían! ¡Y de todo, se reían! ¿No lo viste?... ¡De una manera...! Con los labios juntos, pero reían... ¡Y qué bocas! Ella, sobre todo, como... —se interrumpe para callar un nombre (Salvinia) impetuosamente recordado.

El hijo se irrita. «¡Qué manía! ¿Acaso la enfermedad está ya afectándole al cerebro?»

—No reían, padre. Sólo una sonrisa. Una sonrisa de beatitud.

—¿Beatitud? ¿Qué es eso?

—Como los santos en las estampas, cuando contemplan a Dios.

El viejo suelta la carcajada.

—¿Santos? ¿Contemplando a Dios? ¿Ellos, los etruscos? ¡Ni hablar!

Su convicción no admite réplica. Les adelanta un coche grande y rápido, conducido por un chófer de librea. En el asiento de atrás el fugitivo perfil de una señora elegante. «Este hijo mío...», piensa el viejo. «¿Cuándo llegará a saber de la vida?»

—Los etruscos reían, te lo digo yo. Gozaban hasta encima de su tumba, ¿no te diste cuenta?... ¡Vaya gente!

Da otra chupada al cigarro y continúa:

—¿Qué fue de esos etruscos?

—Los conquistaron los romanos.

—¡Los romanos! ¡Siempre haciendo la puñeta!

El viejo se abisma en la vieja historia, recuerdos de la dictadura y de la guerra, de los políticos después, mientras el coche rueda hacia el norte.

El sol culmina su carrera, entibiando los cultivos otoñales. En una colina todavía vendimian cuando, allá en Roccasera, el mosto ya empieza a fermentar. Unos surcos desiguales llaman la atención del viejo: «Si uno de mis mozos me hiciera una labor así», piensa, «a patadas le echaba de mi casa». Cada detalle de las tierras tiene un significado para él, aunque sea un paisaje tan diferente. Más verde, más blando, para esa gente del Norte.

—Toda esta tierra era etrusca —exclama de pronto el hijo, deseando hacerse grato.

Al viejo le parecen aún más jugosos los campos. Al cabo de un rato se ve forzado a pedir algo:

—Cuando puedas paras un momento, hijo. Necesito echar abajo el pantalón. Ya sabes, la bicha que me anda por dentro.

El hijo vuelve a inquietarse con la grave enfermedad del padre, causa de que lo lleve a los médicos de Milán, y se reprocha haberla olvidado un rato por culpa de su propio problema. Cierto, el posible traslado a Roma de su mujer le importa mucho, pero lo de su padre es el final. Se vuelve hacia el viejo cariñosamente.

—En la primera ocasión. De paso tomaré un buen café para despejarme conduciendo.

—Puedo esperar, no te apures.

El hijo detalla el perfil de su padre. Aguileño todavía, pero ya la nuez se afila, guijarro atragantado, y los ojos se hunden. ¿Cuánto tiempo aún podrá contemplar ese rostro invulnerable que siempre le inspiró seguridad? La vida les ha distanciado, llevándoles a mundos diferentes y, sin embargo, ¡cómo echará de menos la sombra protectora del viejo roble! Puñalada de angustia: si hablara se le notaría la congoja. Al viejo no le gustaría.

Aparcan en una estación de servicios. El hijo

lleva el coche a repostar y cuando entra en el bar ya está su padre sorbiendo de una taza humeante.

—Pero ¡padre! ¿No se lo ha prohibido el médico?

—¿Qué más da? ¡Hay que vivir!

—¡Pues por eso!

El viejo calla y sonríe, paladeando su café. Luego empieza a liarse otro cigarrillo.

Reanudan la marcha y al cabo de unos minutos en la autopista leen la indicación de próxima salida hacia Arezzo, a la derecha.

—Fue una gran ciudad etrusca —explica el hijo cuando pasan junto al rótulo, dejándolo atrás.

Arezzo: el viejo retiene el nombre.

El coche retorna a la autopista desde un mesón de carretera donde los viajeros han cenado ligeramente. Por la llanura del Po la niebla se extiende como avanzadilla de la noche, enredando sus vedijas en las hileras de álamos. El viejo se adormila poco a poco: no retienen su atención esas tierras monótonas y blandas, huertos domesticados.

«Pobre», piensa el hijo, contemplando esa ladeada cabeza sobre el respaldo. «Está cansado... ¿Tendrá esperanzas de curarse?... Y, si no, ¿por qué viene?... Nunca creí que accediese a dejar su Roccasera; no me lo explico.»

Cuando el viejo abre los ojos ya es noche cerrada: el reloj del tablero, débilmente iluminado en verde, marca las diez y diez. Vuelve a cerrar los párpados como resistiéndose a enterarse. Le irrita volver a Milán. La vez anterior, recién enviudado, no pudo aguantar ni quince días, cuando le habían planeado los hijos un par de meses. Insoportable todo: la ciudad, los milaneses, el minúsculo pisito, la nuera... Y ahora, sin embargo, ¡hacia Milán!... «¡Con lo a gusto que me moriría en casa!», piensa. «¡Maldito Cantanotte! ¿Por qué no reventará él de una vez?»

—Buen sueñecito, ¿verdad? —le dice el hijo

cuando al fin el viejo decide moverse—. Ya estamos llegando.

Sí, ya están llegando a la trampa. Las ciudades, para el viejo, han sido siempre un embudo caza-hombres donde acechan al pobre los funcionarios, los policías, los terratenientes, los mercaderes y demás parásitos. La salida de la autopista, con su casilla de control para detenerse y entregar un papel, es justamente la boca de la trampa.

Empiezan los suburbios y el viejo mira receloso, a un lado y a otro, las tapias, hangares, talleres cerrados, viviendas baratas, solares, charcos... Humo y bruma, suciedad y escombros, faroles solitarios y siniestros. Todo inhumano, sórdido y hostil. Al bajar el cristal percibe un vaho húmedo apestando a basura y a residuos químicos. Se suelta el cinturón de seguridad y le alivia sentirse más desembarazado para reaccionar contra cualquier amenaza.

«Menos mal que la *Rusca* está hoy tranquila», piensa consolándose. A la enfermedad que le corroe la llama *Rusca,* nombre de un hurón hembra que le regaló Ambrosio después de la guerra: no hubo nunca en el pueblo mejor conejera. «Me tienes consideración, ¿eh, *Rusca?* Comprendes que venir a Milán ya es bastante duro. También para ti, lo sé. Si no fuera por lo que es, te aseguro que acabábamos los dos juntos allá abajo, en nuestra tierra.»

Recuerda el hociquito cariñoso —pero debajo colmillos ferocísimos— de aquella buena conejera. Se la mató un perro del Cantanotte. El recuerdo hace sonreír al viejo porque, en venganza, le cortó el rabo al perro y el otro se tragó el insulto. Además, poco después desvirgó a la Concetta, una sobrina del rival.

Ahora, a cada lado, les encajonan las casas. Muros por todas partes, menos hacia delante, para atraer al coche cada vez más hacia el fondo de la trampa.

Los semáforos se obstinan en regular un tráfico casi nulo a esa hora, los anuncios luminosos guiñan mecánicamente, como signos burlones. De vez en cuando, sorpresas inquietantes: el repiqueteo estrepitoso de un timbre que no alarma a nadie, el súbito fragor de un tren por el viaducto metálico bajo el cual pasan, o unos mugidos y un olor a estiércol inexplicables en pleno casco urbano.

—El matadero —aclara el hijo, señalando las tapias a la derecha—. Ahí compramos vísceras para la fábrica.

«Así que trampa también para los animales.»

Embocan una avenida. «¿Qué es aquella hoguera con mujeres moviéndose alrededor de las llamas, como brujas en el páramo?»

Un semáforo rojo les detiene justo al lado y una de las mujeres se acerca al coche, abre su chaquetón y exhibe sus tetas al aire.

—¿Os animáis, buenos mozos? ¡Tengo para los dos! —grita su pintada boca.

Cambia el semáforo a verde y el coche arranca.

—¡Qué vergüenza! —murmura el hijo, como si él tuviera la culpa.

«Pues como tetas, eran un buen par», piensa el viejo regocijado. «Ahora ponen mejor cebo en la trampa.»

El laberinto continúa encerrándoles. Al cabo el hijo frena y aparca entre los coches dormidos junto a la acera. Se apean. El viejo lee con extrañeza un rótulo en la esquina: *Viale Piave*.

—¿Es aquí? —comenta—. No recuerdo nada.

—La otra casa se quedó pequeña cuando nació el niño —explica el hijo mientras abre el maletero—. Este es mejor barrio; si podemos pagar un piso en él es gracias a que nuestras ventanas dan atrás, a la vía *Nino Bixio*. Andrea está encantada.

«¡El niño, claro!», piensa el viejo, reprochándose no haberle tenido más presente. Pero con la muerte de su mujer, y luego con su propia enfermedad, ¡han ocupado su cabeza tantas cosas...!

Cruzan un vestíbulo, con tresillo y espejo, deteniéndose ante el ascensor. Al viejo no le gusta, pero desiste de subir a pie, al saber que son ocho pisos: «¡Buena se pondría la *Rusca!*»

Llegados arriba el hijo abre despacio la puerta y enciende una suave luz, recomendando silencio al viejo porque el niño estará dormido. Aparece una silueta en el pasillo:

—¿Renato?

—Sí, querida. Aquí estamos.

El viejo reconoce a Andrea: su boca delgada y seria entre los marcados pómulos, bajo la mirada gris. Pero ¿no usaba antes gafas?

—Bienvenido a su casa, papá.

—Hola, Andrea.

La abraza y esos labios rozan su mejilla. Es ella, sí. Recuerda los huesos en la espalda, el pecho liso «¡Y sigue llamándome papá, a lo señoritingo!», piensa el viejo disgustado. No sospecha el esfuerzo que le ha costado a ella pronunciar la sacrosanta fórmula de bienvenida —Renato se lo encareció mucho—, pues le recuerda sus dos horribles semanas de recién casada en la salvaje Calabria, donde la analizaban todos como a un insecto bajo una lupa. ¡Las mujeres llegaban incluso a entrar en el patio con pretextos para ver colgada a secar la fina ropa interior de «la milanesa»!

—¿Cómo habéis tardado tanto?

El viejo reconoce también ese tono incisivo. Renato culpa a la niebla, pero Andrea ya no le escucha. Se aleja pasillo adelante, segura de que la siguen. Enciende una luz y da entrada al viejo en su cuarto, indicando a Renato el armario de pared donde se guardan las sábanas para el diván-cama.

—No tuve tiempo de prepararlo —concluye—; el niño tardó mucho en dormirse... Discúlpeme, papá, mañana doy mi clase a primera hora... Buenas noches.

El viejo contesta y Andrea se retira. Mientras Renato abre el armario, el viejo recorre esa celda con la mirada. Cortinillas tapando la ventana; una mesita con una lámpara, una estampa confusa con algo como pájaros; una silla...

Nada le dice nada, pero no se sorprende.

Mentalmente se encoge de hombros: No siendo allá abajo, ¿qué más le da?

El diván-cama se resiste a ser desplegado. El hijo forcejea y el viejo no sabe ayudarle, ni quiere tampoco relacionarse con semejante máquina, tan contraria a su vieja cama. La de toda la vida desde su boda: alta, maciza, dominando la alcoba como una montaña cuya cumbre fuese el copete de la cabecera en castaño pulido, cuyos prados los mullidos colchones, dos de lana sobre uno de crin, como en todo hogar que se respète... ¡Rotunda, definitiva, para gozar, parir, descansar, morir!... Evoca también otras yacijas de su agitada vida: la dura tierra de las majadas pastoriles, el jergón cuartelero, el heno seco de los pajares, la hierba extendida sobre roca en las cuevas cuando era partisano, los colchones campesinos de paja de maíz chascando como sonajas bajo el retozo amoroso... Todo un mundo ajeno a ese artefacto híbrido de la celda, con resortes agazapados como cepos loberos.

Al fin cede el mecanismo y el mueble se despliega casi de golpe. El hijo tiende las sábanas y pone una sola manta porque —advierte— hay calefacción. Al viejo le da igual: se ha traído su manta de siempre, adelgazada ya por medio siglo de uso. Imposible abandonarla; es su segunda piel. Le ha protegido de lluvias y ventiscas, ha sudado con él las mejores y peores horas de su vida, fue incluso condecorada con un agujero de bala, será su mortaja.

—¿Necesita algo más? —pregunta al fin Renato.

Necesitar, necesitar... ¡Todo y nada! Le sobra cuanto ve y, en cambio, ¡desearía tanto! Le apetece, sobre todo, un largo, largo trago de vino, pero del tinto de allá, recio y áspero, para gargantas de hombre; el de Milán será pura química... ¿Con qué podría quitarse el mal sabor de boca? Algo que sea verdad... Le asalta una idea:

—¿Tienes fruta?

—Unas peras buenísimas. De Yugoslavia.

El hijo sale y vuelve pronto con dos hermosas peras y un cuchillo, sobre un plato que deja en la mesilla. Luego hace asomarse a su padre al pasillo, para indicarle la puerta de la cocina —en el refrigerador hay de todo— y la del baño, más allá.

—Procure no hacer mucho ruido al lavarse cuando el niño duerma, porque su cuarto es justo al lado... Le verá usted mañana, ¿verdad?, no sea que ahora le despertemos. ¡Está más hermoso! Se parece a usted.

—Sí, mejor mañana —contesta el viejo, disgustado por esa observación final que le resulta aduladora. «¡Tonterías! Los recién nacidos no se parecen a nadie. No son más que niños. Nada, bultos que lloran.»

—Buenas noches, padre. Bienvenido.

El viejo se queda solo y su primer gesto es descorrer las cortinas: odia todo trapo de adorno. A través de los cristales ve un patio y, enfrente, otra pared con ventanas cerradas. Abre y se asoma. Arriba, lo que en Milán es el cielo nocturno: un bajo dosel de niebla y humo devolviendo la violácea claridad callejera de focos y neón. Abajo, un negro pozo despidiendo olor a comida fría, ropa mojada, cañerías, emanaciones de fuel...

Al cerrar se da cuenta de que abrió instintivamente, por un reflejo de tiempos de guerra: comprobar si la abertura puede servir de escapatoria. Resultado negativo. «Como en la Gestapo de Rímini... Aquellos días al borde del paredón, hasta que logré engañarles y me soltaron... ¡Gracias a que Petrone aguantó la tortura y no dijo una palabra! ¡Pobre Petrone!»

Las peras sobre la mesilla: de eso no había en el calabozo de Rímini. Coge una y saca su navaja, ignorando el cuchillo. Empieza a pelarla. «¡Malo, no huele!» Prueba un trozo: fría como el hielo y no sabe a nada, la pera de magnífica apariencia. «Las matan las cámaras.» Monda también la segunda sin catarla; sólo para que Renato vea mañana las peladuras. Después abre la ventana y arroja al pozo ambas frutas; un doble golpe sobre tejadillo metálico le llega desde abajo.

«¡Parece mentira que sean yugoslavas!», piensa mientras cierra, porque el nombre del país ha removido el recuerdo de Dunka. «¡Dunka! ¡Su cuerpo sí que era frutal, dulce, oloroso!» Y jamás fría, la tibia piel; siempre cálida, viva, la inolvidable compañera de lucha y de placer... ¡Oh, Dunka, Dunka! Esfumada su figura en los últimos tiempos, pero habitando siempre el viejo corazón, animándolo en cuanto reaparece desde el pasado...

Al desnudarse acaricia el viejo, como todas las noches, la bolsita colgada de su cuello, con sus amuletos contra el mal de ojo. Se mete en la cama después de tender encima su manta, apaga y arregla el embozo para ceñirlo alrededor de su cuello como en un saco de campaña.

«Yo también estoy vivo, Dunka... ¡Vivo!», re-

pite, paladeando la palabra. Y otro recuerdo reciente
se suma al antiguo de la mujer: «Tan vivo como la
pareja del museo, esta mañana... ¡Gran idea, esa tumba
de barro bien cocido, en vez de la madera que se pu-
dre...! Durar, como el aceite en mis tinajas...»

En su mar interior refluye la imagen de Dunka:
«En un diván no, pero en la cama sí que cená-
bamos como esa pareja, ella y yo, sin más luz que la
luna, por mor de los aviones y las rondas de la Gestapo... La luna resbalando sobre el mar como un camino derecho hacia nosotros... ¿Para qué más luz?
¡Con tocarnos, con besarnos...! ¡Y cómo nos besábamos, Dunka, cómo nos besábamos!»

Aún sonríe al recuerdo cuando le abraza el
sueño.

El viejo se despierta, como siempre, antes de amanecer. Allí se levantaría en seguida, para su ronda matinal: pisar la tierra húmeda todavía del relente nocturno, respirar aire recién nacido, ver ensancharse la aurora por el cielo, escuchar los pájaros... Allí sí, pero aquí...

«A estas horas estará levantándose Rosetta.. Mucho llorar ayer despidiendo a su padre, pero ya la habrá consolado el sinvergüenza del marido. ¡Bragazas de Nino, más falso que oro de gitano! ¿Qué vería en él mi hija para enamorarse como una tonta? ¡Mujeres, mujeres!... Menos mal que no han tenido hijos; les harían desgraciados. Pocos me dio mi Rosa; ser raza de ricos no la hizo buena paridora. Abortos, sí; cada año, pero logrados sólo tres, y el Francesco para nada, allá vive perdido en Nueva York. Sólo tengo este hijo de Renato, este chiquitín, ¿cómo se llamará? Mandaron la estampa del bautizo, claro, pero no estaba yo para acordarme, en pleno pleito por el Soto Grande con el Cantanotte... Seguro que Maurizio, Giancarlo, un nombre así, de señorito, al gusto de la Andrea... Bueno, al menos ha sido ella capaz de darme un nieto, mientras que el Nino...»

Por el pasillo le llega un llanto infantil, como si lo hubieran suscitado sus pensamientos. No suena irritado ni plañidero, sino rítmico, tranquilo: afirma una existencia. «Me gusta», piensa el viejo, «así lloraría yo si alguna vez llorase... ¿Esos pasos, la Andrea?... No, canturrea otra voz; es Renato... ¡Qué cosa!, todos los viejos se vuelven sordos, pero a mí se me afina el oído; valgo ahora más para escucha que cuando me tocaba de avanzadilla en la partida... Renato de niñero, ¡qué vergüenza! En este Milán los hombres no tienen lo que hay que tener, y Andrea me lo ha hecho milanés.»

La bicha, removiéndosele dentro, le apacigua. «Tienes razón, *Rusca,* ya todo da igual... Tienes hambre, sí, ¡paciencia! ¡Cómo hincaba el diente la otra *Rusca,* la difunta! Cuando vuelva Renato a su alcoba iré a echarnos comida a los dos; a lo mejor por hambre llora el crío, ¡ya podía levantarse la Andrea a darle lo suyo! Biberón, claro; otra cosa no tiene esa mujer.»

Cesa el llanto y oye a Renato volverse a la cama. El viejo se levanta, se pone el pantalón y pasa a la cocina. No enciende para no delatarse, le basta el difuso claror callejero. Abre el armario: en su despensa del pueblo le asaltaba una ráfaga de olores, cebolla y salami, aceite y ajos. Aquí, ninguno; todo son frascos, latas, cajas con etiquetas de colorines, algunas en inglés. Coge un paquete cuyo rótulo promete arroz, pero dentro aparecen unos granos huecos, medio tostados e insípidos.

En el frigorífico, el queso es un trozo amarillento, blando y sin sabor apenas; menos mal que puede mezclarlo con unos trocitos de cebolla encontrada en una caja hermética de plástico... El vino, toscano, y para colmo helado... Por todo pan, uno de fábrica: *panetto...* ¡Si al menos pudiera meter mano a una buena hogaza de verdad, del horno de Mario! ¡Qué sopas de leche!... Y eso negro en el cilindro transparente de ese chisme seguramente será café, pero ¿cómo se hace para calentarlo?

Alarma súbita: un despertador en la alcoba. La casa se anima y aparece Renato dando en voz baja los buenos días. Acciona el aparato del café y saca otro artefacto del armario, lo enchufa y pone a tostar dos trozos cuadrados de *panetto*. Escapa al baño y se oye correr el agua. Aparece Andrea y exclama destempladamente:

—Pero, ¡papá! ¿Qué hace levantado tan temprano?

Sale sin esperar respuesta y tropieza en el pasillo con su marido, susurrándose palabras uno a otro. Se multiplican los ruidos: grifos abiertos, gorgoteo en sumideros, choquecitos de frascos, ronroneo de afeitadora, la ducha... Luego el matrimonio en la cocina, estorbándose ambos al prepararse los desayunos. El viejo acepta una taza de ese café aguado y pasa al baño a lavotearse. A poco entra Renato:

—¡Padre, que tenemos agua caliente central!

—No quiero agua caliente. No aviva.

Renuncia a explicar al hijo que la fría le habla de regatos en la montaña, olor a hoguera recién encendida, visión de cabras ramoneando unas matas aún blancas de la escarcha. Entre tanto, los hijos van y vienen cautelosos desde la alcoba a la cocina, vistiéndose mientras muerden las tostadas salidas del aparato.

—Venga a ver al niño, padre. Vamos a cambiarle y a darle de comer.

«¿Será que dan leche los pezones de Andrea?», se extraña el viejo, pues no les ha visto preparar biberón.

Burlonamente intrigado sigue a Renato hasta la alcobita donde Andrea, sobre una mesa con muletón, concluye de cambiar al pequeño.

Atónito queda el viejo. Paralizado por la sorpresa. Nada de recién nacido, sino un niño ya capaz de estar sentado. Un niño que, intrigado a su vez por la aparición de ese hombre, rechaza con su manita la cucharada de papilla ofrecida por la madre y clava en el viejo sus redondos ojos oscuros. Suelta un gruñidito, manotea un momento y, al fin, se digna abrir la boquita a la comida.

—¡Qué grande! —acaba por exclamar el viejo.

—¿Verdad, papá? —se ufana la madre—. ¡Y solamente tiene trece meses!

«¡Trece meses ya!», piensa el viejo, sin rehacerse aún de la sorpresa... «Mi nieto, mi sangre, ahí, de pronto... ¿Cómo no lo supe antes?... ¡Está hermoso, ya lo creo!... ¿Por qué me mira tan serio, por qué manotea? ¿Qué querrá decirme?... ¿Fueron así mis hijos, este Renato y los otros?... ¡Ahora sonríe: qué carita de sinvergüenza!»

—Mira a tu abuelo, Brunettino; ha venido a conocerte.

—¿Brunettino? —exclama el viejo, otra vez sobrecogido por el asombro, llevándose la mano a su bolsita del cuello, única explicación posible del milagro—. ¿Por qué le habéis puesto Brunettino, por qué?

Le miran extrañados, mientras el niño suelta una risita. Renato lo interpreta mal y se disculpa:

—Perdone, padre; ya sé que al primero se le pone siempre el nombre del abuelo y yo quería Salvatore, como usted; pero Andrea tuvo la idea y se empeñó el padrino, mi compañero Renzo, porque Bruno es más firme, más serio... Perdone, lo siento.

El viejo le ataja, impulsivo, estrangulada la voz:

—¡Qué sentir ni qué perdón! ¡Pero si estoy gozando; le habéis puesto mi nombre!

Andrea le mira, atónita.

—Tú tenías que saberlo, Renato, que los partisanos me llamaban Bruno. ¿No te lo ha contado Ambrosio muchas veces?

—Sí, pero el nombre suyo es Salvatore.

—¡Tonterías! Salvatore me lo pusieron, quien fuera; Bruno me lo hice yo, es mío... ¡Brunettino! —concluye el viejo, susurrando, paladeando el diminutivo y pensando en la fuerza de su buena estrella, que inspiró la decisión de Andrea. Hasta le parece, mirando esos ojitos ahora pícaros, como si el niño lo comprendiera todo. ¿Y por qué no? ¡Todo es posible cuando sopla el buen viento de la suerte!

Tímidamente avanza un dedo hacia la mejilla infantil. No recuerda haber tocado jamás la piel de un niño tan pequeño. Si acaso cogió alguna vez a los suyos un momento, bien vestiditos, para mostrarlos a los amigos.

El puñito ligero, ávido como un polluelo de águila en el nido, apresa el dedo rugoso y pretende llevárselo a la boca. El viejo sonríe deleitosamente: «¡Qué fuerza tiene este bandido!» Le asombra descubrir que el niño posee músculos y nervios. ¡Cuántas sorpresas da el mundo!

Su dedo queda libre. El niño, atraído por el viejo, esquiva las cucharadas.

— Anda, tesoro, come un poquito más —pide la madre, mirando su reloj—. Por el abuelito.

Hoy es mañana de asombros: ¡resulta que Andrea consigue una entonación cariñosa! Pero el niño ladea enérgicamente la cabecita. De repente vomita una bocanada blancuzca.

—¿Está enfermo? —se alarma el viejo.

—Padre, por favor... —ríe Renato—. Es aire, un regüeldito. ¿Ve?, ya vuelve a comer... ¡Como si usted no hubiese tenido hijos!

«No, no los he tenido», comprende el viejo, advirtiendo que nunca ha vivido lo que está viviendo.

«En el pueblo los hombres no tenemos hijos. Tenemos recién nacidos, para presumir de ellos en el bautizo, sobre todo si son machos, pero luego desaparecen entre las mujeres... Aunque duerman en nuestra alcoba y lloren: eso es sólo para la madre... Luego sólo se notan como un estorbo si gatean por la casa, pero no cuentan hasta que no les vemos llevar el asno del ramal a darle agua o echar pienso en el corral a las gallinas: entonces es cuando empezamos a quererles si no se asustan del burro ni del gallo... Y las hijas, aún peor: no le nacen a uno hasta que empiezan a manchar cada mes y hay que andar con cien ojos para guardarles la honra... Así que tú eres el primer hijo, Brunettino, todos pendientes de ti, hasta tus padres olvidan sus prisas...»

—¿Quiere cogerle?

¿Así, de pronto?

Antes de que el viejo pueda prepararse ya tiene en sus brazos ese peso tan ligero, pero tan difícil de sostener. «Madonna, ¿cómo se sujeta esto?»

—Levántele más; así (le colocan bien al niño). ¡Ahueque los brazos, hombre! (se siente torpísimo)... La cabecita sobre el hombro de usted... (como en un baile *agarrao,* mejilla contra mejilla). Así echará el aire; y esta toalla sobre su chaqueta para que no le manche... Sin llorar, tesoro; es tu abuelito y te quiere mucho... Muévase adelante y atrás, padre... Eso, así, ¿ve cómo se calla?

El viejo se balancea cautelosamente. Andrea ha desaparecido. Renato se marcha —les vuelve la prisa— y el viejo se siente desconcertado como nunca, preguntándose qué emoción le posee... Por fortuna no le ve nadie del pueblo y no podrán reírse de él, pero ¿qué hace un hombre solo en tales casos?

Acerca su mejilla a la del niño, pero éste retira la suya, aunque ha bastado el contacto para conocer una piel más suave que la de mujer. ¡Y ese olor inefable envolviendo al viejo: blando, lechoso, tibio, con un punto agridulce de fermentación vital, como huelen de lejos los lagares! Olor tenue, dulzón y, sin embargo, ¡tan embriagante y posesivo!

El viejo se sorprende a sí mismo estrujando contra su pecho el cuerpecillo cálido y, asustado, afloja el abrazo por temor a ahogarle, para volver a estrecharlo en el acto, no se le vaya a caer... Este corderillo no tiembla, pero pesa como el Niño Jesús sobre San Cristóbal, uno de los pocos santos que le caen bien al viejo, porque era grande y fuerte y pasaba los ríos.

De pronto el niño da una patadita contra el vientre del abuelo, llenándole de un pasmo supersticioso, porque es el punto justo donde le muerde la bicha. ¿También comprende eso el niño? Gira rápido la cabeza para escrutar la carita y vuelve a rozar así la mejilla infantil, provocando gemidos de protesta que le descomponen más todavía.

—Es su barba, señor —dice una voz desconocida, mientras dos manos le alivian del tierno peso—. Soy Anunziata, la asistenta. Los señores acaban de marcharse.

La mujer acomoda diestramente al niño en su cunita.

—Tiene sueño; se dormirá pronto... Con su permiso, voy a continuar la limpieza.

Al viejo le sorprende algo... ¡Eso es! ¿Cómo no lo advirtió antes?

—¿Duerme ahí el niño? —y, ante el mudo asentimiento, insiste—: ¿También por las noches?... Pero —explota indignado—¿es que aquí en Milán estos niños tan pequeños no duermen con sus padres? ¿Quién les cuida, entonces?

—Eso era antes; cuando yo servía de niñera.
Ahora no; los médicos mandan que duerman solos.

—¡Qué barbaridad! ¿Y si lloran, y si les pasa
algo?

—A esta edad ya no... Mire, mejor que la señora no cuida nadie a un niño. Lo mide, lo pesa, lo
lleva al mejor doctor... ¡Y tiene un libro lleno de estampas que lo explica todo!

«¡Un libro!», piensa despreciativo el viejo,
mientras la mujer sale del cuarto. «Si hicieran falta
libros para eso, ¿cómo hubieran criado a sus hijos todas las buenas madres que no saben leer? Está claro:
¡por eso los crían mejor y no los echan lejos antes
de tiempo!»

Ahora le llena de compasión el pequeño rostro
adormilado, la manita aferrada al borde de la colcha
con bruscos movimientos de inquietud... «¡Qué indefenso le dejan!» Pasa su propia mano sobre su mejilla
y, en efecto, la barba le raspa.

«¡Pobrecillo, toda la noche solo! ¡Si todavía
no habla!... ¿Y si no le oyen llorar? ¿Y si le da un
cólico sin tener a nadie o un ahogo con la sábana?
¿Y si le muerde una rata o una culebra, como al mayor de Piccolitti? Bueno, aquí no hay culebras, no
aguantan en Milán, pero ¡ocurren tantas cosas...! ¡Brujas, que estará esto lleno, y de mucho aojador malna-
cido...! ¡Pobre inocente abandonado!»

Clava los ojos en ese misterio dormido en su
cuna. Después de tantos años, tres hijos en casa y sabe
Dios cuántos en nidos ajenos, le acaba de nacer el primer niño... ¿Qué va a pasar ahora?

De repente Brunettino alza los párpados y lanza una mirada agudísima. «¿Me estaría sintiendo el
pensamiento? Es una tontería, pero este niño...» Las
dos bolitas oscuras intimidan al viejo, que se encoge
como bajo el dedo del destino. Luego los párpados se

cierran lentamente, mientras florece en la boquita una sonrisa. El niño, confiándose a ese hombre, se entrega por fin a un sueño tranquilo.

El viejo respira hondo. Vuelve a asombrarle que Andrea no lo supiera y que, sin embargo, entre tantos nombres, eligiera ése... Susurra:

—Así que te llamas Brunettino, que serás Bruno...

Al día siguiente el viejo se echa a la calle.

—¿Sabrá volver, papá? Recuerde: 82, *viale Piave.*

Ni contesta. ¿Le toma por un palurdo? ¡Antes se perdería ella en la montaña!

Llega al final de la calle. Una gran plaza con intenso tráfico. Al otro lado unos jardines; por ahí no encontrará lo que busca. Retrocede dando rodeos por calles más pequeñas y prometedoras. Con sus hábitos de pastor se fija en detalles —escaparates, portales, rótulos— para recordar el camino seguido, porque en Milán el sol no se asoma a orientar a nadie. Al fin encuentra un barbero en una callecita. *Vía Rossini;* nombre de buen agüero. Su táctica ha dado resultado.

¡Sí, sí, buen agüero! Todo lo contrario. Ya le pone en guardia la aparatosa instalación, y le dan mala espina la untuosa palabrería y la insistencia en ofrecerle cosméticos. Aunque los rechaza todos, al final del servicio le piden seis mil liras por un simple afeitado.

¡Seis mil liras! ¡Y sin las manos ni el pulso de Aldu en Roccasera que, por la cuarta parte, le pasa además la piedra de alumbre y le deja la cara como un jaspe todos los miércoles y sábados!

—Ahí van cinco mil y sobra —pronuncia se-

camente, arrojando el billete sobre el mostrador de
los ungüentos—. No espero la vuelta por no seguir
ni un minuto más entre ladrones. ¡Ni Fra Diávolo,
que al menos se jugaba la vida!... ¿Alguien reclama?
—Oiga, caballero... —empieza el maestro.
Pero se calla al ver al viejo echar mano al bolsillo
con ademán resuelto.
—¡Déjele, jefe! —susurra un relamido joven
con batín verde.
Hay un largo silencio en torno al viejo inmóvil, centro de miradas que chocan contra él y rebotan.
Al fin, sale muy lentamente y se orienta hacia su casa.
Por el camino adquiere una sencilla maquinita de hojas. Renato le ha ofrecido su afeitadora eléctrica, pero
él sabe que algunos se electrocutan con eso en el cuarto de baño. Además, su maquinita no hace ruido y él
quiere afeitarse a diario sin despertar a nadie.
¡Qué fracaso, la barbería! Claro, ya el día empezó mal. A solas con Renato desayunándose, mientras Andrea se duchaba, le preguntó por qué no dor-
mía el niño con ellos, como han dormido toda la vida.
Renato sonrió, condescendiente:
—Ahora se les empieza a educar más pronto.
Deben dormir solos en cuanto llegan a esta edad, padre. Para que no tengan complejos.
—¿Complejos? ¿Y eso qué es? ¿Algo contagioso de los mayores?
Renato, piadosamente, conserva su seriedad y
se explica en palabras sencillas, al alcance de un campesino. En suma, hay que evitar su excesiva depen-
dencia de los padres. El viejo le mira fijamente:
—¿De quién van a depender entonces? ¡Si to-
davía no anda, no habla, no se puede valer!
—De los padres, claro. Pero sin exagerar...
Vamos, no se preocupe, padre; el niño está atendido
como es debido, lo hemos estudiado bien Andrea y yo.

—Ya… En ese libro, claro.

—Por supuesto. Y, sobre todo, guiados por el médico… Es así, padre; no hay que provocar demasiado cariño a esa edad.

El viejo calla. ¿Cariño a medias? ¿Qué cariño será ése? ¿Controlado, reservándose?… No estalla porque, después de todo, ellos son los padres. Pero así es como empezó mal el día, se sintió cabreado toda la mañana y, claro, se desahogó ante el robo en la barbería.

Afortunadamente, otro establecimiento le reconcilia con el barrio. Está en la vía *Salvini,* otra callecita donde, al pasar, le atrae una modesta portada de ultramarinos. Además, acaba de entrar una mujer con aspecto de saber comprar. Todo promete una tienda como es debido.

En efecto, nada más entrar le envuelven los olores del país: quesos fuertes, aceitunas en orza, hierbas y especias, frutas al aire, sin envoltorios transparentes con letreros ni cartón moldeado para hacer peso… Y, por si todo fuera poco, ¡qué mujer detrás del mostrador, qué mujer!

Cuarentona, la buena edad. Fresca como sus manzanas. Se excusa con la clienta recién llegada, evidentemente de confianza, y sonríe al nuevo comprador. con los ojos vivaces más aún que con la boca glotona.

—¿El señor desea?

Y la voz. De verdadera *stacca,* de buena jaca.

—¿Deseo? ¡Todo! —sonríe a su vez, señalando alrededor.

Porque la tienda es un tesoro: contiene justo lo que busca y mucho más, que nunca vio en otros escaparates. Tienen hasta verdadero pan: redondo, bastones, roscas e incluso el especial para rellenar con el sofrito chorreante de salsa de tomate que rebosa al morder. Como dice el refrán de Catanzaro: «Con el *morzeddhu* * comes, bebes y te lavas la cara.»

La señora sale del mostrador para atenderle. Buenas caderas, sin gorduras. Pantorrillas a modo, pero el tobillo fino. Y ese acento emocionante, que le impulsa a preguntar:

—Usted es del Sur, ¿verdad, señora?

—Como usted. Y de Tarento.

—Bueno, yo soy de junto a Catanzaro. Roccasera, en la montaña.

—¡Es igual! —ríe ella—. Apulia y Calabria, ¿eh?, ¡como éste y éste!

Empareja expresivamente los índices de cada mano, mientras insinúa un guiño. Ese gesto que acopla a ambas regiones parece unirles también a ellos dos en una equívoca complicidad.

El viejo escoge vituallas con calma, discute calidades y precios. Ella le atiende siguiéndole las bromas, pero sin darle confianzas excesivas, y le mira intrigada hasta que no puede callar:

—¿Cómo hace usted la compra? ¿Vive solo?

—¡No, vivo con mi nieto!... ¡Bueno, y sus padres!

Ha añadido vivamente la segunda frase y vuelve a pensar esas cuatro palabras —«Vivo con mi nieto»— jamás pronunciadas antes. «Cierto», se asombra, «es mi nieto. Soy su *nonnu*».

---

* Las expresiones calabresas en mi relato provienen de la obra *Catanzaro d'altri tempi* (E. P. per il Turismo di Catanzaro, 1982), a cuyo autor, Domenico Pitelli, me complace expresar mi gratitud por ellas y, además, por mi deleite como lector suyo, pues el libro —escrito enamoradamente y no sólo con erudición— conserva vivo en sus páginas el aroma de una noble ciudad y de sus tradiciones. Que los antiguos dioses de Calabria recompensen largamente al caballero Pitelli. *(J. L. S.)*

—Será bien guapo el chiquillo —adula ella, mirándole, calibrándole.

«¿Guapo? ¿Es guapo Brunettino?... ¡Preocupación de mujer! Brunettino es otra cosa. Brunettino es... el niño. Y ya está.»

—Vaya... —contesta evasivo, mientras piensa: «Esta sabe vender. Si me descuido me coloca lo que quiera, pero trabajo le mando. A mí no me engatusa nadie... Bueno, es lo suyo; vive de la gente.»

Recuerda a la mujer del Beppo, en el café, despachando bebidas, siempre rozagante con su buen buche. «Tú vendes con las tetas de tu mujer», dicen al marido los de confianza y él finge cabrearse para seguir la broma, porque su Giulietta es muy honrada y todos lo saben: la frase va sin mala intención. Además es verdad; el hombre ha tenido esa suerte como otros tienen otra. Pero esta mujer de la tienda es más fina. Fina, sí, ¡qué manos empaquetando y dando el cambio!

«¿Será tan honrada?», duda el viejo, que en eso siempre acierta. «Aquí en la ciudad es otra vida...» Pero le aflora en la mente otro tema obsesivo e interroga de pronto:

—Dispense mi pregunta, señora, pero es por mi nieto: ¿hasta qué tiempo han dormido con ustedes sus hijos pequeños?

—¡Ay, no hemos tenido hijos!... Dios no nos mandó ninguno.

«¿En qué estaría pensando Dios teniendo a mano esta hembra?», cavila el viejo mientras se disculpa, confuso. Ella quita importancia, comprendiendo... Y, para cortar el silencio, cambia de tema:

—Siento no poderle mandar su paquete a casa. Tenemos un chico para eso, pero hoy está enfermo. Y mi marido ha salido a reponer el género.

Una mujer con detalles: sabiendo que no está

bien en el hombre llevar paquetes por la calle. El viejo se despide:

—Adiós, señora…, señora…

—Maddalena, para servirle. Pero ¡nada de adiós! ¡*A rivederci!* Porque volverá usted, ¿verdad? Aquí tenemos de todo.

—¿Quién no volvería para verla?… Seguro, *a rivederci.*

Ya en la calle, aún le dura la sonrisa al viejo. Pero «¿cómo no habrá tenido hijos esa mujer, con tales carnes y del Sur?… En fin, no es cosa mía y da gusto tratarla. Además, la tienda es mi solución. De todo y a precios decentes. Desde ahora, siempre me amanecerá como Dios manda».

Lo tenía decidido desde que Andrea le retiró del armario su queso de cabra y su cebolla para el desayuno —«Jesús, papá, apesta el cuarto», exclamó ella— pretendiendo sepultarlo en las cajitas como ataúdes del frigorífico. Esconderá sus vituallas en los bajos del sofá-cama, entre los hierros de la complicada armadura, metidas en bolsas de plástico por el olor, que además ayudará a ocultar el cigarrillo, pues Andrea se resigna a que fume donde no anda el niño. Por suerte, de olfato andan muy mal su nuera y la asistenta. Se comprende: la vida milanesa muta los sentidos.

De modo que, a partir de ahora, se desayunará como los hombres, con olores y sabores de verdad, partidos con su navaja sobre auténtico pan y remojados en el buen tinto rascagaznates que Andrea no ha encontrado pretexto para rechazar en la cocina.

«Al menos por la mañana me libraré del *panetto,* de sus pastas preparadas para recalentar, de sus congelados y de todas las porquerías de fábrica… ¡Tú y yo, *Rusca,* comeremos siquiera una vez al día lo bueno de la tierra!»

Se sienta en un banco de la gran plaza y empieza a liar un cigarrillo para fumar fuera de casa. Algún transeúnte le mira con curiosidad. Al ir a pasar la lengua sobre el borde engomado del papel un pensamiento le detiene la mano en el aire:

«¡Pues puede que en esto lleve la razón Andrea y que no le siente bien el humo al niño...! ¿Tú qué dices, *Rusca?* El caso es que a ti te calma, pero el médico dice que a mí no me conviene. Y ahora, además del Cantanotte, necesito durar por Brunettino... Reconócelo, *Rusca,* el humo no es bueno para él, aunque sólo fumemos en mi cuarto.»

Moja el papel, pega el cigarrillo y lo enciende con un fósforo. Aspira parsimoniosamente, pero no le sabe como siempre. Se siente culpable fumando: es una traición a Brunettino.

Es un sacrificio ir suprimiendo el tabaco, pero en cambio son un gozo sus desayunos clandestinos, sobre todo el de tres días más tarde, cuando no debería comer nada. Le van a sacar sangre a las nueve para el análisis prescrito por el famoso doctor, a cuya consulta le llevó Andrea la víspera. Prescrito, en realidad, por la ayudante aquella o lo que fuese —tan gorda como Andrea es delgada, pero hablando lo mismo—, pues, tras mucha recepción organizada, espera, pasillos y otros ritos preliminares, no llegaron a penetrar en el santuario del médico. El viejo ríe, pensando cómo le va a gustar a Andrea, cuando se levante y aparezca en la cocina, ver con qué docilidad se abstiene de comer nada.

«Eso de ayunar antes de los análisis», piensa mientras paladea su requesón con cebolla y aceitunas, «son tonterías de los médicos. Teatro para cobrar más. Análisis, ¿para qué? De todos modos va a resultar malo, ¿verdad, *Rusca?* ¡Ya te encargarás tú!»

La sangre no la extraen en la consulta del famoso, sino en el Hospital Mayor. Le lleva Renato en su coche; tiene tiempo y le coge de paso hacia la fábrica, en la zona industrial de Bovisa. Aparca, entran y le guía por los corredores y ventanillas de la burocracia hospitalaria hasta la misma sala de espera, donde le repite una vez más sus instrucciones:

—Ya sabe, padre, a la salida tome un taxi en la misma puerta para volver a casa.

El padre escucha atento, pero su sonrisa se hace desdeñosa cuando Renato se aleja. «A estos muchachos de ahora me hubiera gustado verles durante la guerra, huyendo de los tedescos por una ciudad desconocida... ¡Tomar un taxi: en eso estoy pensando! ¡Lo menos diez mil liras!»

La señora Maddalena le explicó la víspera —esa mujer lo soluciona todo— que el autobús 51 pasa ante el Hospital y tiene parada en el *piazzale Biancamano* desde donde, por la vía *Moscova* y los jardines llegará derecho a su casa. Por eso hace oídos sordos a Renato y por eso otro paciente de su edad, que se ha dado cuenta de todo, le mira luego con ojos cómplices.

El viejo, por su gusto, se marcharía sin pincharse, pero el famoso doctor exigirá el análisis para seguir la rutina. «Rutina y comedia, eso es lo que me cabrea... ¿Me creen un viejo chocho? ¿Piensan que he venido a curarme? ¡Desgraciados! Si no fuera porque el hijoputa del Cantanotte todavía respira, ¡maldita sea!, cualquier día hubiera yo consentido en salir del pueblo, donde acabaría a gusto en mi cama, entre los amigos y con mi montaña a la vista, la *Femminamorta* tranquila bajo el sol y las nubes.»

Porque el Cantanotte respira, aunque ya no se tiene de pie, inmovilizado hasta la cintura por la parálisis. Pero sigue resollando, con sus gafas negras de fascista de toda la vida. El viejo hubo de afrontar esa visión el día de su marcha, porque el muy perro se hizo bajar a la plaza en un sillón por sus dos hijos, tan pronto alboreó. Allí se juntó con un grupo de aduladores, dándole conversación a la puerta del Casino, mientras llegaba el momento de disfrutar del gran espectáculo.

El gran espectáculo, el adiós del viejo, que ahora lo revive mientras aguarda que le llame la enfermera. La plaza, como en una amarillenta fotografía y, en su centro, el coche de Renato rodeado de chiquillos. Acota su desnivelado suelo un cuadrilátero irregular de fachadas expectantes cuyas puertas y ventanas, aun pareciendo cerradas, son implacables observatorios de la vida local y acechan aquel día el mutis final del viejo Salvatore. Especialmente enfrentados, como siempre, los dos lados mayores del rectángulo: el de la iglesia y el Casino, presidido por el Cantanotte, y el del café de Beppo con el Municipio, territorio del viejo y sus camaradas, con la vivienda del propio Salvatore, heredada del suegro, junto al café.

La luz matinal iba afirmándose mientras el viejo procuraba ganar tiempo, con la loca esperanza de que la parálisis del enemigo le subiera de pronto como espuma de gaseosa, hasta ahogar el odiado corazón; pero en vano tocaba su bolsita de amuletos por encima de la camisa, pidiendo ese milagro. El viejo había cogido ya su manta y su navaja, porfiaba con su hija sobre si se llevaba también la *lupara,* el antiguo retaco que fue su primera arma de fuego, su investidura de hombre. Renato se impacientaba al recordar el encargo de Andrea en Roma que les retraoaría. Cuando éstaba a punto de asomar el sol ya no aguantó más:

—Padre, ¿no será mejor que acerque el coche por detrás a la puerta del corral y salgamos de una vez?

La infamante proposición decidió al viejo, que fulminó a su hijo con la mirada. Dejó la *lupara,* besó a Rosetta, dirigió al yerno un vago gesto de la mano y decidió violento:

—¡Nos vamos, pero por la puerta grande! Y tú, Rosetta, como llores desde el balcón vuelvo a subir y te planto dos hostias. Si no puedes aguantarte, no te asomes.

El viejo bajó una vez más la escalera haciendo sonar sus pisadas de amo y emergió, más erguido que nunca, de las sombras del zaguán. Sus amigos acudieron desde el café, portándose como los hombres que eran: todo fueron sonrisas y proyectos para cuando Salvatore regresara curado. Renato se instaló al volante, aguardando impaciente.

Al fin el viejo se desprendió de su gente y se dirigió solo hacia el coche, lo que le aproximó al Casino. Avanzó mirando fijamente al sentado enemigo, a los dos hijos de pie junto al sillón, al sombrío grupo de secuaces.

—¡Adiós, Salvatore! —disparó entonces con sorna la cascada boca bajo las gafas negras.

El viejo se clavó en el suelo. Bien plantado, ligeramente separadas las piernas, dispuestos los brazos.

—¿Todavía puedes hablar, Domenico? —respondió con firme voz—. Mucho tiempo ya que ni rechistabas.

—Ya ves. Los que tenemos vida tenemos palabras.

—Pues entonces estabas muerto cuando le corté el rabo a tu perro *Nostero,* ¡porque no graznaste!

—Ya hablé por delante al matarte a tu *Rusca.* ¡Buena conejera, sí, señor! —repuso el paralítico, haciendo reír a sus adictos.

—¡Y también estabas muerto cuando deshonré a tu sobrina Concetta! ¡Muerto y podrido, como ahora! —escupió furioso el viejo, aferrando ya la navaja dentro de su bolsillo. En aquel momento deseó acabar allí de una vez: morir llevándose al otro por delante.

El súbito silencio de la plaza podía cortarse en el aire. Pero el Cantanotte había puesto a tiempo las manos sobre los antebrazos, ya nerviosos, de sus dos hijos. Y concluyó diciendo, con despectivo gesto de la gorda mano anillada:

—El tiempo le reparó la honra... Mejor de lo que los médicos te podrán arreglar a ti... ¡Anda, anda, buen viaje!

No hubo más.

«Todo está dicho», pensó el viejo en un relámpago. «Aquí todos lo sabemos todo. Que la Concetta casó por su dinero con un estraperlista de guerra y es ahora una señorona en Catanzaro. Que mi viaje acaba en el cementerio y el suyo no tardará en lo mismo. Que yo aún tengo tiempo de clavarle la navaja y sentirle morir debajo mientras sus hijos me apuñalan... ¿Para qué? Todo está dicho.»

Además, la pasividad del otro bando ante su desafío le dio derecho a subir digna y lentamente a su coche, cuya arrancada despidió una nube de polvo hacia los Cantanotte.

—Bien hecho, Renato —felicitó el viejo, satisfecho—. Y me gusta que te apearas por si acaso, pero yo me bastaba frente a esa mala raza

Sin embargo, algo no estaba en orden y le entristecía: la inexplicable ausencia de Ambrosio entre quienes le despidieron. Ninguno supo darle razón del partisano fraternal que le sacó de las aguas del Crati, donde se estaba desangrando, cuando el golpe de mano contra los alemanes de Monte Casiglio.

Pero Ambrosio estaba en su puesto, ¿cómo no había de estar? En el primer recodo monte abajo, junto al olmo de la ermita, esperando con su sempiterna ramita verde en la boca. El viejo hizo parar el coche y se apeó, exclamando alegremente:

—¡Hermano!... ¡Vaya con el Ambrosio!... ¿También tú vienes como todos a preguntarme por qué me marcho?

—¿Cuándo he sido yo tonto? —replicó Ambrosio con fingida indignación—. ¡Está claro! ¡No quieres que el Cantanotte vaya a tu entierro, si es que tienes esa mala fortuna! —añadió, haciendo la cuerna contra el mal de ojo con la mano izquierda.

Estallaron en una risotada.

—Ahora —añadió gravemente Ambrosio— tienes que aguantar para darte el gusto de acompañarle tú en el suyo. Y después, ¡hasta te invito al mío!

Compuso su acostumbrada mueca de payaso —su famoso tic, en pleno combate— y remachó:

—Aguanta como entonces, Bruno; ya sabes.

—Se hará lo que se pueda —prometió el viejo—. Como entonces.

En un súbito impulso se abrazaron, se abrazaron, se abrazaron. Metiendo cada uno en su pecho el del otro hasta besarse con los corazones. Se sintieron latir, se soltaron y, sin más palabras, el viejo subió al coche. Las dos miradas se abrazaron aún, a través del cristal, mientras Renato arrancaba.

Ambrosio levantó el puño y empezó a entonar para el viejo la vibrante marcha de los partisanos, mientras su figura se iba quedando atrás.

Cuando la escamoteó una curva, todavía en el pecho del viejo seguían cantando victoriosas las palabras de lucha y esperanza.

¡Nieva!

El viejo salta de la cama ilusionado como un niño: en su tierra la nieve es maravilla y juego, promesa de rico pasto y gordas reses. Al ver caer los copos se asoma a la ventana, pero en el fondo del patio no hay blancura. La ciudad la corrompe, como a todo, convirtiéndola en charcos embarrados. Se le ocurre no salir, pero cambia de idea: quizás en los jardines haya cuajado la nevada. Además, así se libra de Anunziata, que hoy viene antes porque Andrea tiene clases temprano.

No es que se entienda mal con ella; es que Anunziata es maniática de la limpieza y su invasión sucesiva de las habitaciones recuerda a los alemanes: ¡hasta lleva su aspiradora por delante como un tanque! El viejo se repliega de cuarto en cuarto, retirando además sus provisiones secretas del escondite bajo el diván-cama, mientras le limpian su habitación. Para colmo, ella no deja las cosas como estaban, sino que las reordena a su gusto. Menos mal que habla poco; prefiere escuchar al transistor que lleva a todas partes.

«¡Y cuántas tonterías suelta ese aparato!», piensa el viejo mientras ve caer la nieve por la ventana de la alcobita con el niño dormido. «Por fortuna apenas se entienden, en ese italiano del gobierno. Claro, el mismo de la televisión, allá en el café de Beppo, pero con la pantalla no importa, porque se comprenden las cosas viendo a los explicadores.»

Lo peor de Anunziata, sin embargo, es su solapada vigilancia para apartar al abuelo del niño. El viejo sospecha advertencias de Andrea contra posibles contagios de un enfermo que, además, es fumador. «¡Pero si cada día fumo menos!», se indigna. «Bien está que al niño dormido no se le despierte, pero ahora que ya empieza a moverse y manotear abriendo esos ojitos de zorrillo...»

—¡No le coja, señor Roncone! —advierte Anunziata, apareciendo de repente en la puerta—. A la señora no le gusta.

—¿Por qué? ¡La vejez no se contagia!

—¡Señor, qué cosas dice usted! Es que a los niños no hay que cogerles en brazos. Se acostumbran, ¿sabe? Lo dice el libro.

—¿Y a qué han de acostumbrarse? ¿A que nadie les toque?... ¡Libros! ¿Sabe usted por dónde me los paso? ¡Justo, señora, por ahí mismo!... ¡Libros! ¡Hasta a los cabritillos, que van solos a la teta apenas nacen, les lame la madre todo el día, y son animales!

—Yo hablo como me mandan —se retira muy digna la mujer.

El niño se acurruca en esos brazos y, riendo, procura asir los crespos cabellos grises. El viejo estrecha esa vida palpitante toda latido a flor de piel.

Los primeros días temía deformar esas carnecillas; ahora sabe que el niño no es tan blando. Diminuto, sí; menesteroso de ayuda, también; pero exigente, imperioso. ¡Cuánta energía cuando, de repente, estalla en gritos agudísimos, patalea y bracea violen-

tamente! Asombra esa voluntad total, esa determina-
ción oscura, esa condensación de vida.

Así el viejo, de zagalillo, cogía en brazos a su
Lambrino; pero el comportamiento de aquel corderillo
preferido nunca ofrecía imprevistos. El niño, por el
contrario, sorprende a cada instante; es un perpetuo
misterio. ¿Por qué rechaza hoy lo que apeteció ayer?
¿Por qué le interesa ahora lo desdeñado antes? Todo
lo investiga y curiosea: lo palpa, da vueltas al objeto
en sus manitas, se lo lleva a la boca, tienta su resistencia, huele... Olfatea, sobre todo, como un perrito,
¡y con qué intensa fruición!

El niño siempre anda buscando. Entonces, si
no se siente buscado, por fuerza pensará que el mundo falla y le rechaza. Por eso el viejo le abraza tiernamente, le besa, le huele con tanta avidez animal como
olfatea el propio niño, identificándose así con él.
«¡Mira que necesitar libros para criarle!... ¡Así no se
enseña a vivir, sino con las manos y con los besos, con
la carne y los gritos...! ¡Y tocando, tocando!... Mira,
niño mío, yo abrazaba al *Lambrino* igual que me achu-
chaba mi madre; yo aprendí a pegar según me pega-
ban, ¡y me pegaron bien!...» Sonríe, evocando otro
aprendizaje: «Y luego acaricié como me acariciaban y
¡tuve buenas maestras! También tú acabarás acariciando, de eso me encargo yo.»

La manita que escarba en su pelo le hace daño
con un súbito tirón voluntarioso y el viejo ríe gozoso:

«Eso, así, ¿ves cómo aprendes? Así, a golpes
y a caricias... Así somos los hombres: duros y amantes... ¿Sabes lo que repetía el Torlonio? Esto: La mejor vida, Bruno, andar a cuchilladas por una hembra.»

Percibe en el cuerpecito un atensamiento
—«¡este niño comprende!»— que se le comunica y le
estremece. No es capaz de pensarlo y menos de expre-

sarlo, pero sí de vivir a fondo ese momento sin frontera entre ambas carnes, ese intercambio misterioso en que él recibe un renacido latir desde la verde ramita en sus brazos, mientras le infunde su seguridad de viejo tronco bien arraigado en la tierra eterna.

Llega hasta a olvidarse de la *Rosca,* en su obsesión por hacer hombre a ese niño, a quien no pastorean como es debido. Que no acabe siendo uno de esos milaneses tan inseguros bajo su ostentación, temerosos siempre de no saben qué, y eso es lo peor: miedo de llegar tarde a la oficina, de que les pisen el negocio, de que el vecino se compre un coche mejor, de que la esposa les exija demasiado en la cama o de que el marido falle cuando ella tiene más ganas... El viejo lo percibe a su manera: «Nunca están en su ser; siempre en el aire. Ni machos ni hembras del todo; no llegan a mayores pero ya no son niños», sentencia comparando con sus paisanos. «Allá los hay flojos, sí; pero el que cuaja, cuaja y yo me entiendo.»

Claro, nadie puede llegar a hombre sin comer cosas de hombre. ¡Esos frascos de farmacia para el niño; puras medicinas, aunque las llamen «ternera» o «pollo»! ¡Esa leche que nunca deja nata! Y así todo... Cuando el viejo le preguntó a Andrea si al niño no le daban alguna vez cocimiento de castañas con aguardiente de moras, que limpia la tripa y cría tanta fuerza, ¡cómo se horrorizó ella! Por una vez se endurecieron sus ojos grises y no acertó a encontrar palabras. «Sin embargo, hasta los chiquillos saben que a un varoncito hay que darle su aguardiente de moras para

que no se malogre. Eso sí, del auténtico; nada de farmacia.»

«No, Andrea no encontró palabras y eso que
nunca le faltan. Al contrario, al niño le atiborra de palabras; siempre en el italiano de la radio, que tampoco
es de hombres.» Como aquel maestro joven —recuerda el viejo— destinado a Roccasera cuando murió el
bueno de don Piero. Los chicos no le entendían, claro;
si bien tampoco les importaban mucho los cuentos sobre viejos reyes o sobre países a donde no se va; pero
las cuentas sí conviene saberlas bien, para no ser enga-
ñado por el amo o en las ferias. Menos mal que cuando
los chicos hacían alguna barbaridad —y en urdirlas
descollaba el viejo, cuando en invierno podía ir a la
escuela— el nuevo maestro les insultaba hasta en dialecto y entonces sí que le entendían. Porque era de
Trizzino, junto a Reggio, aunque lo ocultaba el muy
cretino.

El niño, claro, con tanta palabrería en ese italiano flojo, se duerme, como ahora. Entonces Andrea,
muy satisfecha, se instala en su mesa, se parapeta tras
sus libros, enciende su lámpara y escribe, escribe, escribe. Sin gafas porque, como ha averiguado ya el viejo,
se pasó a las lentillas.

El viejo aprovecha para ir a sentarse junto a la
cunita, cavilando. Al rato su hijo entra en el piso y
aparece en la alcobita, besa al niño y se retira a su
cuarto para vestirse de casa. El viejo le sigue, acuciado
por su obsesión, aun cuando evita entrar en ese dormitorio conyugal. Tiene que insistir, convencerles. Su
hijo acabará comprendiéndole.

Renato, que se está poniendo la bata, se extraña al verle entrar:

—¿Quería usted algo, padre?

—Nada... Pero, fíjate, ahí mismo tenéis sitio
de sobra para la cunita.

Renato sonríe, entre impaciente y benévolo.

—No es cuestión de sitio, padre. Es por su bien.

—¿De quién?

—Del niño, naturalmente... Ya se lo expliqué el otro día: así se evitan complejos. Cosa psicológica, de la cabeza. No deben tener fijaciones de cariño, ¿comprende? Deben soltarse, ser libres... Es complicado, padre, pero créame: los médicos saben más.

Cada palabra provoca en el viejo un rechazo. «¿Complicado? ¡Si es sencillísimo: basta querer!... ¿Libres? ¡Pero si estos pobres milaneses viven acojonados!... ¿Se sabe más? ¡Vaya un saber, ése de estorbar el cariño a los padres! Pues ¿a quién querer mejor? ¿Será que ahora los padres no quieren ser queridos?»

Pese a su exasperación no tiene tiempo de contraatacar. El niño se ha despertado y, además, es la hora de su baño... El baño, ¡jubilosa fiesta diaria!

La primera vez el viejo se sintió incómodo al asistir, como si le hicieran cómplice de asalto a una intimidad. Luego descubrió que al niño, además de su gozo en el agua, le encanta ser el héroe de la ceremonia. Además, desde que él se afeita a diario y fuma menos, el crío aprecia sus caricias e incluso se deja besar, cuando el viejo se atreve a ello porque la madre no está presente. El baño, en fin, reveló al viejo que Brunettino no sólo ostenta unos genitales prometedores, sino que experimenta ya auténticas erecciones y entonces se manosea y se huele sus deditos con sonrisa de bienaventurado. «¡Bravo, Brunettino!», se dijo el viejo al hacer tamaño descubrimiento, «¡tan macho como tu abuelo!»

Por eso mismo aumenta su miedo a que acaben estropeando al niño esos libros y esos médicos que mandan desterrarlo por la noche, dejándole indefenso ante malos sueños, accidentes o potencias enemigas... «Como siga progresando esa gente acabará decidiendo que el hombre y la mujer duerman aparte, para no cogerse cariño...»

«¡Ay, Brunettino mío!... Necesitarías una de allá, con buenas jarcias, sabedora de hombres. Mi propia madre, o la Tortorella, que parió a once; o la *zía* Panganata, que tuvo tres maridos... Pero no te apures: si no la tienes, aquí estoy yo. ¡Déjate llevar por mí, niñito mío! ¡Yo te pondré en la buena senda para escalar la vida, que es dura como la montaña, pero te llena el corazón cuando estás en lo alto!»

—¿Lo ve usted, señor Roncone? ¿Lo ve usted?

El viejo deja al niño sobre la moqueta junto a la cuna y se vuelve hacia una Anunziata triunfante, bien plantada en la puerta.

—¡Zío Roncone, recuerde! Y... ¿qué tengo que ver?

—Que la señora tiene razón, que no hay que coger al niño en brazos... ¡El mismo quería bajarse hace un momento, que yo lo he visto!

Así es. El niño, desde los brazos del viejo, señalaba insistente hacia el suelo con su dedito de emperador romano y gritaba: «A, a, a», mientras se debatía para soltarse.

—Pues ya está abajo. ¿Es que no?

—¡Faltaría más!... ¡Y eso quiere decir —remacha— que la señora tiene razón!

—No; eso quiere decir lo que repetía don Nicola, el único cura decente que pasó por Roccasera; ¡por decente duró tan poco!

—¿Le ascendieron de parroquia? Porque en cualquier otra estaría mejor.

El viejo desprecia el alfilerazo.

—No. Colgó la sotana harto de no entender al

Papa y se fue a Nápoles a ganarse la vida con su trabajo en un colegio.

El niño, sentado en la moqueta, se deleita con el contraste de esas voces, y atiende como si comprendiera la amistosa escaramuza de muchas mañanas.

—Ya... ¿Y qué barbaridad decía aquel modelo de virtudes?

—Una barbaridad del Evangelio. Esa de «Tienen ojos y no ven; tienen oídos y no oyen», o algo así... Eso les pasa a mi nuera y a usted... ¡Y a tanta gente como las dos, médicos o no médicos!

Anunziata se desconcierta. Al fin, contesta, recalcando el tratamiento irónicamente:

—Con usted no se puede, *zío* Roncone.

Se retira muy en digna vencedora.

El niño, entre tanto, ha volcado una caja a su alcance y se concentra en los juguetes así desparramados: piezas educativas ensamblables moldeadas en plástico de colores, bichitos de trapo, un tentempié con cascabeles y un caballito basculante que le compró el viejo y obtuvo gran éxito inmediato. Luego cayó en el olvido infantil y en este momento resulta ser de nuevo el objeto preferido, para regocijo del viejo, que se sienta junto al niño y empieza a susurrarle:

—¡Pues claro que conmigo no se puede! ¿Qué se han creído esas dos?... La Anunziata es buena mujer, Brunettino, y te quiere a su manera de solterona, pero no se entera de nada, como tus padres... Se creen que no quieres mis brazos y es lo contrario: gracias a que yo te he entendido y te achucho desde que llegué vas ganando seguridad. Te haces hombre a mi lado, y, claro, te atreves a más, angelote mío; a pisar el suelo y a moverte.

Así viene ocurriendo en las dos últimas semanas. Brunettino muestra un creciente afán por ampliar su campo de experimentación. Cuando se sienta en la cuna y le entregan juguetes, acaba tirándolos fuera enérgicamente y los señala: no para que se los devuelvan, como antes pretendía, sino para que le coloquen entre ellos. Incluso a veces se aferra a la barandilla de la cunita y se asoma de un modo que obliga a estar pendiente para que no bascule por encima y se caiga al suelo.

—Tu madre dirá —continúa el viejo— que así vas dependiendo menos de ellos... ¡Pobrecilla! ¡Si no es eso!... Como no sabe que yo te voy enseñando a defenderte, no comprende que tu adelanto es que vas aprendiendo lo principal de la vida, niño mío: que o te haces fuerte o te pisan el cuello. Por eso te lo repito cuando te tengo en brazos: que te aproveches del mundo, y que no te dejes manejar y, claro, tú te lanzas por ahí a practicar... ¡Apréndetelo bien: hazte duro, pero disfruta los cariños! Como hacía mi *Lambrino*: topar y mamar... Sólo que el pobrecillo era un cordero y no podía llegar a fuerte, ¡pero tú eres hombre!

El niño practica, en efecto, cada vez más. A fuerza de tentativas ya se pone a gatas y recorre así la alcobita o el estudio. Ahora mismo está empezando a moverse, atraído por los pantalones del viejo, cuando de pronto suena un ruido mecánico persistente y el niño alza la cabeza con atenta mirada.

«¡Tiene el oído tan fino como yo!», piensa el viejo, reconociendo la aspiradora de Anunziata. «¡Qué carita pones, niño mío! Me recuerdas la frente arrugada de Terry, el asesor militar inglés que nos parachutaron, cuando cavilaba por dónde acercarse mejor de noche a la posición alemana. ¡Qué espesas cejas tenía el tío!»

Obstinado, el niño gatea hasta la puerta y asoma la cabecita. Mira a un lado y a otro: el pasillo debe parecerle un túnel infinito. Pero no se arredra y reanuda la marcha hacia el fascinante ruido. Seguido por el viejo, que comparte gozoso la aventura, se asoma al cuarto donde, de espaldas a la puerta, limpia la alfombra Anunziata.

«¡Así, niño mío, así se avanza! ¡En silencio, como los gatos, como los partisanos! ¡La sorpresa, siempre la sorpresa! "¡Enemigo sorprendido, enemigo jodido!", repetía el profesor... Bueno, él decía "enemigo perdido", porque tenía instrucción; pero sonaba más verdad a nuestro modo... Eso, ahora, ¡ataca!»

—¡Ay!

La carcajada del viejo estalla a la vez que el femenino chillido de pánico al sentir ella un roce en su tobillo: la mano del niño. En su asustada reacción, Anunziata se echa a un lado y suelta el mango de la aspiradora, que queda inmóvil sin cesar en su estrépito.

Desplazada así la barrera defensiva humana, el niño avanza imperturbable hasta su objetivo y se abraza con sonrisa feliz a la máquina vibrante.

—¡Se va a quemar, se va a hacer daño! —grita Anunziata, corriendo a apagar el motor. El súbito silencio hace aún más ruidosa la carcajada del viejo, que se palmea los muslos en su entusiasmo, para mayor irritación de la mujer.

El niño contempla el aparato enmudecido, compone una expresión frustrada y golpea el metal con la manita. Por un momento parece a punto de llorar, pero luego prefiere trepar hasta montarse a horcajadas sobre la pulida máquina, golpeándola más para excitarla.

El viejo acude al mango del aparato y pulsa el interruptor. El reanudado estrépito alarma un instante al niño y casi le desmonta, pero en el acto chilla feliz y ríe sobre su trepidante cabalgadura, sobre todo cuando el viejo le sujeta por los hombros para que no se caiga.

—¡Párelo, señor Roncone! ¡Está usted loco!

—grita Anunziata, pero ha de resignarse un rato, a pesar de que reclama a cada momento la aspiradora. Al fin Brunettino se cansa del monótono juguete, se deja resbalar al suelo y se desplaza hacia otro objetivo. El viejo se pone también a cuatro patas y le habla cara a cara:

—¡Qué grande eres, niño mío! ¡Has vencido al tanque, lo has bloqueado! ¿Te das cuenta de tu victoria? ¡Como el Torlonio con sus botellas inflamables y sus bombas de mano! ¡Qué grande eres!

El viejo está reventando de orgullo, mientras Anunziata le oye estupefacta. El niño, detenido un momento ante el nuevo cuadrúpedo, se le cuela entre los brazos y se mete bajo el pecho del viejo, que entonces cambia de recuerdos:

—Eso, ahora aquí, quieto, como el corderillo con la madre. Lo que yo te decía, ¡topar y mamar!

Pero el chiquillo sigue avanzando y aparece por detrás, pasando entre las piernas del viejo, cuya memoria retorna así a la guerra, mientras el niño al fin se sienta a descansar, satisfecho de sus proezas.

—¡Vaya golpe final! ¡Así, escabullirte como nosotros nos infiltrábamos por los bosques! ¡Eso sí que es estar copado y escapar de la trampa!... ¡Ya lo sabes todo! ¡Así los hombres conseguimos vencer a los tanques y a los aviones!... ¡Eres de los nuestros, eres todo un partisano, atacando y retirándote...!

Concluye en un grito:

—¡Viva Brunettino!

De pronto, una inspiración:

—¡Mereces desfilar a caballo!

Coge al niño, lo eleva por encima de su cabeza provocándole chillidos de susto y regocijo, y lo instala a horcajadas sobre sus hombros. El niño se aferra al crespo cabello con sus manitas, el viejo le sujeta por las piernecitas y sale del estudio, entre los aspavientos de Anunziata, doblando las rodillas en la puerta por miedo al dintel, como cuando en la ermita sacan y meten a Santa Chiara.

El viejo va y viene a zancadas por el pasillo con el niño en lo alto, cantando la famosa marcha triunfal:

—¡Brunettino, *ritorna vincitor*... Brunettino, *ritorna vincitor*...!

El viejo está sentado en su sillón, frente a la ventana, dando así la espalda al rincón de Andrea. «El sillón duro», como le llama Anunziata. No comprende que el viejo lo prefiera porque es un mueble florentino de nogal sin tapizar, con respaldo recto y brazos. Pero al viejo no le gusta el diván: en él se hunde, no hay firmeza, es para la blanda gente milanesa.

—Le gustan los rascacielos, ¿verdad? —preguntó Andrea cuando le vio instalarse allí por primera vez—. ¡Son espléndidos!

Empiezan a iluminarse huecos en los incontables pisos: en el rascacielos de la *Piazza della Reppublica* y en el famoso *Pirelli,* con su perfil como proa de navío. Pero no le gustan nada, ¡ni hablar! ¿Cómo va a compararse esa vista con su montaña desde la solana de Roccasera? Majestuosa, maternal y austera, su *Femminamorta,* con sus cambios de color según las estaciones y las nubes.

Suena la puerta del piso. Entra Renato sigiloso para no despertar al niño. Saluda a su padre y sigue hasta Andrea, besándola en la nuca. Entre el cuchicheo del matrimonio, el viejo oye crujir un sobre al ser abierto. Son sus análisis médicos, seguro; Renato ha pasado por el Hospital para recogerlos. El viejo sabe, sin volverse, que le están dirigiendo miradas compasivas. Sonríe: estos dos muchachos le hacen gracia.

Renato se acerca a su padre, alude de pasada a los análisis y empieza a quejarse exageradamente del tráfico, mientras Andrea va al pasillo a telefonear, en vez de hacerlo desde su mesa. «Están asustados», piensa el viejo; «basta ver cómo procuran disimular... ¿Qué esperaban del análisis? ¡Vaya un par de infelices!»

Andrea vuelve, anunciando que ya tiene hora del médico para el jueves, cuando ella podrá llevarle. La serena sonrisa del viejo se hace francamente burlona ante el embarazo de la pareja. El súbito llanto del niño salva la situación: Andrea sale apresurada a prepararle el baño y Renato la acompaña. El viejo les sigue relamiéndose ante esa gran ceremonia cotidiana, que hoy va a resultar excepcional.

El viejo lo comprende cuando están ya secando al niño que, como de costumbre, se acaricia su miembrito, rosada turgencia semejante a las yemas de castaño en primavera. Y entonces, ¡gran sorpresa!, antes de llevarse los deditos a su nariz, Brunettino ofrece las primicias al viejo, sonriéndole invitadoramente, mientras le penetra con su insondable mirada de azabache.

—¡Niño! —exclama Renato, fingiendo escandalizarse.

—Déjale —comenta sesudamente la madre—. Está superando la fase anal.

Al viejo le resbala esa palabrería. En cambio, el gesto infantil le recuerda leyendas de bandoleros mezclando su sangre en ritos de fraternidad y por eso interpreta en el acto el mensaje.

Se inclina hacia la manita y aspira conmovido la ofrenda. Una luz chispea en la mirada del niño que, a su vez, huele sus ungidos deditos. Así queda consumado, comprende el viejo, el mágico pacto.

Una inmensa serenidad le envuelve más tarde, acostado ya en su cama, hasta que le invade el sueño. Porque el niño ya sabe, y ha decidido confiarse al viejo.

No hay más que hablar: todo queda encaminado.

Por eso el viejo abre los ojos mucho antes que otras madrugadas. Siempre supo despertar a la hora deseada: en la guerra como en las cacerías, en el contrabando como para el amor.

Las campanas del Duomo le confirman que son las tres. La última nevada despejó la atmósfera y se oyen mejor. El viejo mira por la ventana: la opuesta pared del patio es de plata lunar.

«Mala claridad para una emboscada de aquéllas, pero buena para esta guerra... ¡Qué pronto comprendiste que soy tu compañero, niño mío!»

Se calza lentamente los gruesos calcetines y coge su manta. No hace frío en el piso calentado, pero sin ella se sentiría vulnerable. Siempre le acompañó en los grandes empeños y éste es otro: salvar al niño de la soledad.

Avanza por el pasillo con felina pisada y se detiene ante la entrecerrada puerta de la alcobita. Por la rendija escapa la luz rojiza de la mariposa eléctrica puesta en el enchufe. Con la mano en el pestillo se pregunta si chirriarán las bisagras: al girar silenciosas ellas le demuestran unirse al pacto. El viejo entra y cierra en silencio.

La ventana es toda luna; el suelo un lago plateado; la cuna y su sombra una isla de roca. En la almohada hecha espejo se refleja serena la copia de la luna, esa carita dormida y tibia cuyo aliento acaricia la vieja faz que se ha inclinado a olerla, a sentirla, a calentar junto a ella los viejos pómulos.

«¿Lo ves?», susurra el viejo. «Aquí tienes a Bruno. Se acabó el avanzar solo y perdido. ¡Avante, compañero, conozco los terrenos!»

Desde la cuna, el niño llena la noche con su aliento y con el palpitar de su corazoncito; en el suelo, espalda contra la pared, el viejo se abre a esa presencia como un árbol a las primeras lluvias: con ellas germina su larga memoria de hombre, se despliega su pasado como una semilla vertiginosa y una fronda de recuerdos y vivencias extiende un invisible dosel protector sobre la cuna.

Los minutos, como toc-toc de lanzadera, entretejen al viejo con el niño en el telar de la vida. El recinto es un planeta de luna y sombra para ellos solos: el niño lo acotó en el baño, con sus deditos ungidos, igual que los jabalíes delimitan sus territorios —el viejo les ha visto hacerlo en primavera— sembrando efluvios genesíacos en piedras o jarales.

¿Qué ocurre, qué se forja, qué cristaliza en esos minutos? El viejo ni lo sabe ni lo piensa, pero lo vive en sus entrañas. Oye las dos respiraciones, la vieja y la nueva: confluyen como ríos, se entrelazan como serpientes enamoradas, susurran como en la brisa dos hojas hermanas. Así lo sintió días atrás, pero ahora un ritual instintivo lo hace sagrado. Acaricia sus amuletos entre el vello de su pecho y recuerda, para explicarse su emoción, el olmo ya seco de la ermita: debe su único verdor a la hiedra que le abraza, pero ella a su vez sólo gracias al viejo tronco logra crecer hacia el sol.

La madera y el verdor, la raíz y la sangre, el

viejo y el niño avanzan compañeros, como sobre un camino, por ese tiempo que les está uniendo. Ambos hombro con hombro, en extremos opuestos de la vida, mientras la luna se mueve acariciándoles, entre el remoto girar de las estrellas.

La enfermerita es un encanto.

—¿Roncone, Salvatore?... Pase, por favor.

En la elegante sala de espera el viejo se levanta del sofá. Andrea le roza la mano con sus dedos y la dirige una sonrisa alentadora. «¡Tonterías de mujeres!»

Pasada la puerta, otra enfermera menos joven le deja en un cubículo para que se desnude por completo —sí, claro, también esa bolsita al cuello— y se ponga una bata verde cuyos bordes de atrás se adhieren solos, como descubre el viejo después de buscar vanamente los botones: «¡Así debían de vestir al niño!»

De allí pasa a un recinto con varios aparatos y un médico joven le hace acostarse en un diván de reconocimiento. Al principio el viejo sigue la exploración con curiosidad, pero pronto empieza a aburrirse y contesta maquinalmente: «sí, me duele ahí», «tan abajo ya no», «es como una bicha que se me pasea por dentro y a ratos muerde». El doctor ríe al oírle y exclama: «¡bravo, amigo!», mientras lanza una mirada cómplice a la enfermera.

Le pasan de una prueba a otra, de un médico a su colega, de una sala con claras ventanas esmeri-

ladas a otra sumida en penumbra, donde le exploran
con rayos X.

—¡Caramba! ¡Tiene usted ahí una bala! ¿No
le molesta?

—No. Un recuerdo. La toma de Cosenza.

Inmóvil durante media hora para ser radiogra-
fiado en serie, llega casi a adormilarse. Hasta olvida
las ganas de fumar, como vaciado de sí mismo. Aunque algo le pesa dentro: la papilla ingerida por la mañana, que le hace odiar mejor los comistrajos farma-
céuticos administrados al pobre Brunettino. Precisamente aquella mañana el niño se había negado en
redondo a tragarse las dichosas cucharadas y Anunziata acabó desistiendo y volviendo a sus limpiezas. El
viejo aprovechó para darle clandestinamente al niño
un trozo de *panetto* mojado en vino, que fue devorado
glotonamente, para júbilo del abuelo.

Había estado amable Andrea al llevarle en su
coche a la clínica del profesor Dallanotte. En home-
naje seguramente a la eminencia médica se había aci-
calado y vestía falda. Sentada en el coche asomaban
sus rodillas huesudas y en el empeine resaltaban sus
tendones al apretar pedales. «Está mejor con pantalones», pensó el viejo. Ella interpretó mal la mirada y
se estiró púdicamente la falda.

—Me dijo Renato que a usted le había inte-
resado mucho en Roma el sarcófago de *Los Esposos*.
¡Una pieza magnífica, ciertamente!

—Sí. ¡Estaban tan vivos!

A Andrea le sorprendió el comentario, pero ini-
ció con calma una disertación vulgarizadora. El viejo
empezó prestando atención, pero como ella se expre-
saba en su italiano acabó por no escucharla, aunque
agradeciendo que hablara sin cesar porque así no se
veía obligado a darle conversación.

—Mire —se interrumpió Andrea, señalando a

los edificios de la Universidad Católica—, ahí doy mis clases. Y también el profesor Dallanotte. No crea, no atiende a cualquiera, pero como somos compañeros de docencia...

Sí, había estado amable la mujer, reconoce el viejo, al tiempo que le levantan de su incómoda postura, una vez terminadas las tomas radiográficas. Se reanuda entonces la ronda exploratoria y, a fuerza de pasillos y cuartos alicatados de blanco, aparatos cromados, electrodos contra el cuerpo, luces en la pupila, preguntas y palpaciones, el viejo acaba flotando como un corcho a la deriva y perdiendo interés por lo circundante y casi por sí mismo.

Por eso cuando le desnudan otra vez y se ve en un gran espejo, le parece contemplar un cuerpo ajeno. El no es ese pellejo huesudo, curtido en el velludo tórax y blancuzco en las nalgas y caderas. Resulta ofensivo que le exhiban esa estampa senil al veterano gozador, deseado y abrazado por tantas hembras. Aunque... ¿ofensivo? Ya, ni eso. Unicamente los humanos pueden sentirse ofendidos y en la cadena clínica, tan descuartizadora como la de un matadero, los humanos acaban convertidos en meros tejidos, vísceras, orejas, miembros. Y encima, la hipocresía: todos allí tan untuosos, tan falsamente optimistas.

¡Qué diferencia con los reconocimientos de don Gaetano! El viejo, mientras vuelve a vestirse, recuerda a la indiscutida autoridad médica catanzaresa, en su consulta del *Corso*. «Allí entra uno como quien es y sale siéndolo más todavía.» Su iracunda reacción contra la milanesa clínica le permite reconstruirse antes de salir del cubículo.

Al fin, tras una última puerta, se digna acogerle la eminencia, instalada tras una mesa como un altar. Andrea, sentada enfrente, adopta una sonrisa instantánea al aparecer el abuelo, a quien el médico, levantándose, ofrece un asiento.

—Tanto gusto, profesor —saluda el viejo. Y añade con intención—: Ya tenía ganas de verle.

—Ya nos hemos conocido antes, amigo Roncone, pero la sala de radiografías estaba a oscuras y usted no ha podido verme. Yo sí, repito, y muy a fondo.

«Menos mal», se apacigua el viejo. «Creí que iba a despacharme sólo a base de papeles.» Pues el profesor tiene los informes y datos desplegados sobre la mesa. Entra un ayudante y ambos médicos cambian unas palabras. Frases crípticas y gestos de negación o asentimiento, entre monosílabos dubitativos mientras se reflexiona. Finalmente la eminencia escribe algo, da unas instrucciones al ayudante, que se retira a cumplimentarlas y, cruzando las manos, mira sonriente al viejo y a Andrea.

—Bien, amigo Roncone, bien; tiene usted una constitución espléndida y un estado general envidiable para sus años salvo, claro está, el problema que le trae a mi consulta... Pero por ese lado, la verdad, no hay sorpresas; puedo garantizárselo. En resumen, expresada en lenguaje corriente, la situación consiste en que el señor Roncone presenta un síndrome...

Como el «lenguaje corriente» del profesor es el de la radio cuando vulgariza, el viejo se arma de paciencia, captando sólo algunas expresiones: «procesos patológicos», «recursos de la ciencia», «adelantos modernos», «alternativas terapéuticas»... Andrea, en cambio, avanzando ávidamente su perfil, sorbe las magistrales palabras con verdadero deleite intelectual; e incluso complace a la eminencia intercalando preguntas que inspiran disquisiciones complementarias.

«¿Tiene algo que ver conmigo todo eso?», se pregunta entre tanto el viejo, porque con don Gaetano bastaba su forma de mirar para saber si era cara o cruz. Hasta que, al cabo, el profesor le dedica una cautivadora sonrisa final:

—¿Me ha comprendido usted, querido señor?

«¿Se burla de mí o qué?», reacciona el viejo. Y contraataca tan impasible como en la guerra:

—No, no he comprendido. Ni me hace falta.

Marca una pausa, paladeando el desconcierto en el rostro doctoral, y continúa:

—Lo único que necesito saber, profesor, es cuándo voy a morirme.

El refinado ambiente que impregna el aire del despacho, lleno de tacto, comprensión y eficacia, se desinfla como un globo. La eminencia y Andrea cambian una mirada. Ella se azora:

—¡Qué cosas dice usted, papá!

Encantado del efecto producido, el viejo les observa. El profesor ensarta unas frases sobre procesos imprevisibles, evoluciones atípicas, esperanzas..., pero ha perdido seguridad. El viejo le ataja:

—¿Semanas?... ¿Meses?... ¿Quizás un año?... No, ya veo que un año es demasiado.

—¡Yo no afirmo nada, querido amigo! —prorrumpe el doctor—. Toda predicción es aventurada en estos casos y, dada la sólida constitución de usted, hasta puede ocurrir que...

—No se esfuerce, profesor; ya he comprendido. No hablemos más. Después de todo, prefiero mi *Rusca* a la parálisis que tiene clavado en un sillón a un conocido mío. Le llega hasta la cintura y, si Dios quiere, pronto le subirá hasta el corazón y entonces cascará, ¿no es así?... Dígame, profesor, ¿esas parálisis suben de prisa?... ¡Total, para vivir en una silla, mejor es que el pobre hombre deje de padecer!

—¿Cómo quiere que le conteste sin ver a ese paciente? ¡Pregunta usted unas cosas...! —elude el médico, ya totalmente a la defensiva. Ese viejo le ha descabalgado de su sillón profesoral.

—Las que me importan. Mi muerte es mía, profesor... ¡Y la del paralítico también! ¡Le corresponde morirse antes!... Mire, le explicaré su mal y será como si usted le hubiese visto. En junio todavía caminaba, pero ya en agosto...

El viejo relata cuanto sabe del Cantanotte y de sus síntomas, pero el profesor, tras de oírle un rato con impaciencia, se niega a dar precisiones y acaba levantándose cortésmente, mientras anuncia el envío a domicilio de su informe, con las prescripciones y el tratamiento. Ante aquel viejo, la eminencia ha preferido prescindir de su habitual discursito esperanzador, limitándose a saludar muy efusivamente a su colega Andrea y con estudiada campechanía al paciente, despidiéndoles en la puerta de su despacho.

A la salida, Andrea no sabe cómo empezar, pero el viejo se le anticipa:

—Este no sabe nada de parálisis —afirma. Y suspira—. Mi mala suerte fue que se muriese en enero pasado la Marletta. ¡Gran amiga mía!... Me llevaba muy bien el asunto del Cantanotte. Ya lo iba consiguiendo, pero...

—¿De quién me habla, papá?

—La Marletta, la bruja de Campodone. La mejor *magàra* de toda Calabria... ¡Y de toda Italia! ¡No le fallaba uno, la Madonna la tenga en su santa gloria!

Por fin lo consiguió: su bacín. El orinal, como dicen estos exquisitos de Milán.

Andrea se resistía, claro:

—Eso ya no se usa, papá.

—¿Es que aquí la gente no mea de noche?

—Sí, pero en el cuarto de baño. No es como en los pueblos; no es preciso bajar al corral.

Andrea conserva un terrible recuerdo del excusado en Roccasera. Cuando ella cruzaba el patio nunca faltaba por allí algún gañán o una moza controlándole el tiempo y conjeturando sus operaciones.

—El cuarto de baño no me va. Ir allí me despabila; luego tardo en dormirme. En cambio, con el bacinillo me pongo de costado, meo medio dormido y tan ricamente.

Andrea no cedía, pero un buen día permitió a Renato que lo comprase. «Claro», comprendió el viejo, «les ha dicho el médico que me queda poco y tragan lo que sea. Menos mal, de algo sirvió la consulta al profesor. Pero se equivocan: viviré más que el Cantanotte. ¡Yo no le doy a ese cabrón el gustazo de ir a mi funeral!»

Así es que consiguió su bacín. Entonces, ¿por qué se lo esconden?

—¡Señora Anunziata! —grita colérico—. ¡Señora Anunziata!

—No chille —acude la asistenta—. El niño duerme.

—¿Dónde me ha escondido mi bacinilla? —interroga en voz baja, temeroso de haber despertado a Brunettino.

—¿Dónde va a estar esa joya? ¡Debajo de su cama!

—¿De veras? Mire: no está.

—Al otro lado, señor. ¡Jesús, qué hombre!

Tiene razón la mujer.

—¡Al otro lado, al otro lado...! —rezonga—. ¡Y no me llame señor; ya se lo tengo dicho! ¡Soy el *zío* Roncone!... ¿Por qué al otro lado? Lo quiero aquí; yo siempre lo sujeto con la izquierda. Con la derecha me cojo... Bueno, ya me comprende.

—La señora dice que en el otro lado no se ve desde la puerta.

—¿Y quién diablos se asoma a esa puerta? ¡Sólo usted, que ya lo sabe!... ¡Condenadas mujeres!

Anunziata, antes de retirarse rezongando, promete obedecer, pero el viejo sabe que no. Lo dejará donde quiera, como todo lo que arregla.

Entre ella y Andrea le traen de cabeza... La manta de toda la vida la salvó por casualidad y ahora la esconde de día en el fondo del armario. A su llegada Andrea quería tirarla y darle otra nueva. Cedió ante la cólera del viejo, pero éste la oyó decir al marido que aquel trapo olía a cabra. «¡Ya quisiera esa desgraciada oler tan fuerte a vida como huelen las cabras!»

Recuperado su orinal, el viejo se sienta en la cama y sufre la tentación de liar un cigarrillo, para calmar a la *Rusca,* que esta mañana anda alborotada y parece quejarse de que el viejo consiga ir dejando de fumar. Ha sacado ya el papel cuando le salva el llanto del niño. Olvidando a la bicha, corre a la alcobita.

Anunziata ya está allí susurrando consuelos, pero el niño no se calma. La mujer pide ayuda al viejo: también ella ha observado que la voz grave sosiega al chiquillo. Quizás desea volver también cuanto antes a su amada aspiradora. En cualquier caso, el abuelo tararea una tranquila tonada campesina. Pero —cosa rara— Brunettino sigue chillando, agita los puñitos, se congestiona como si le diera un ataque... Hasta se quita los zapatitos apoyando sucesivamente contra el talón de cada pie la puntera del otro: truco recién aprendido para ejercer su poderío infantil, obligando a alguien a calzarle porque, según Andrea, «les quiere tiranizar». Pero ahora lo convierte en gesto agresivo, lanzando al aire el zapato como un guante de desafío.

—Será necesario cambiarle —dice Anunziata, saliendo.

Pronto vuelve con una jofaina de agua tibia, la esponja y esas fundas de plástico, algodón y gasa ya preparadas, que ponen en Milán a los niños. Todo hermético y muy ceñido. «¡Con eso la hombría no puede crecerles bien!»

Habrá que cambiarle, seguro, pero ¿no podrá también estar enfadado por algo más? El viejo plantea la cuestión:

—Oiga, ¿aquí no encienden hoy lamparillas en las casas? Porque es el Día de Difuntos.

—¡Esas costumbres ya pasaron!

—Ya. ¿Y también pasó la de ponerles juguetes a los niños?

—¿En Difuntos? ¡A quién se le ocurre semejante cosa!

—A nosotros, los del Mezzogiorno, como dicen ustedes. Sí, los difuntos traen juguetes a nuestros niños.

—¡Qué rarezas! Aquí son los Reyes Magos o Papá Noel.

—¿Rarezas? Lo raro son los Reyes o el Noel ése; ¿qué tienen que ver ellos con los niños? Además, ¡son mentira! En cambio los difuntos son verdad, son nuestros... ¿No lo comprende? Ellos son los abuelos de los abuelos de los niños. Y les quieren porque son su sangre.

«Son verdad», repite el viejo para sí, contento de haber defendido a los difuntos, rindiéndoles ese tributo en su día. «Mira, dirán entre ellos, este año alguien nos ha recordado en Milán... ¡Ah, claro, el Bruno de Roccasera!» Pues además les encenderá una vela en su cuarto; lleva una en su maleta porque la luz eléctrica falla cuando hace más falta. Y a los difuntos hay que alumbrarles en esta noche para que nos encuentren al visitarnos.

Anunziata tiene ya al niño sobre la mesa cubierta con muletón y empieza a desnudarle. «No sabe hacerlo sobre sus faldas, sentada en una sillita baja, como se ha hecho toda la vida», piensa el viejo reprobadoramente.

Sí, el niño necesitaba ser cambiado. Ahora sonríe, lavado y fresquito, mientras le untan una crema contra las irritaciones. «¡Ni que su culo fuera la cara de una moza!», piensa el viejo, indignado además porque la mujer le pasa el dedo pringoso entre las nalguitas y se detiene en el centro. «¡Ahí no se toquetea a un hombre!» Menos mal que el niño, para demostrar sin duda que tales caricias no amenguan su virilidad, la vuelve a poner rígidamente de manifiesto. «¡No puede negarse que es mi nieto!... Bien dicen que los niños se parecen más a los abuelos que a los padres...» Pero el gallardo espectáculo es aplastado una vez más por el implacable aparejo de plástico. «¡Qué barbaridad!»

Anunziata hace entrar las piernecitas en las del pelele y vuelve al niño para abrochárselo por detrás. El viejo se enfrenta empeñosamente con el botón de arriba, pero aún no ha terminado cuando Anunziata ha abrochado todos los demás. «Déjeme a mí», le dice ella, pero el viejo hace de su tarea una cuestión de honor. Sin embargo, el redondelito de pasta se escurre siempre entre sus recios dedos y, como el viejo persiste, Brunettino empieza a gruñir y el abuelo se da por vencido, sofocando en el pecho una gimiente maldición.

Anunziata abrocha el botón en el acto y el niño es instalado en su cuna. El viejo se sienta a sus pies y reanuda su canturreo, como medio siglo atrás junto a sus corderos. Tonada melancólica, porque le sigue pesando su fracaso ante el botoncito. «De modo que si estuviéramos los dos solos», cavila, «¿me sería imposible vestirle para que no se resfriara? No. No iba a envolverle en la manta; no es modo para un niño».

El viejo, absorto en sus pensamientos, no percibe la llegada de Andrea, a la que Anunziata recibe en el vestíbulo.

—Le está durmiendo el abuelo, señora. El hombre está lleno de rarezas, pero se le puede dejar con el niño. Se sienta junto a la cuna como un mastín.

Andrea, de todos modos, se acerca a la puerta entornada y olfatea, porque ese cazurro de su suegro es capaz de ponerse a fumar. No por mala intención, sino porque no tiene idea de la higiene ni de criar niños... No se huele nada. Menos mal, pero ¡hace falta paciencia con el hombre!

Dentro, el viejo se ha callado al dormirse el niño. La escasa luz acotada por la rendija entre las cortinas cae directamente sobre sus manos. El viejo las contempla obsesionado: los dorsos, las palmas. Fuertes, anchas, con azulosas venas, dedos como recios sarmientos, uñas duras y cortas, pardas manchitas visibles entre el vello...

Las contempla: esas dos garras que saben degollar y acariciar. Trajeron corderos al mundo y refrenaron caballos, lanzaron dinamita y plantaron árboles, rescataron heridos y domaron mujeres... Manos de hombre, manos para todo: salvar y matar.

¿Todo? Ahora no está seguro. ¿Y el botoncito? ¿Y sostener bien al niño? ¿Sirven sus manos?

El fracaso de hace un rato le acongoja. Esos dedos que mueve ante sus ojos... Nudosos, ásperos... No son para esa piel de seda.

¿Será posible? ¡Por primera vez en su vida no se siente orgulloso de sus manos! «Brunettino necesita otras; le sirven mejor las de la Anunziata... Pero ¿qué locura estoy pensando? ¡Envidiando a una mujer, como un milanés! ¡No, no; mis manos como son: éstas, las mías!»

Necesita un tiempo para sosegarse, para perdonarse a sí mismo tamaña aberración; pero no por eso deja de cavilar. «¿Es que la fuerza estorba? ¡Tiene que valer! ¡También para botoncitos, para cambiarle, para lo que sea!... ¡Fuera mujeres! ¡Mi Brunettino y yo; nadie más para hacerle hombre!»

Los dos solos: esa idea le encanta. Así no le malearán. Pero entonces..., ¿niñero? El repentino sofoco le obliga a pasarse el índice entre su cuello y el de la camisa. Se envara, sublevándose contra tales imaginaciones, sintiendo la sangre agolparse a sus mejillas. «¡No, lo mío será otra cosa! ¡Maestro, eso es, su maestro!» Pero el temor a los equívocos no se desvanece. «¡Qué vergüenza! ¡La bicha me está comiendo el coraje!»

Contempla esa redonda blancura sobre la al-

mohada, con el suave color de los morritos y el oscuro
mechón en la frente. Violentísimo arrebato de ternura
le arranca un sordo suspiro y encamina su mano hacia
esa carita. Su dedo la roza y da un respingo reflejo,
como si se hubiera quemado, porque, en la memoria
carnal del dedo, esa mejilla ha despertado el tacto de
una caricia a Dunka. La mano recuerda, y desata una
explosión de memorias en el hombre: ¡Dunka! ¡Aquellos días, aquellas noches!... Dunka durmiendo a su
lado; la mejilla de Dunka como ésta... ¿O ha sido al
revés: la mano de Dunka en la cara del niño, o en el
rostro del viejo?... Sentidos anublados, confusiones
del tacto, ambigüedad.

Otra vez la luz declinante sobre unas manos y
la vieja mirada clavándose en ellas. Pero ¿qué manos?
Atónito, las descubre diferentes, esas manos insertas
en sus muñecas: blancas, delicadas, femeninas... ¿Femeninas? ¡Si están llenas de fuerza!... ¿Y qué? ¡También Dunka empuñó virilmente la metralleta mortí-
fera!

El asombro del viejo se vuelve angustia. «¿Me
han echado mal de ojo? ¡Favor, Santos Difuntos: quiero mis manos!...» Oprime la bolsita de sus amuletos...

Cesa el terremoto interior y el mundo vuelve
a su orden. El viejo se reconstruye, se reafirma en su
ser, percibe el lugar, la hora... ¿Ha dormido, quizás
soñado? Resopla y agita su cabeza, sacudiéndose sus
fantasmas como un perro mojado se sacude el agua.
Verifica sus manos: las de siempre.

... Sólo que, añora: «¡Si fueran también las de
Dunka!»

Le acariciarían, se posarían en su frente librán-
dola de maleficios... Resucita en su poso interior una
cancioncilla sentimental, de moda cuarenta años atrás,
que en plena guerra permitía olvidar los tiros... Un

atardecer en Rímini, tarareándola juntos cuesta abajo
hacia el mar, desde el Templo Malatestiano que a ella
le asombraba tanto... La casa en la marina, en el patio la vieja parra sobre sus cabezas, uvas maduras al
alcance de la mano... Dunka tendida se apoyó en su
codo, arrancó un racimo y... ¡Eso, exactamente la
dama etrusca!

Cuajan hondos sollozos en el viejo pecho; los
reprime su escandalizada hombría... Pero la ternura
le anega en un mar apacible donde —inesperado del-
fín— saltan estas palabras:

—Brunettino, ¿qué vas a hacer de mí?

Las ha susurrado en dialecto. En dialecto lo
preguntó también a Dunka, rindiéndose, cuarenta años
atrás... Revive en sus labios el sabor del beso que entonces recibió por toda respuesta.

Dos ansias, dos edades, dos momentos vitales
se funden en su pecho, arrancándole este conjuro, gemido, confesión, entrega...

—¡Brunettino mío!

Los miércoles Andrea no tiene clase y se dedica a «repaso de casa». El viejo ya sabe lo que eso significa: que Anunziata lleva ya un buen rato limpiando cuando su nuera sale al fin de la alcoba embutida en su pantalón de pana verde. Le hace al niño unas carantoñas si está despierto, da una vuelta de inspección poniendo reparos y acaba parapetándose tras sus libros en un rincón del estudio, como llama al cuarto de estar. De vez en cuando cae súbita, como halcón en picado, por donde trabaja la asistenta o buscando al viejo, que suele estar refugiado en su silla de la cocina. Ella le mira con santa paciencia y a veces le dice:

—¡Papá! ¿Qué hace usted ahí? ¡Su sitio es el estudio, en su sillón florentino!

El viejo la prefería con las gafas de antes; le daban un sencillo aire de maestra. Con lentillas parece otra, más extraña... «¡Si no fuera por no regalarle mi propio entierro al Cantanotte...! ¡Madonna mía, dame sólo un mes más de vida que a ese cabrón; justo para volver allí!» Es la jaculatoria cotidiana.

Por tercera vez se asoma Andrea esta mañana a la cocina. «Hoy sus estudios no se le dan bien», piensa el viejo. Por eso, cuando la oye mandar a Anunziata a comprar fruta y pan, se ofrece a hacer el recado, para quitarse de en medio.

—¡Claro que entiendo de peras! ¡Si soy hombre de campo!

Accede Andrea y, al cabo de un buen rato, el viejo regresa triunfante con su compra. Se pavonea, riéndose:

—¡Je! ¡Quería engañarme dándome de esas envueltas en plástico para no poder tentarlas!... Pero ¡sí, sí! ¡Plantada la dejé!

—¿A quién, papá? —se alarma Andrea.

—A la fulana de tu tienda. ¡Que se las coma ella! ¡Una ladrona!... Mira las peras que traigo, por la mitad de precio.

Anunziata desenvuelve el paquete y pregunta:

—¿Y el pan?

—¡Ah, el pan! Bueno... ¡No me hables! ¿A eso le llaman pan? Yo entiendo de panes, pero de esa cosa no. Y como se me olvidó la marca que querías...

¡Hay tantas marcas de pan en Milán! Y todas lo mismo: artificiales. Andrea le mira con desesperación de víctima.

—Pero ¡mira, mujer, mira estas peras! Son naturales, no como las otras, tan iguales que parecen de cera... Y luego, con esos trucos para que no puedas ni olerlas y para que pagues cartones en el peso... Bueno, si me recuerdas la marca, bajo otra vez a por el pan.

—No, papá, no se preocupe. Tengo yo que comprar unas cosas mías. De..., de perfumería, eso.

La mirada y el tono de Andrea delatan malos humores y el viejo decide largarse también en cuanto ella se marche. No quiere estar a su regreso, porque un día cualquiera se va a hartar y va a mandarlo todo a paseo...

Cuando él sale, Andrea ya ha llegado a su frutería habitual y está dando explicaciones a la dueña,

ofendidísima por la conducta del viejo. Andrea se esfuerza en aplacarla.

—¡Llegó a llamarme ladrona, señora Roncone,
delante de mis clientes! ¡Ladrona yo, que miro y remi-
ro los precios como todo el barrio sabe!

—Discúlpele, señora Morante; es viejo y está
enfermo. Además, es del Sur, un campesino, ya comprende... ¡Si supiera cómo me las hace pasar! Perdó-
nele por mí.

—Por usted le disculpo, que es usted una verdadera señora... Pero él que no vuelva, por favor...
¿Pues no quería romper el plástico de los envases para
manosear la fruta?... ¡Un rústico, un patán y perdone,
sin idea de la higiene!... Luego la tomó con mi balanza automática, la más moderna: empeñado en com-
probarla con pesas de verdad, decía él... ¡Sospechando, señora, sospechando! ¡Una balanza *Veritas* precin-
tada por la Prefectura...! Y venga a discutir y a re-
gatear, y la tienda llena de gente esperando... Pero
lo que menos le perdono es la desconfianza. ¡Treinta
años llevamos aquí sin que nadie se haya quejado
nunca!

Andrea, abochornada, soporta el chaparrón para
no caer en desgracia, pues las demás fruterías del barrio
son inferiores. Por supuesto, jamás se le ha ocurrido
entrar en la de los tarentinos, donde precisamente el
viejo ha hecho su compra. Al fin la frutera se ablanda:

—Parece mentira que sea el padre de su espo-
so, tan distinguido. Y usted tan señora, doña Andrea,
hija de un senador, toda una profesora de Universidad...

Mientras la frutera presume de clienta ante las
demás compradoras, Andrea prolonga su papel de víctima:

—¡Qué me va usted a decir, si soy yo quien
le aguanta! Con el niño estoy en vilo; nadie sabe lo

que puede ocurrírsele a ese hombre. A veces hasta parece que no anda bien de la cabeza.

—Pues él debería reprimirse, viviendo en su casa... ¿Cómo lo consiente su marido?

—No podemos hacer nada... Se está muriendo.

—¿Su suegro? ¿Con ese genio y esos modos? —se pasma la frutera.

—Un cáncer.

La palabra fatídica deja helada a la asistencia. Hasta la ofendida se apiada:

—¡Pobre!

—Y rápido. Le trata el profesor Dallanotte. Como es colega mío en la Universidad...

—¡Dallanotte! ¡Una eminencia!

Andrea explica cómo hacen lo imposible para evitarle al suegro padecimientos, pero él ¡lo pone todo tan difícil con sus manías...! Acaba pidiendo otro par de kilos de fruta como es debido: conservada, higienizada y plastificada.

—Tienen buena pinta ésas de allá... ¿Cómo son?

—De lo mejor. Como las yugoslavas que lleva usted otras veces y se me han acabado. Esas son griegas.

—¡Sí, sí, de Grecia!

Se despiden, ambas satisfechas. La frutera, por haber recibido excusas en público y, después de todo, ante un cáncer ningún buen cristiano puede ser exigente. Andrea por haber resuelto el incidente: no quiere enemistarse con esa mujer, que vende caro pero donde compra la gente más distinguida. Así, alta la cabeza, Andrea regresa a su casa, adquiriendo por el camino su *panetto*.

Entre tanto, en un banco de los jardines, defendiéndose del frío con su pelliza, el viejo fuma en paz el único cigarrillo que se permite en todo el día, aparte el de después de cenar, ya en su alcoba. Su mente rumia el asombro experimentado al conocer al marido de la señora Maddalena cuando ha ido a comprar las peras. Un hombre alto, sí, pero fofo, cara de santurrón, pelo a raya muy aplastado y voz atiplada.

—¿Y la señora? —le preguntó cortésmente el viejo.

—Ha ido a la Prefectura, por cuestión de las licencias. Esas cosas las arregla ella... ¡Y ya debería estar aquí! —concluye echando una mirada al reloj colgado tras el mostrador.

—Dele recuerdos de Roncone, el de Catanzaro.

«¿Por qué me echó entonces el tío una mirada de reojo?», evoca el viejo... «No, ese tipo no le pertenece a la señora Maddalena. Esa real hembra pide otra cosa. ¡Menuda *stacca!*»

Y, mira por donde, Milán destapa una vez más su caja de sorpresas, porque cuando el viejo llega al *Corso Venezia,* dando la vuelta al Museo, divisa justo enfrente, esquina a la *via Salvini,* un coche deteniéndose junto a la acera. Primero le llama la atención su color verde metalizado y, al fijarse, también le resulta notable el perfil aguileño con bigote y la tez oscura del conductor. Que, por cierto, se despide con un beso de alguien sentado a su lado y a punto de apearse.

Cambia el color del semáforo y el viejo empieza a cruzar el *Corso,* mientras el coche arranca veloz y en la acera queda su pasajero. Se trata de una mujer, claro, y nada menos que de la señora Maddalena, plantada en la acera con su buena estampa, bien vestida y despidiendo con la mano en alto al coche que se aleja. Luego, sin ver al viejo a su espalda, entra por la *via Salvini* hacia su tienda.

El viejo sonríe anchamente. «¡Vaya, vaya, vaya con la señora Maddalena...! ¡Así ya se comprende!»

El viejo, paseando más allá de los jardines, llega hasta una gran plaza con un monumento en el centro: una figura ecuestre en lo alto de un imponente pedestal con alegorías de bronce a los lados. «Esa gorra y esa barba... ¡Garibaldi! ¡Y vaya caballo!... Bueno, algo han hecho los milaneses. Por lo menos se han acordado de Garibaldi, éstos del Norte que le dejaron tirado en cuanto acabó con los reyes de Nápoles... ¡Qué bien lo explicaba el profesor en la partida! Lo mismo que nos dejaron tirados a los partisanos en cuanto nos cargamos a los alemanes. ¡Volvieron a mangonear los barones y sus caciques, mandando desde Roma como siempre...!»

Sigue adelante bajo los árboles de otra avenida y vuelve a detenerse al divisar al fondo las imponentes murallas rojizas que la cierran.

«¡Vaya torre! ¡Buena fortaleza, con sus aspilleras de tirador! Resistiendo como nuestros castillos; ésta no pudieron cargársela ni los aviones de Hitler... ¡Hasta conserva su campanile en todo lo alto!»

Se detiene ante un quiosco. Le fascinan las portadas de las revistas; como a los niños las estampas.

«¡Qué culos, qué tetas! Ahora lo enseñan todo. Da gusto, los ojos no envejecen... Pero también cabrea. ¡Pura mentira, de papel nada más! Calentarse y no tocar; hace falta ser tan frío como los milaneses para aguantarlo.»

Las estampas le hacen mirar de otro modo a las transeúntes. «¡Cómo visten hoy las mujeres, *mamma mía*!» Van tan cortas que le hacen sentir frío por ellas, a pesar de su pelliza, y acelera el paso tras encender su cigarrillo del día. Cerca ya de las rojas murallas advierte un letrero turístico que proclama, en varios idiomas: *Castello Sforzesco. Museos.* ¡Hombre!, un museo apareciendo oportunamente cuando no sabía a dónde ir hasta la hora del almuerzo. Decide entrar, con repentinos deseos de ver de nuevo a aquellos etruscos.

Pues no les ha olvidado. Incluso preguntó a Andrea, que le prestó un grueso libro, recomendándole mucho su cuidadoso manejo.

—Es un libro de arte, papá; no debe abrirlo nunca más de noventa grados. Quiero decir: así.

Lleno de etruscos estaba el libro, ciertamente, pero no le impresionaron. Eran como los culos y tetas del quiosco: mentiras de papel. «Esta gente, con tanto libro, confunde las estampas con las cosas.»

Por eso le ilusiona poder ahora ver etruscos de aquéllos. Pero el primer vigilante a quien pregunta en el interior le advierte que allí no hay etruscos.

—¿Cómo que no? —se indigna—. ¿Esto es un museo o no es un museo?

—Sí, señor; pero no tenemos antigüedades etruscas. Eso es en Roma y en el Sur.

«¡Claro que los etruscos son más al Sur, desgraciado! ¡Aquí no se hubieran reído nunca como se reían!... Pero entonces, ¿qué demonios de museo es éste?... ¡Cuando yo digo que de Roma para arriba ya no es Italia... Y ni aún la misma Roma!»

El guardián, entre tanto, justifica sus colecciones:

—Tenemos piezas espléndidas. Algunas son de lo mejor del Renacimiento. De todo: pintura, escultura, tapices, armas...

«¡Armas! Menos mal; ya que he pagado...»

Las armas valen la pena, desde luego. Le impresionan.

«¡Aquellos tíos sí que eran hombres! Cargados de hierro y, encima, empuñando espadones como lanzas. ¡Y las mazas esas! ¡Qué bien sonarían en el casco al aplastar una cabeza!... ¡Si nos dejasen una al Cantanotte y otra a mí, acababa yo con mis penas! Yo amarrado a una silla, desde luego: juego limpio... Como aquellos tíos, ¡vaya guerreros! ¡Buena cuadrilla de leñadores se formaba con gente así! En cambio, estos milaneses de ahora... ¡Degenerados!»

Las armas valen la pena, sí; pero el resto, nada que ver. Cuadros de santos, florecitas, *madonnas,* retratos de marqueses y de obispos... A veces, una tía bien pechugona, pero nada más... Y los niños, ¡ni uno sólo vale la pena! Mofletudos, bracitos de manteca, como el Niño Jesús. «Claro que el Niño Jesús es lo suyo; por ser tan blandengue se dejó crucificar, que si llego a ser yo y haciendo milagros, según dicen... Pero estos niños, nada: así resultan luego de mayores estos milaneses. Menos mal que mi Brunettino me tiene a mí; hemos de aguantar hasta que hable, ten paciencia, *Rusca,* déjame un poco más para enseñarle a no ser como éstos... Ya va aprendiendo... ¿Lo notaste anoche, cuando volví a su cuarto mientras ellos duermen? Porque la noche es nuestra, como en la guerra. Estaba dormidito, ¿recuerdas?, y de pronto abrió los ojos, fue a sacar la manita, a llorar, ¡qué sé yo!, pero me vio a su lado y sonrió tranquilo. ¿Te fijaste qué sonrisa como un besito?... Cerró los ojos, pero escuchaba todas mis palabras, hasta ésas que nada más las pienso, sin pronunciarlas. Le llegan adentro,

Rusca, ese niño es un brujito. Se da cuenta de todo, le entran esas palabras mías que aquí no gastan, ¡las de hombres que hablan claro!»

No, no encuentra en todo el museo un niño que valga la pena. Otros lienzos hasta producen risa, como uno con un grupo de ovejas. «¿Dónde las habrá visto así el pintamonas? ¡Con cara de conejas, como cruce de perro y coneja!» Cierto cuadro le indigna: «¿Pastores eso?», bufa, mirando a un visitante que se escabulle ante el amenazador tono de voz. «¡Si lo viera *Morrodentro,* que ése sí que es un pastor...! ¡Ni en la Arcadia esa, donde demonios esté, se puede ser pastor con esas medias blancas, esos calzones de cintajos y esos gorros... Pues ¿y el lacito de colores en el cayado? ¿Y esas pastoras con faldas como globos?... ¡Sinvergüenzas! ¡Eso es un carnaval!... ¡Dan ganas de sacar la navaja y rajarles la cara a todos en ese cuadro por maricones!... ¡Pastores, bah!»

Su irritación le induce a marcharse, acelerando el paso hacia la salida. Pero, de repente, le detiene en seco una escultura.

En ella ninguna blandura: al contrario. Parece como aún a medio hacer, pero ya tan cargada de expresión que su misma rudeza, más vigorosa que lo perfecto, resulta un grito de llamada para el viejo, un toque de clarín.

Esas dos figuras labradas a golpes, tan unidas que resultan una, le recuerdan sus propias tallas rústicas en palos y raíces. Cuando era pastorcillo, arriba en la montaña, tiraba de navaja a la sombra de un castaño y a fuerza de tajos y cortes iba sacando algo: una cabeza con cuernos, un silbato, un perro, una mujer bien tetuda en la que no olvidaba la marcada incisión entre las piernas... Una vez le salió el padre del Cantanotte; le reconocieron por la joroba y le valió una paliza del rabadán, aunque fue sin intención:

¿cómo iba él a sospechar siquiera rencillas de años más tarde? Sólo que la raíz aquella tenía un muñón saliente en el sitio justo. Quizás salió de un aojamiento que alguien le quiso hacer al viejo Cantanotte.

Pero ahora no se trata de un tosco palitroque, sino de un mármol considerable. Se asombra: un escultor digno de los guerreros con las mazas; nada de pequeñeces. La impresión crece en el viejo: aquel artista fue de su mismo temple. Por eso ansía comprenderle mejor: ¿qué labró en esa roca, qué nos quiso decir?... Ese personaje en pie, con redondo casco y manto, sosteniendo a un hombre desnudo cuyas rodillas se doblan en el desmayo o en la agonía..., ¿qué misterio encierra?

Para desvelarlo el viejo lee el rótulo, pero agita incrédulo su cabeza: *Michelangelo. Pietà Rondanini,* reza la placa.

«¡Imposible!... ¿Una mujer con casco?... Y aunque sea un manto cubriendo la cabeza, ¿cómo una *madonna,* que siempre pintan niña y poca cosa? ¿Una virgen, con esa fuerza, plantada tan firme, sosteniendo, levantando al Cristo?... Salvo que el Michelangelo fuera de Calabria, donde aún quedan mujeres con esos bríos. No; es que estos milaneses no entienden; han escrito *Pietà* porque no saben lo que guardan aquí... ¡Claro; si entendieran de lo bueno tendrían etruscos!»

Precisamente porque en Milán no comprenden esa talla el viejo se interesa más aún por esos cuerpos enigmáticos.

«Dos guerreros; eso tienen que ser; dos partisanos de entonces, no hay duda... ¡Si está claro: a uno le han herido y el camarada le sostiene, llevándoselo a sitio más seguro!... Como el Ambrosio y yo, son como hermanos... Sí, porque el del casco sufre. Tiene cara de valiente, pero llena de pena... ¿Quiénes serían, de cuándo?»

El viejo se lo pregunta al mármol de hombre a hombre, para admirar mejor tanta recia ternura, tan hondo amor viril, misteriosamente encarnado en la piedra. Interroga de igual a igual porque, si él hubiera cogido un cincel alguna vez, así se hubiera enfrentado con la roca de su montaña.

Al rato desiste, aunque le cuesta trabajo marcharse sin saber más, dejando tras de sí a esa pareja de guerreros, como dejó en *Villa Giulia* la de etruscos; y eso que ahora es lo contrario. ¿O sólo lo parece? Pues las dos esculturas le retuvieron, se dirigieron a él, hablándole hondo: esta fuerza en el dolor y aquella sonrisa sobre la tumba. Se aleja llevándose consigo una tremenda impresión. Y también la desazón de no poder precisar un recuerdo importante que pugna por asomar en su interior.

En las noches de viento sur el viejo oye las campanas del Duomo a pesar de la ventana cerrada. Acaso ellas ahora le despiertan, o quizás el recuerdo tenaz de los dos guerreros que todo el día, e incluso por lo visto bajo el sueño, han seguido llamando a las cerradas puertas de su memoria. El caso es que de pronto se desvela, se sienta de golpe en la cama, muy abiertos los ojos, todo su cuerpo alerta. Esos pasos furtivos..., ¿quién hacía guardia esta noche en la avanzadilla? ¿Le habrán sorprendido?... A punto de echar mano a la metralleta recuerda que no está en el monte. Esos pasos serían de Renato, llegándose al niño... El viejo sonríe y vuelve a tenderse a su gusto.

Pero no se duerme, al contrario, porque al fin los dos guerreros derriban las puertas del recuerdo y

el pasado se alza en la oscuridad, deslumbradora-
mente:

Torlonio, el más alto y más fuerte de la partida, con su pasamontañas como el casco-manto de la
estatua, sostiene casi en pie, tan alto como puede, a
David moribundo para permitirle ver, allá abajo en el
valle, el fascinante espectáculo provocado por los partisanos: el tren alemán de munición estallando por todos lados como una traca gigantesca... Relámpagos y
detonaciones despedazan la noche, saltan techos de va-
gones en el aire, huyen despavoridos los pocos solda-
dos supervivientes y alguno, con el uniforme en llamas,
se arroja a las aguas del Crati... La hazaña es un duro
golpe para las tropas germanas del Sur y su protago-
nista es David, con sus detonadores, sus fórmulas, sus
cables y sus gruesas gafas de miope.

El pequeño David, el judío florentino, el estudiante de química destinado a la partida por sus cono-
cimientos técnicos. David, de quien todos se reían
cuando confesaba su miedo antes de cada operación
en la que, sin embargo, luego se arriesgaba como el
primero. David que, al fallar aquella noche la prueba
de encendido, volvió a bajar solo hasta la vía férrea,
arregló los contactos casi cuando el tren llegaba y,
descubierto al replegarse, intentó en vano salvarse monte arriba de las ametralladoras, aunque aún tuvo fuerzas para arribar hasta sus compañeros. David que, per-
didas las gafas en la última carrera de su vida, revelaba
a la roja luz de las explosiones unos hermosos ojos
oscuros, expresivos y profundos.

Hermosos hasta que se quedaron fijos y empezaron a velarse mientras el cuerpo, dobladas las rodillas, se vencía hacia la tierra en los brazos piadosos de
Torlonio, cuya mirada se iba empañando de lágrimas
en un rostro desbaratado por la ternura.

Ris..., ris..., ris...

La hoja pasa y repasa sobre la barba enjabonada. Un ruido apenas perceptible, pues el viejo lo oye más bien por dentro, a través de los huesos. Tampoco suena el agua corriendo porque cae sobre la esponja puesta debajo adrede. El viejo no enciende la luz del baño: recibe suficiente de la noche ciudadana, nunca negra, siempre ensuciada por una turbia claridad.

Para despertarse no, pero para afeitarse es mejor el agua caliente que la fría: alguna ventaja había de tener. Aun así, el filo sobre los gruesos cañones de barba produce ese leve ruido de serrucho. Cada dos veces tiene que tirar la hoja, aunque las compra de las baratas, más duras. Eso le tranquiliza, compensándole de sentirse a diario con cara de mujer y no sólo dos veces a la semana, como en Roccasera. Barba bien de hombre; como sus manos, que sólo en sus ensoñaciones de aquel día le parecieron femeninas, piensa: aunque se apure mucho, azulea. En fin, gracias a ese cuidado ya no retira Brunettino su mejilla, esa suavidad de seda y jazmín.

Le coge y le achucha cuando no le ven. A Andrea no le gusta; ayer se quejaba con Anunziata creyendo no ser oída: «Este niño parece oler a tabaco», dijo. «¡Dios mío, qué cruz!» El viejo se indignó ante esa mentira; primero, porque ella no tiene olfato, y segundo, porque ya ha suprimido incluso el cigarrillo de media mañana, que calmaba a la bicha. «*Rusca,* compréndelo; tendrás que fastidiarte como yo. Aunque nos cueste.»

Se ha cortado ligeramente. Se alegra; eso lo arregla la piedra de alumbre y, además, un poco de sangre hace macho en una cara tan lisa. Su pensamiento divagante se agarra a esa palabra:

«Lisa. También la Andrea. Sin pecho, ni caderas, ni culo, como los Santos de Reggio... ¿Qué te gustó en esa mujer, hijo mío? Así estás siempre tan serio. Apuesto a que en la cama sólo le haces lo que ella te deja y cuando no dice que tiene jaqueca... ¿Fue el postín de su padre senador?... ¡Vaya senador, sin una lira!... Nunca me fié de los senadores: todos se cagaron pantalones abajo delante de Mussolini.»

Una dentellada de la *Rusca* cuando ya se está secando la cara le hace doblarse. No le sorprende; anoche estuvo muy inquieta, dando vueltas sin acabar de acomodarse como un perro antes de dormirse. Y cuando se calmó, el viejo tardó en conciliar el sueño; echaba de menos el dolor como si éste fuera lo normal.

Se sienta en el retrete y termina pronto. Se levanta y mira. «Sangre otra vez. Claro, el rebullirse anoche de la *Rusca*. En la letrina del pueblo no me enteraba, pero en estas tazas tan finas se lo presentan a uno como en un escaparate. Mi sangre, mi vida, derramándose un día sí y otro también... ¿Cuánta me quedará? El caso es que no me tiembla el pulso ni esas señales que dicen.»

Se mira al espejo; su cara no ha cambiado. Es verdad que los ojos, negros como los del Brunettino, muestran una neblina blanca todo alrededor del iris, pero eso es desde hace tiempo. Sí, como los del Brunettino aunque en un viejo; en cambio el hijo heredó el color avellana de la madre.

«¡*Madonna*, déjame vivir un mes más que el Cantanotte, por favor! ¡Un cirio te llevaré; el más gordo que encuentre!... Y si fuese más tiempo, mejor para el niño...»

Sí, ya no se conforma con el mes que antes le bastaba para triunfar sobre el enemigo; ahora piensa en Brunettino, que le necesita para salir del pozo milanés... Toca su bolsita de amuletos y vuelve a mirarse al espejo: no percibe cambios.

«¿Me encontraría igual la Rosetta, si ahora me viese después de un mes que salí de allí? Un mes justo, tal día como hoy, cuando encontré de paso a los etruscos. ¡Los etruscos!... ¡Pobrecillos, si hubieran tenido que vivir en Milán! Por ellos me alegro de que no los tengan en este museo: se sentirían como presos.»

De pronto, aguza el oído. Estos tabiquillos de ciudad permiten oírlo todo. Renato y su mujer en la alcoba.

—¿No duermes, Andrea?

—Para lo que te importa...

—Mujer, me acosté cansado... ¿Estás mala?

—¡Estoy harta!... Lo del otro día fue el colmo. Nos va a enemistar con todo el barrio. ¡Cuando ya había yo conseguido que la frutera me atendiese bien, entre tanta clientela distinguida!

Se oye el suspiro de Renato. «¿Cuántas veces le habrá repetido ella la historia de la ladrona de las peras?», piensa el viejo, divertido... ¡Cómo plantó a aquella fresca! Naturalmente, no presta atención al resto del diálogo, pues quiere acabar de arreglarse y recogerlo todo para que no se adviertan sus incursiones tempraneras. Pero de pronto vuelve a escuchar; ahora suena a disputa.

—...tienes la culpa. ¿Cómo se me ocurriría encargarte la gestión en *Villa Giulia?* ¡Debí adivinar que acabarías chafándolo todo!

El viejo no logra oír la respuesta. Renato habla bajito, pero ella se excita más.

—¡Excusas! El asunto iba muy bien con mis influencias en Roma. Todos amigos de papá, ¡hasta el subsecretario de Bellas Artes, recordándome que tío Daniel fue su predecesor!... Pero, claro, llegaste tú y... ¿qué impresión le harías al director del Museo? ¿Cómo pudiste meter la pata de ese modo?

—...

—¡Que no sirves para nada, Renato!... ¡Calla, calla; en la fábrica te pasa igual! Te explotan, no eres nadie, todos ascienden por delante de ti, ¡todos! ¡Ya te tocaba ser jefe del laboratorio! ¡Tú mismo lo esperabas!

—...

—¡Negarme esa plaza a mí, con mi Premio Extraordinario! ¡A la hija del Senador Colomini, además! ¡Si el pobre papá viviera, le costaría el cargo a más de cuatro! Pero, claro, me ven sola... Porque tú, nada, ¡y tu padre...!

Se oye una risita. Después, una sola palabra, pero escupida como veneno.

—¡Desgraciado!

Ante el supremo insulto el viejo se ciega. Aún tiene en la mano el cinturón, que no se había ceñido. Lo empuña por la hebilla y abre violentamente la puerta del baño. Si su hijo no sabe domar a esa mujer, él le enseñará.

Pero la puerta siguiente en el pasillo, con su rojiza luz por la rendija, es la de Brunettino. Se detiene ante ella un instante; justo el necesario para que estalle en la casa el grito.

Un grito, sí; violentísimo, aunque sofocada la voz:

—¡Calla! ¡Calla o te aplasto!

«No sería capaz», piensa el viejo, pero le basta el grito de Renato para exultar de júbilo, porque el súbito silencio de la mujer y el choque de su cuerpo cayendo sobre la cama la declaran sometida. Tan desconcertada que ni llora. Y el silencio impuesto por Renato se ahonda, se adueña de la casa.

El viejo retrocede hacia el cuarto de baño, volviendo a cerrar la puerta sigilosamente. Respira hondo. ¡Al fin! Ya casi dudaba de que fuera su hijo, de que llevara su misma sangre.

«Esta es una noche mala... Quién sabe si hay brujería, si el Cantanotte paga a alguna *magàra* contra mí... Cuando ellos se duerman en su cama, me iré con Brunettino de centinela; haré guardia a su lado... ¡Ese sí que es mi sangre, aunque lo haya parido ésa! Comprende, huele y oye como yo... ¡Ese sí que es mi sangre!»

Sangre... Todavía está ahí, tiñendo el agua entre blancos reflejos de loza. Se le había olvidado darle a la manilla; no ha llegado a coger la costumbre.

La empuña, la hace girar y se precipita un ruido llevándose el silencio, una catarata llevándose su sangre.

Andrea va y viene frenética porque odia llegar tarde a clase y Anunziata no aparece. El viejo, prudente, se ha replegado a su cuarto para quitarse de en medio. De pronto, ella se asoma:

—¿Se atreve a quedarse solo con el niño, papá? Está dormido y Anunziata no tardará. ¡Tiene que venir; cuando le pasa algo me telefonea!

«¡Mira que preguntarme si me atrevo...! ¡La que no se atreve a dejármelo eres tú!» El viejo, riéndose interiormente, disimula su felicidad poniendo cara de circunstancias. Andrea se marcha a toda prisa y él se queda pidiendo a la *Madonna* que le despierte a Brunettino, para cogerle en brazos. Entre tanto, pasa a la alcobita, contempla al niño y se dispone a sentarse en la moqueta. Pero no le da tiempo: aún suena el contrapeso del ascensor en el que baja Andrea cuando oye rechinar las poleas del de servicio... «¡Me fastidió la vieja!», piensa, mientras sale al pasillo de mala gana.

Le detiene el asombro: frente al perchero, una muchacha cuelga una larga bufanda amarilla y se quita un chaquetón de punto. Viste falda violeta como agitanada, con motivos orientales estampados, y calza altas botas color avellana. Cuelga también un bolsón de cuero y ahora se quita la boina, liberando su largo pelo negro. Al volverse muestra bordados de colores en el chalequito, sobre su blusa. Sonríe: boca grande, dientes blanquísimos. Avanza:

—*Zío* Roncone, ¿verdad? Soy Simonetta, la sobrina de Anunziata. Mi tía se ha puesto enferma.

Tiende la mano como un muchacho. El viejo se la estrecha y sólo acierta a decir «¡Bienvenida!» Ella continúa:

—Llego tarde, ¿verdad? ¡Maldito tráfico! ¡Desde *Martiri Oscuri* hasta la plaza, el veinte parando a cada momento! ¡Uf, Milán es odioso!

Mientras habla avanza hacia el baño de servicio sin hacer apenas ruido, a pesar de las botas. El viejo la sigue con los ojos hasta que la falda volandera desaparece justo antes de ser atrapada por la puerta que ella cierra.

También las mujeres de Roccasera vestían faldas de vuelo, cuando él era joven. Rojas, las casadas; negras, las viudas; marrón, las solteras; todas, con cenefa de otro color. Y también ellas bordaban motivos populares de colorines en sus corpiños negros. Pero se ceñían además sobre los hombros unos mantoncillos triangulares anudados a la espalda. Algunas se cubrían la cabeza con la *vancala,* el tocado de Tiriolo y su comarca. Ninguna calzaba botas, sino abarcas o alpargatas, y nunca, nunca, salían de su alcoba con el pelo suelto. «No obstante, ésta es como ellas: ríe con los mismos dientes y con esos ojos negros... Sí, los mismos ojos: ¡aquellas mozas de Roccasera!»

Reaparece la muchacha. El guardapolvo de su tía se ciñe a sus formas de mujer. Sólo calza gruesas medias de lana.

—Las zapatillas de su tía están en... —explica el viejo, pero ella le ataja:

—No las necesito. En casa siempre estoy así. Aquellas mozas de Roccasera también solían andar descalzas en el buen tiempo, incluso fuera de casa. Ahorraban medias, y...

El viejo suspende sus añoranzas y corre hacia su cuarto, en donde se ha metido la chica con los chismes de la limpieza. «¡*Madonna,* va a descubrir el bacín!»

En efecto; casi tropiezan los dos en la puerta. Ella lo lleva en la mano para vaciarlo y al viejo le da apuro. «¿Por qué?», se reprocha en el acto. «Es lo suyo, faena de mujeres.»

—Deje, deje, ya lo llevo yo —dice risueña la chica, reteniendo el orinal en su mano—. En casa vaciaba el de mi padre... También era del Sur. Siracusano.

—Entonces le gustarían los quesos fuertes... —se le ocurre previsoramente al viejo, preparando así una explicación de su despensilla particular y secreta, por si la chica la descubre. Pero a Simonetta ya le advirtió su tía que no debe darse por enterada del escondite en los huecos del diván-cama.

—Sí, le gustaban mucho, como a mí... Se mató en una obra; era albañil. Mi madre murió poco después. Hermana de Anunziata.

La chica, mientras habla, ha iniciado eficazmente el arreglo de la habitación. El viejo, en vez de batirse en retirada, como los demás días, sigue gustoso la charla. «Una moza que odia a Milán... ¡Vaya, merece oírla!»

—Claro que odio a Milán. Me encanta el campo y los animales. Todos... ¡Todos —insiste riendo—, hasta las moscas!... Por eso estudio veterinaria.

El viejo recuerda al veterinario de su juventud, gordo y coloradote, de cuello duro y corbata, siempre dejando caer ceniza de un puro, hasta cuando estaba curando a las bestias.

—Había que bajárselas a Sersale —le cuenta a

Simonetta—, sólo se molestaba en subir a Roccasera para mandar matar ovejas o cabras, cuando se les inflaba la tripa con la epidemia... Se las escondíamos aunque viniera con los carabineros, porque algunas se salvaban ¡y una cabra es una cabra!... Seguro que tú subirás a la montaña mejor que aquel comesopas del Gobierno, amigo de los marqueses... Porque tú serás todo lo estudiante que quieras, pero se ve que no te importa limpiar, ni trabajar con tus manos... ¿No tienes calor con la calefacción y esas medias tan gordas?

—¡Qué va! ¡Si no son medias! Son calcetines, para que no me rocen las botas.

Levanta la bata hasta descubrir la rodilla desnuda. «Así iban aquellas mozas de Roccasera en mis tiempos», explica a Simonetta, «sólo que a eso ellas le llamaban medias, porque no las había más largas». El viejo se abstiene de añadir que ninguna hubiera enseñado tan fácilmente la rodilla. El mozo que lo lograba de alguna ya podía esperarlo todo... y acababa consiguiéndolo.

El viejo la ayuda a terminar la cama y ella lo acepta con naturalidad, así como en otras habitaciones. En un momento dado, la Simonetta le mira con asombro, como cayendo en la cuenta:

—Yo creía que en el Sur los hombres no hacían estos trabajos.

—Y no los hacemos. Pero esto no es el Sur.

El viejo comprende que eso no es suficiente y se siente como sorprendido en algo feo. Pero le viene un recuerdo exculpatorio:

—Tampoco cuidamos niños y yo me ocupo del mío... Además, durante la guerra, en la partida, nos lo hacíamos todo: lavar, coser, guisar... Todo.

La chica corta la corriente de la aspiradora y en el súbito silencio le mira con ojos brillantes:

—¿Fue usted partisano? ¡Qué fantástico!

Ahora les toca a los ojos del viejo iluminarse: ¡es tan raro encontrar jóvenes interesados por la guerra! No quieren oír hablar de ella, pero ¿qué sería de esos desgraciados si los viejos de ahora no hubiesen luchado? ¡Trabajarían como esclavos para los alemanes!

—¿Dónde luchó, dónde? —pregunta Simonetta.

—¿Dónde había de ser? ¡En la Sila, en mis montañas! Allí no podía cazarnos nadie, en la Grande y la Pequeña Sila. A veces llegábamos hasta la Sila Greca, para enlazar con los de la zona. Pero no nos necesitaban, ¡menudos luchadores son! Descienden de albaneses, ¿sabes?, llegados en tiempo de los turcos. Conservan todavía hasta sus popes, porque también padecen de curas, pero los popes se casan y son muy bragados. Una vez...

Trabajan y hablan, se afanan y recuerdan. Para el viejo es como haberse reunido con un camarada y resucitar aquellos tiempos... De pronto, el llanto del niño: ambos corren hacia la alcobita. El viejo mira la hora en su reloj. ¡Increíble, cómo se le ha pasado la mañana!

Simonetta le hace carantoñas al niño, que palmotea y ríe sentado en la cuna, dejando caer un hilito de baba.

—¡Le gusto!, ¡le gusto! ¡Mire cómo ríe! —se ufana la muchacha, y añade—: ¿Puedo cogerle o usted también dice que eso no es bueno?

Y como el viejo ríe a su vez, protestando de que le atribuyan tales aberraciones, la muchacha levanta al niño y lo estrecha en un vivo gesto tan instintivamente maternal que el viejo se conmueve. ¡La *zía* Panganata, Tortorella, aquellas madres de Roccasera...!

El niño también percibe el calor del gesto y se instala como un gatito entre los pechos y los brazos que le estrechan. Con una manita rodea el cuello de la muchacha, mientras tiende la otra hacia el viejo, que se le acerca hasta sentir el bracito en torno a su cuello. El chiquitín aprieta y ríe.

¡Ese otro olor, junto al de Brunettino; esa caricia de cabello negro en su piel! Revelación para el viejo de que su compañero de faena y de recuerdos guerreros es una mujer. De mujer ese aliento, ese rostro tan próximo, tan próximo al suyo...

El descubrimiento le turba, pero de un modo nuevo, porque con ese niño en sus brazos la muchacha se hace madre. ¿Madre de Brunettino?

El viejo suspira en esa confusión. El niño se cansa pronto. Patalea y tiende la manita hacia su plato vacío, amarillo disco de plástico sobre la cómoda.

—Es su hora, ¿verdad? —apunta Simonetta.

—Sí; debe de tener hambre.

—Quédese con él; yo le haré la papilla.

—¿Sabrás prepararla? —se asombra el viejo, porque las muchachas de ahora ignoran esas cosas.

—Mi tía me lo explicó. Además, yo he cuidado niños. Estuve *au pair* en Suiza el año pasado, ¿qué se cree?

Lo ha dicho ya desde el pasillo, con un risueño tonillo desafiante. El viejo permanece en la alcobita. «¡Cuántas cosas necesita un niño! Alimentarle, cambiarle a cada paso, bañarle, dormirle, curarle... Y otras más difíciles: calzarle esos zapatitos que Brunettino se quita con tanta facilidad, hacerle echar el aire que se traga, abrocharle esos malditos botones... Hace falta ser mujer para aguantar así meses y meses... ¡Bueno, mujer como es debido!»

El viejo se asombra de cómo una estudiante se ha conquistado ya al chiquillo, que jamás tomó una papilla más dócilmente. Luego se lo llevan a la cocina, donde los enredos del niño tocándolo todo, tan exas-

perantes para Andrea, desatan la risa de Simonetta,
que juega con Brunettino mientras avía unos platos.
El viejo, incorporándose a la fiesta, revela el secreto
de su despensilla privada y aporta manjares meridionales para alegrar el frío mundo gastronómico de
Andrea.

—¡Vaya queso rico! —exclama Simonetta de-
vorándolo. Y, naturalmente, Brunettino también exige
probarlo.

—¡Pues si cataras los que hacemos en casa...!
¡*Rascu* ahumado, o el *butirri,* con mantequilla dentro...! Pero hay que comerlos allí, saben mejor; sobre
todo en la solana de atrás, viendo a lo lejos la montaña. O en día de merienda, a la sombra del castañar...
¡Allí, bajo los árboles, en los días despejados se domina casi todo el país, hasta nuestro mar, a lo lejos!

—¡Me encanta el mar! —exclama Simonetta
con la boca llena.

—¡Tonterías! Donde esté la montaña que se
quite todo. El mar no es para los hombres; si lo fuera,
naceríamos con aletas, ¿es que no?... Aunque —añade pensativo— yo viví unos días junto al mar, el de
Rímini, tan azul al mediodía, tan violeta por la tarde...

La muchacha se levanta para alcanzar el vino
y se detiene al rodear la silla del viejo. Desde atrás
le acaricia la cabeza cortándole la nostalgia, y declara
con desarmante naturalidad:

—Me gusta su pelo, *zío*. Un gris tan igual, tan
crespo y recio... ¡Ojalá mi Romano llegue a ser como
usted cuando sea viejo!

—Y a mí me gusta que me llames *zío* —replica el viejo ocultando su turbación, acrecentada al
verla beber con tal viveza que un hilillo rojo resbala
por la barbilla femenina sugiriendo la sangre. Sangre,
como si le hubiera mordido el labio, sangre de ese cuerpo rotundo y joven... Pero ya se limpia ella con el

dorso de la mano y el rostro recobra su inocencia perdida.

Explica luego, riéndose, que Romano es su amigo.

—Estudia medicina, *zío*. ¡Así curaremos a todo el pueblo entre los dos, hombres y animales! Es comunista, como yo. ¡Mi tía Anunziata no le puede ver! —concluye, riendo aún más.

—El comunismo son fantasías, muchacha. Mis tierras son mis tierras; ¿cómo van a ser de otro?... Eso sí, tus comunistas lucharon en la guerra con redaños, y eran buenos compañeros. Dejaron de serlo al final, como todos, cuando se echan a la política y a los discursos.

—¡Todos no! —se exalta ella—. Y hay que hacer política para la libertad... ¿O crees que se puede arreglar nada desde cada pueblo, sin ocuparos más que de vuestras tierras?

En su apasionamiento ha empezado a tutearle, como a un camarada. Y, acabado el arreglo de la casa, pasan a ver la televisión... En el cuarto de estar la discusión se enzarza, interrumpida de vez en cuando para bajar a Brunettino del sillón a donde ha trepado o para quitarle de las manos el frágil cenicero de Murano. «Habla como en los mítines», piensa el viejo escuchándola. «¡A estos comunistas, labia no les falta!»

Simonetta expone ideas y admite que las debe a su novio. Antes de conocerle sólo pensaba en aprobar los exámenes y luego ganar dinero, pero Romano la hizo consciente... ¡Oh, Romano!

—¡Claro que quiere acostarse conmigo! —responde abiertamente a una alusión del viejo—. ¡Y yo con él!... ¿Qué dices de quince años, *zío*? ¿No tienes ojos? ¡He cumplido ya diecinueve!

«A los trece, mis mozas de Roccasera ya eran tan cautas y reservadas como mujeres. En cambio, esta

Simonetta..., ¡libre como un muchacho!... El caso es que hace bien, resulta hasta bonito, limpio», piensa el viejo, asombrándose de tener tales ideas.

—No, todavía no hemos hecho el amor. No sé por qué... —y, súbitamente seria, continúa—. No habrá llegado la hora... No queremos empezar de cualquier modo. Romano dice que el principio no hay que estropearlo. Pensamos hacer un buen viaje los dos cuando tengamos dinero... ¡Ya nos desquitaremos, ya! —prosigue, nuevamente alegre—. ¿Cómo dices? —mohín de ofendida—. ¡Pues claro que es guapo; más que yo!

«¿Más que ella?», duda el viejo. «Ciertamente, guapa, guapa, no se la puede llamar... ¡Ni falta que le hace! Tal como es llena la casa... Hasta la televisión interesa con sus comentarios.»

Las horas vuelan. Cuando llega Andrea, paga a la muchacha y se parapeta tras de sus papeles, parece que Simonetta, otra vez en la puerta, acaba de entrar. Pero es al contrario: ha concluido y se prepara para irse. El niño quiere impedirlo agarrándose a su falda y chillando, pero acude Andrea y se lo lleva hacia dentro.

El viejo ayuda a Simonetta a ponerse el chaquetón y ella se coloca la boina y se arregla femeninamente el pelo. Se cuelga el bolsón del hombro, se lía al cuello la bufanda amarilla y se vuelve dejando resplandecer su sonrisa:

—¡Qué bien lo he pasado! —exclama sencillamente.

Tiende la mano como cuando llegó, como a un camarada. Pero cambia de idea antes de que el viejo la estreche y le pone en los hombros sus manos, besándole suavemente en la mejilla.

—*Arrivederci, zío* Bruno.

—Hasta la vista, *sciuscella* —responde el viejo gravemente, bendecido por el roce de esos labios.

Simonetta abre a medias la puerta, se desliza por el hueco y cierra despacio, dejando en prenda la estela de una última mirada risueña, cándidamente cómplice.

El viejo oye la puerta del ascensor. Lentamente llega hasta la alcobita, donde se sienta junto al niño, por fin dormido. En la penumbra crepuscular destaca la brasa de la mariposa enchufada por Andrea. El aire se hace cáliz para el olor lácteo y carnal de Brunettino; el silencio enmarca su respiración tranquila.

Suenan las campanas del *Duomo,* en alas del viento sur. ¡Las seis ya! El viejo cae en la cuenta de que la bicha ha estado tranquila todo el día... Claro, conquistada también por esta muchacha que es como aquellas mozas.

Para Santa Chiara la gente subía hasta los castañares comunales por el camino de la ermita, a lo largo del arroyo, llevando en andas los panes de la Santa, que a mediodía se subastarían. En el soto, pasadas las últimas viñas, brotaba el manantial en un hoyo clarísimo, donde el agua rebosante sólo se dejaba notar por las ondulaciones del afloramiento. Ya se podían comer las uvas y aunque las tardes, lentas y doradas, eran todavía de verano, los crepúsculos derramaban ya una otoñal melancolía. El pueblo había descansado de la cosecha y se aprestaba para la otra gran faena en la rueda del año: la vendimia.

«¿Por qué recuerdo aquello, Brunettino, como si estuviera allí cuando joven?... ¿Será que ahora me espera otra faena como a aquella gente, niño mío? ¿Después de mi cosecha, mi vendimia?... Y esta muchacha, ¿sabrá lo que quiere decir *sciuscella:* más que bonita y buena, no hay palabras en Milán?... Pero ¿qué importa saber? ¿De qué sirve?... Yo tampoco sé cómo no me he sentido cachondo con ella ni un momento; ni siquiera cuando le rebosó el vino de la boca... Ya ves, ¡ni me molestó pensarla luego en la cama con su Romano!... Eso antes me cabreaba y no es que yo esté tan rematado, aunque la *Rusca* ha empezado a comerme más abajo... Eso es que hoy ha pasado algo...»

Cavila un rato sin palabras y luego piensa para el niño:

«Recuerda bien lo que te digo, hijito; no lo olvides: las mujeres te sorprenderán siempre. Crees que ya conoces toda la baraja, desde la reina a la sota, y te sale carta nueva... ¿Qué ha pasado hoy? Ella abrazándote como madre ya hecha ¡cuando ni siquiera sabe aún de hombre!... Y yo, viéndole esas caderas, sintiendo su mano en mi pelo, y sin animarme... ¿Tú lo entiendes?»

Se desarruga, sin embargo, su ceño y sonríe.

«De todos modos, ¡qué buen compañero hemos tenido hoy!, ¿verdad? El mejor para ti, y para mí... Si fueses niña tendrías que ser como Simonetta, para dar gozo a tu abuelo... Pero ¡qué tontería! ¡Niño, niño te quiero para ser hombre!... Chocheo, ¿será eso? ¿Me estaré haciendo viejo?... Estos pensamientos, ¿quizás una señal? ¿Me la mandas tú, Salvinia? ¿Vienes a ponerme otra vez en mi camino, como cuando me guiaste para cruzar la plaza contra todos, cuando me metiste en la cama de la Rosa?... Y si no, ¿por qué se me ocurren tales cosas?... ¿Por qué se me representan ahora tan vivas las mozas de Roccasera? ¿Por qué se ha presentado otra moza como ellas, aquí en este Milán?»

Una idea se le hace de pronto posible:

«¿Para ti, niño mío? ¿Para ayudarme a hacerte hombre? ¿Para tus bracitos ese cuerpo, para ti esos pechos, para tu boquita?»

Contempla los morritos en la cara dormida y se ríe en silencio de sí mismo.

«¡Pero no es tu madre, tesoro, no es tu madre! No tienes más pechos que los míos. Estamos solos, todo he de hacerlo yo. todo... ¡Ah, mi vendimia; ahora lo veo claro!»

De súbito, sin previa decisión consciente, se levanta, abre cauteloso el armario del niño y saca un pelele que esconde bajo su chaqueta. Andrea no notará el bulto si se cruza con ella en el pasillo; ¡es tan pequeño ese cuerpecín!

Llega hasta su cuarto y esconde el pelele del niño en otro hueco de su cabecera. Por las noches se adiestrará en abrochar y desabrochar los botoncitos que días atrás derrotaron a sus manos. Pues aunque son de hombre, ¡ay de quien lo dude!, él las hará también manos de mujer para Brunettino.

Las ráfagas de viento alpino estremecen de frío a los pobres árboles ciudadanos, con sus troncos ceñidos al pie por el hielo de los alcorques. El viejo imagina la sangre de sus venas con las mismas angustias de la savia para seguir subiendo tronco arriba. Pero más le duelen los golpes que sacuden el jardín como paletadas de sepulturero; hachazos cuya torpeza acaba excitando su cólera labradora. ¡Qué desastrosa manera de podar! Se ha vuelto de espaldas para no verlo.

Calla el hacha y el viejo procura pensar en otra cosa, pero lo que asalta su mente no calma su irritación, sino al contrario. Renato no tiene arreglo; está domado. Tras su grito de la otra noche ha vuelto bajo el yugo de Andrea. Parece incluso arrepentido: ayer llamó ella por teléfono anunciando su retraso para cenar, a causa de una reunión académica prolongada, y Renato asentía mansamente:

—Sí, yo le bañaré y le daré la cena... Sí, le acostaré; no te preocupes, amor...

Ella continuaba, prolija como siempre, y el viejo oyó a su hijo justificarse así.

—Perdona la brusquedad, vida mía, pero te dejo; el niño está en el baño.

«¡Pedir perdón por eso!», sigue reprochándole

el viejo, cada vez que, como ahora, lo recuerda. «¡A esa mujer, que es la brusquedad en persona!»

Vuelven los hachazos, reinstalándole en el presente. De pronto un chasquido y, tras brevísimo silencio, prolongada quejumbre de madera rota, desplome de ramaje cortado, estrepitoso choque contra el pavimento. El viejo se vuelve sin poder contenerse y dispara su mirada iracunda hacia la copa del árbol.

En lo alto de la escalera apoyada contra el tronco, un hombre con el chaquetón amarillo de los jardineros municipales. Su hacha levantada amenaza ya otra rama. El viejo estalla, su grito es una pedrada:

—¡Eh, usted! ¡Respete esa rama, animal!

«Ahora baja y nos liamos», piensa.

El podador, un instante paralizado, inicia, en efecto, el descenso. «Ahora», se repite el viejo, cerrando el puño y pensando cómo compensar su inferioridad combativa frente al hacha. Pero cambia de actitud al acercársele el podador, un muchacho con sonrisa embarazada y gesto amistoso.

—Lo hago mal, ¿verdad?

—¡Peor que mal, sí! Esa rama es justo la que debe quedar. ¿No ve que acaba de cortar otra debajo, en la misma línea?... ¿Dónde aprendió el oficio?

—En ningún sitio.

—¡Maldita sea! ¿Y le permiten seguir matando árboles?

—Necesito comer.

—¡Búsquese otro trabajo!

—Podador eventual del Ayuntamiento o nada, me dijeron en la oficina del paro... ¿Qué podía yo hacer?... Lo siento —añade tras una pausa—; me gustan los árboles. Por eso corto poquito, y solamente las más pequeñas ramas.

—Justo, las nuevas... ¡Y deja las reviejas! Es al contrario, hombre.

—Lo siento —repite el muchacho.

El viejo le mira las manos: de escribidor, de arañapapeles. Le mira luego a la cara: simpática, honrada.

—¿Qué hacía usted antes?

—Estudiar.

—¡En los estudios no hay paro! —vuelve a irritarse el viejo, receloso de habérselas con un trapacero.

—Mi padre sólo me da dinero para estudiar la carrera de derecho y yo no quiero ser abogado. Estudio otra cosa.

El viejo sonríe: «¡Bravo, buen muchacho! Equivocado, porque ser abogado da buenos dineros, pero buen muchacho. Podador antes que enredaleyes, ¡bravo!... ¡Abogados, la plaga de los pobres!...» Alarga la mano hacia el hacha:

—Deme eso.

Subyugado por la entonación, el joven le entrega la herramienta y el viejo va hacia el árbol. El muchacho teme que ese anciano pueda caerse, pero le ve escalar los peldaños sin vacilar. Al momento, ¡qué seguridad en los golpes! Primero considera brevemente la fronda, reflexiona, acaba decidiéndose por una rama y chas, chas, la derriba limpiamente. Al cabo deja la escalera para instalarse en una horquilla baja, desde donde poda alrededor. Vuelve a la escalera, desciende, la cambia de sitio, vuelve a subir... Al fin baja definitivamente. El joven le acoge confuso.

—¡Qué vergüenza! —murmura.

—Vamos, vamos, muchacho, nadie nace sabiendo... Pero menos mal que no le dieron una sierra mecánica, porque hubiera dañado todos los cortes.

—Me dejaron una el primer día y la estropeé —confiesa el muchacho con un asomo de sonrisa—.

Desde entonces trabajo con el hacha... Usted sí que sabe... ¿Podador?

—No del oficio, pero entiendo. Soy hombre de campo, ¿no lo ve?

—¿De dónde?

—De Roccasera, por Catanzaro —proclama el viejo, desafiante.

—¡Calabria! —se alegra el muchacho—. Por allí tengo yo que ir el próximo verano.

—¿De veras? —se anima el viejo ante ese interés—. ¿Para qué?

¿Cómo explicarle a ese campesino los objetivos de una investigación de campo para catalogar las supervivencias de los antiguos mitos en el folklore popular?

—Recojo tradiciones, cuentos, versos, canciones... Lo grabo todo y luego lo estudio, ¿comprende?

—No.

«¡Qué cosas más raras inventan estos escribidores para no trabajar!... Los cuentos se cuentan para reírse y las canciones para animarse: ¿qué diablos hay que estudiar ahí?»

—Bueno, luego se publica... Es un trabajo bonito —añade el joven, que no sabe cómo simplificar más la explicación. Y añade, para romper el silencio:

—Yo soy florentino.

El viejo vuelve a sonreír. «Menos mal; por de pronto, no es milanés.»

—¿Quiere un cigarrillo? —añade el joven, temiendo haberle ofendido con sus propósitos de estudiar las tradiciones. En clase les han advertido sobre la potencial susceptibilidad de los sujetos de estudio cuando se realizan trabajos de campo.

—Gracias. Ya se acabó. Aunque se fastidie la *Rusca.*

—¿La *Rusca?*

—Una amiga mía. Le gusta mi tabaco, pero que se fastidie.

«Ahora le toca a este mozo no comprenderme», piensa el viejo, regocijado. Y continúa:

—Mire, yo no tengo prisa. Suba a ese otro árbol y le iré indicando los cortes... ¡Pero atine bien! Coja el hacha por aquí, así, ¿ve cómo balancea?... Y mano firme. Vamos, no es tan difícil.

Trabajan hasta pasado el mediodía, observados por mamás y chiquillos. Al viejo le reconforta ser útil, salvar pobrecitos árboles que padecen de frío en Milán y, encima, son asesinados por la burricie de los oficinistas y escribidores. El muchacho es dócil y nada torpe.

«Así crecerá mi Brunettino, sólo que sabrá mucho más; yo le enseñaré... Y a éste se le puede ayudar, aunque no hay derecho a trabajar en lo que no se conoce. Pero no es culpa suya y, además, no es milanés.»

Concluida la tarea, el muchacho le da las gracias y propone:

—¿Me aceptaría un café, señor?

El viejo vacila.

—Una taza de café y un título de doctor no se le niega a nadie, como decimos en la Universidad —insiste el joven.

El viejo rompe a reír:

—¿De un parado sin dinero?

La risa no es ofensiva.

—Tengo dinero... ¡Ayer quemé mis naves: vendí el Código Civil! La mejor edición comentada, la Roatta-Brusciani, completamente nueva.

Ríen ambos. El muchacho sujeta la escala a un tronco mediante una cadena con candado, cuelga el hacha del tahalí trasero de su cinturón municipal y señala a un bar de enfrente. Pero en ese momento aparca junto a ellos una furgoneta del Ayuntamiento y asoma por la ventanilla delantera un capataz.

—¡Eh, tú...! Venga, te llevamos al centro.

El muchacho mira al viejo con un gesto de disculpa.

—Lo siento.

—Otro día será. ¡Queda prometido, ese café a la salud del Código!

—Palabra... Búsqueme, seguiré unos días por el barrio, ¿verdad, jefe?

El capataz asiente. Ha estado mirando los árboles y se muestra sorprendido:

—¡Oye, tú; muy bien! ¡Ya vas aprendiendo el oficio!

El viejo y el joven se dirigen una sonrisa cómplice y se estrechan las manos.

—Ferlini, Valerio —se presenta formalmente el joven.

—Roncone, Salvatore —declara cordial el viejo.

La furgoneta arranca y la mano joven saluda desde el cristal trasero. En el apretón de despedida era sana y firme. De hombre.

«Sí, pero mi Brunettino será más hombre todavía.»

No, no quiere ver lo que está ocurriendo.

El viejo cierra los ojos, pero entonces se le aparece *Lambrino,* el primer amigo en su vida, su primera pasión.

Su madre…, sí, era su madre, pero estaba acostumbrado a ella y, además, sólo subía a la montaña una vez a la semana… *Lambrino,* en cambio, era suyo a todas horas. Prodigio del universo, aquel corderillo blanco triscando entre las jaras y las matas perfumadas; aquellos ojos dulces adorantes; aquella tibia suavidad entre los brazos del pastorcillo cuando juntos se dormían y la luna joven acariciaba el desnudo pecho infantil, trenzándose los dos latidos.

Lambrino inolvidable, primera lección de amor en su larga historia de cariños, ahora le revive en la oscura concavidad de los párpados cerrados. Pero recuerda precisamente su final y el viejo ha de abrir los ojos para no verlo: el blanquísimo cuello doblado por el brazo del matarife, cuya diestra esgrime la cuchilla… Los pastores reían del dolor y la desesperación del zagal, como seguramente rieron, bestiales, los sayones crucificadores de Cristo.

Al abrir ahora los ojos nadie ríe, en este pequeño círculo de semblantes angustiados, ni les envuelve la viva luz de la montaña; pero, por lo demás, es lo mismo: un cuerpecito inmovilizado, una cabecita forzada hacia abajo, un delicado cuello entregado al verdugo. Sólo que entonces era la cabeza de *Lambrino,* sus ojos desorbitados y sus lastimeros balidos; ahora es Brunettino enmudecido, velada su mirada por unos párpados casi transparentes, como de mármol yacente.

Le habían pedido al viejo, momentos antes, que sujetara al niño, pero se negó violentamente a tamaña complicidad y se retiró hasta la puerta, apoyándose en la jamba para que nadie saliera sin rendir cuentas de lo que ocurriese. Desde ese momento su mano oprime la navaja, cerrada en el bolsillo del pantalón. «Si ese tío me lo desgracia se la clavo aquí mismo», sentencia contemplando a ese verdugo que, con el índice izquierdo, tantea la vena en la vulnerable garganta.

Este verdugo no empuña un cuchillo de matarife, sino una jeringuilla vacía cuya aguja se dispone a clavar. «¿Y si pincha mal? ¿Se desangra entonces, se ahoga?... ¡Le mato, *Rusca,* le mato!» La aguja penetra, se hunde... «En cambio ese cobarde sería incapaz de pinchar en la barriga a un rival; no hay más que verle.»

El transparente cilindro se va llenando de la preciosísima sangre de Brunettino. «Como la de San Genaro», piensa el viejo, porque a la lechosa luz de la ventana ni siquiera parece roja, sino extrañamente oscura, siniestra casi. «¿Envenenada?», se le ocurre de pronto, recordando que así la derramó por la boca Raffaele, aquel mozo de su cuadra, cuando una mula le coceó en el vientre y murió vomitando sangre. Claro que le habían echado mal de ojo —todo el pueblo lo sabía— por cortejar a la Pasqualina. «¿Habrá alguien capaz de haber aojado a este ángel?»

El verdugo ha terminado. Vierte la sangre en un frasquito con algo dentro; lo tapona y lo guarda en su maletín. El niño parece no haberse dado cuenta;

sólo gimió un poco cuando le pincharon. El verdugo se despide de Andrea y, como el viejo no se mueve de la puerta, explica, esperando pasar:

—Con niños tan pequeños lo más seguro es la carótida. Comprenda, señor.

Pero quien hace moverse al viejo es Andrea:

—¿Puede coger al niño un momento, papá?

Mientras ella acompaña al practicante, el viejo se sienta con Brunettino en sus brazos. Besa la frentecita ardorosa y, acongojado, se hace nido para el niño. Su dedo sujeta el algodón que aún restaña la sangre en el cuellecito y ese dedo recibe, golpe tras golpe, el acelerado latido. ¡Cuánta fiebre!

Contempla al niño. Hace dos noches empezó a toser repetidamente. Una tos profunda, desgarrada, de viejo pero en tono más alto. Por la mañana se negó a comer y a mediodía cerró los ojitos y cayó en el sopor de la fiebre. Desde entonces sólo los abre a veces, mira en torno como preguntando por qué le maltratan, gime, tose, respira ruidosamente. Por las noches ha habido que darle baños fríos, ante la elevada temperatura, y asustaba tocar su vientrecito: tan ardiente estaba.

El viejo no ha descansado; todo ha sido asomarse de vez en cuando a la alcobita, vagar en silencio de un cuarto u otro, ayudar como le pedían y velar al niño cavilando acongojado. Lo peor de todo fue ese pediatra, que es como llaman, por lo visto, al médico en el dialecto milanés. «¿Cómo se puede confiar en un tipo así?», pensó el viejo en cuanto le vio aparecer por la puerta, en la mañana de ayer.

El tal médico vestía de anuncio y estaba peinado como en las fotos de la famosa peluquería de ladrones en la vía Rossini. Dejó un rastro de colonia por el pasillo al avanzar con su cartera de mano, de un cuero blando nunca visto, mostrando en el dedo

meñique un anillo con una piedra azul... ¿Treinta
años? ¿Cuarenta? Tan recompuesto, no había modo
de saberlo. Gafas de oro, claro. «¡Y el habla, *Madonna,* su habla! Ya se sabe que el italiano es demasiado
bonito para resultar de hombre, pero pronunciado
como lo hacía él, con todas las sílabas muy remarca-
das y tanta cantilena, resultaba odioso.» Se lavó las
manos al llegar y al salir: ¡cómo le ofrecía Andrea la
toalla! Como los monaguillos presentando las vinaje-
ras al cura; como si aquel tío fuera un santo.

«¡Claro, es que a Andrea le gusta!» se explica
de pronto el viejo. «Su tipo de hombre... Hubiera
querido casarse con uno igual, seguro, pero no lo pes-
có y mi Renato tuvo la mala suerte de tropezarse con
ella... Le miraba embelesada: *dottore* por aquí, *dottore* por allá... Y él, presumido como un gallo, sin reconocer siquiera al niño como es debido: sólo le miró
los oídos y la garganta con aquella bombillita, preguntó la temperatura (que Andrea ya había tomado
metiéndole el termómetro al niño de una manera inde-
cente) y sacó el micrófono, ese de las gomas, que parecían sanguijuelas chupando del pechito... Total, para
hacer que hacía; ni siquiera le escuchó por la espalda...
¿Te fijaste, *Rusca?* ¡Como si el pobrecillo no estuviera tan grave!... ¿*Dottore,* ése? ¡Un esgarramantas, capaz de cualquier cosa!... ¿Tendremos suerte, *Rusca?*
¿Estará chalada por ese cretino?... ¡Lástima que el fulano no se atreva a poner cuernos a nadie! ¡Qué ocasión para librarse de ella, si se enredaban y Renato se
sentía hombre por una vez!»

El viejo suspira, escéptico... A poco, ante el
niño enfermo olvida lo demás. «¡Tan malito, aunque
ese tío no le dé importancia! ¡Como no es su nieto...!
Porque, si sólo es un catarro, ¿a qué viene sacarle
así la sangre, casi degollándole? ¿A qué?»

Oye cuchicheos en el pasillo y se pregunta si

habrá vuelto el médico... No; es Renato, hablando por el pasillo con su mujer.

—El pediatra no le ha dado importancia; dice que se pondrá bueno en dos o tres días —explica Andrea—. Pero ya me ha fastidiado el viaje.

—Mujer, puedes irte a Roma después.

—¡Ahora que ya tenía la audiencia del ministro! Tendré que pedirla otra vez y... Además, tío Daniele había empezado a mover sus influencias.

Callan al llegar a la puerta de la alcobita. El viejo entrega el niño a Renato, mientras piensa: «Esa sólo se ocupa de su carrera. ¡Ni que el niño le estorbase!... ¡Pobre Brunettino mío!»

Ya de noche, mientras cuida al nieto durante la cena del matrimonio, el viejo dialoga en pensamiento con la palidísima frente sobre las mejillas arreboladas:

«Sí, niño mío; ellos comiendo tan tranquilos mientras tu cuerpecito es campo de batalla; tu sangre contra el mal, a vida o muerte, ¿cómo serán capaces?... Pero déjalos, no estás solo. Tu padre no manda en casa, tu madre te entrega a ese *dottore* de mierda, pero tu abuelo te sacará adelante, ¿te enteras, angelote mío?... Por de pronto, quieran que no, mañana tendrás aquí agua hirviendo con hojas de eucalipto y flores de cicmolaria... ¿Sabes? Los árboles son buenos; los árboles quieren a los niños y te salvarán mejor que esos pinchazos. Olerás a la montaña en primavera y podrás respirar... Ah, ¿sonríes?; ya veo que me crees. ¡Bravo, niñito mío! ¡Avante contra los enemigos, tú que venciste al tanque!»

A la mañana siguiente Andrea acaba transigiendo, después de consultar su maldito libro de criar niños, donde dice a qué hora exacta deben despertarse y cuándo han de tener hambre. «¡Como si eso no lo supieran de siempre las madres que no saben leer!»

Además el viejo la oye preguntar por teléfono al *dottore,* desde el supletorio de su estudio, un buen rato y cuchicheando... Pero al fin aparece en el pasillo con las mejillas sonrosadas y el temblor de una sonrisa. «Lo que yo digo, ¿andará tonta por ese mangurrino?»

Pero ha transigido y el viejo baja corriendo a la farmacia a buscar eucalipto —la cremelaria ni sabían lo que era, los desgraciados—, aunque tira las hojas porque en Milán las venden en paquetes de fábrica y no es eso. En cambio, en la tienda de la señora Maddalena —¡y qué sabroso rato mirándola y recordando aquel auto verde metálico!— tienen eucalipto de verdad y le recomiendan para las flores —¡claro que las conocen!— un herbolario próximo. «¡Qué señora Maddalena, lo resuelve todo! Y más *stacca* que nunca... Pero ya no me extraña; no es el blandengue del marido quien riega esa flor.»

Subiendo en el ascensor envuelve sus compras en el papel de la farmacia, para que las plantas salvadoras burlen los controles de Andrea y derroten al *dottore.* «En la guerra, engañar al enemigo, Brunettino mío.»

El viejo de pelliza campesina y anticuado sombrero, que durante unos días dirigió la poda en el jardín y luego se eclipsó, reaparece hoy empujando orgulloso una sillita con un niño. Las mamás con sus críos le reciben como a un abuelo apacible haciendo de niñero, aunque basta una sola ojeada del hombre, deteniéndose sobre sus cuerpos, para que le miren de otra manera y compongan instintivamente su postura sentada o se lleven la mano a verificar el peinado.

Pero casi siempre el viejo va pendiente del niño. Todo en él le asombra: los ojitos tranquilos o ávidos, el manoteo incansable, la suavidad de la piel, los repentinos chillidos. Más prodigioso aún en esta tarde, su primera salida después de la enfermedad. ¡Qué pesadilla, lo que ellos llamaron catarro! Porque para el viejo fue una señora pulmonía, aunque el doctor ni se enterase. ¡Si él supiera que Brunettino sólo se había salvado gracias al eucalipto y a la cremelaria, añadida en el agua a escondidas de Andrea! La misma planta que curó la pulmonía del viejo Sareno, cuando ya le habían desahuciado.

«Gracias a tu abuelo estás ahora paseándote, niñito mío... ¡Y es que, saber de hierba para los males, nadie como los pastores! Bueno, también la señora Maddalena tenía idea, pero no tanta. Unicamente las brujas, pero ése es otro cantar. ¡La *Madonna* nos libre!»

De pronto le divierte al viejo recordar la cara que puso Anunziata cuando arreglaban al niño para salir de paseo: ¡qué sorpresa la suya al verle abrochar el vestidito sin dificultad! Nadie sospecha cuánto ejercicio le ha costado por las noches. Sí, aún son capaces de aprender sus dedos; aún no se le han oxidado las coyunturas... Contempla sus manos aferradas a la barra de la sillita como a un timón: recias, abultadas de venas, pero vivas y ágiles todavía. Compara con las manitas de Brunettino y entonces sí que se derrite su corazón. Esos puñitos, esos deditos, ¡cómo serán cuando derriben a un rival, cuando acaricien unos pechos jóvenes...!

«Yo no lo veré, niñito mío, ni tú lo sabrás, pero soy yo quien te está haciendo hombre. Te he salvado del medicucho y te salvaré de tu madre y de quien sea. Yo, tu abuelo, el partisano Bruno... ¿Sabes?, sólo le pido una cosa a la *Madonna* todos los días: que se muera pronto el Cantanotte y pueda yo llevarte allá a corretear por el patio de casa, persiguiendo a las gallinas. ¡Verás qué bonito es Roccasera; no como este sucio Milán! Luce un sol de verdad; no te lo puedes ni imaginar viendo éste. Y a lo lejos la montaña más hermosa del mundo, la *Femminamorta*. Parece que se quita y se pone vestidos como una mujer. A veces está azulada, otras violeta, o parda, o hasta rosa, o lleva un velo, según el tiempo... Tiene su genio, eso sí; a veces avisa de la tormenta, pero otras nos la echa encima por sorpresa... Es dura, pero buena; como hay que ser. Te enamorarás de ella, Brunettino, cuando subamos a verla...»

Se le ocurre que son sueños y los aleja de su mente. Pero ¿por qué sueños? En realidad está salvando al niño; ya tiene la carita un poco más de ma-

yor y eso no es un sueño, aunque Andrea lo negase
ayer cuando se lo hizo notar. Acabó reconociéndolo, si
bien lo atribuyó al catarro, que le había chupado un
poco las mejillas al pequeño.

«¡Tonterías!, es que se hace hombrecito», piensa el viejo recordándolo. Cada día gatea mejor y hasta
intenta incorporarse agarrándose a algo... Pero no hay
que forzarle: el *zío* Benedetto se quedó con las piernas arqueadas por ponerle a andar demasiado pronto.
Claro que para ser sillero como él no importa mucho;
no es como en el caso de un pastor y un partisano.
Algunos le gastaban bromas —«¿tanto te pesa lo que
cuelga?»—, pero él estaba encantado por haberse li-
brado así del servicio militar. Triste ventaja, cuando
las mujeres sólo se dan a los tíos bien plantados, salvo
que se tenga dinero. «Te enseñaré a caminar poco a
poco, Brunettino; serás un buen mozo... Bueno, ya lo
eres, ¡tan pequeñito y se te pone como mi meñique!»

El viejo mira su meñique —«no tanto», se corrige— mientras oye unas palabras al pasar ante un
banco ocupado. «¿Quién habla de sol? Una milanesa
tonta», piensa el viejo levantando la vista con desprecio hacia el amarillento redondel amortiguado por la
neblina. De todos modos, cambia de ruta para evitar
su luz sobre los ojos del niño y se acerca así demasiado al sendero que bordea el jardín a lo largo de la
calzada.

De repente, un automóvil se aproxima mucho
a la acera, mete la rueda en un charco y salpica la
silla, la mantita y hasta lanza unas sucias gotas sobre
la mejilla del niño, que rompe a llorar. Al viejo le pa-
raliza un momento la indignación pero, al ver detenido el coche en un disco rojo, a poca distancia, echa
a correr ciego de ira, gritando insultos. En su cabeza
una sola idea: «¡Le mato, le mato, le mato!» La repite
su boca, la piensan sus piernas, golpea su corazón. La

navaja ya está abierta en su mano cuando se acerca al coche, cuyo conductor tiene la suerte de que el cambio de disco le permita alejarse rápidamente, sin haber llegado a enterarse de nada.

Al viejo sólo le queda agotar los insultos y dirigir al fugitivo un corte de mangas, una *vrazzata,* pero todo su coraje no le impide verse en la cómica situación del perseguidor burlado, impotente allí en la acera, desnuda la cabeza, con su navaja inútil provocando miradas divertidas... De repente le sobrecoge una idea:

«¡Soy un loco, he dejado al niño solo, soy un viejo loco!»

Regresa corriendo también, recuperando al paso su sombrero caído e imaginándose las mil cosas que pueden haberle ocurrido al chiquillo. A tiempo llega, porque ya una mujer desconocida se inclina sobre la sillita. ¿Intentará llevárselo? ¡*Madonna!* ¡Viejas historias de gitanos robando niños se le vienen a la mente en ese instante!

Llega junto a ella. La carrera, la cólera y el susto le impiden hablar, con la dolorosa galopada de su corazón. Sólo puede mirar ferozmente a la mujer, que se ha vuelto con el niño en brazos al escuchar los pasos. Ella le adivina:

—No se lo voy a robar, señor —tranquiliza con una sonrisa—. Le oí llorar, le vi solo y me acerqué.

El niño ya no llora. La mujer le limpia la mejilla con un pañolito blanquísimo. El viejo sigue recobrándose y aunque hostil todavía a la intrusión, le calma el rostro apacible: unos labios frescos entre arruguitas graciosas, una expresión joven pese a la madurez no disimulada.

—Gracias, señora —puede decir al fin, mientras su mirada, descendiendo, valora los pechos marcados sin exceso, las caderas rotundas, la buena planta.

—¿Qué pasó? —pregunta ella.

—¡Un cabrón! ¿No ve cómo puso al niño, la manta, la sillita? Un señorito en auto. ¡A un niño!... ¡Un cabrón milanés!

Se arrepiente de la palabrota, pero ella sonríe.

—También sus pantalones: míreselos. Habría que limpiárselos.

—¡Qué importa! Si le cojo le mato... ¡Cabrón! Y perdone.

—Un cabrón —repite ella serenamente, sorprendiendo al viejo. El niño juguetea ya con el pelo de la mujer, que continúa—: ¿De qué parte del Sur es usted?

Ahora comprende el viejo: ella le ha reconocido el acento y también debe de ser de allá abajo, aunque apenas se le note. Se siente cómodo en el acto y se ajusta bien el sombrero.

—De Roccasera, junto a Catanzaro. ¿Y usted?

—Del otro mar. Amalfi.

—Tarantelona, ¿eh?

—¡Y a mucha honra!

La voz femenina suena orgullosa de su tierra; la estatura parece aumentar cuando echa atrás la cabeza altivamente.

Ríen ambos.

—¡Maldita sea! —exclama el viejo ante el barro que se seca en la sillita.

—No se puede volver así, ¿verdad? Le reñirá la mamá... ¿Su hija?

—¡Quiá! ¡Mi nuera!... ¡Y qué me va a reñir ésa! ¡Ni nadie!

Es tan violento el tono que la mujer desiste de continuar la broma y observa al viejo con nueva atención: «Desde luego, no es un abuelo caduco. ¡Vaya tipo!», piensa.

—¡Quieto, chiquitín! —dice, cariñosa, liberando su pelo del puñito encaprichado—. Mire, ¡ya quiere jugar conmigo!

—¿Y quién no querría?

La mujer ríe con ganas. ¡No, nada de abuelo caduco!

—¡Guapo muchacho! —exclama, instalándole de nuevo en la sillita—. ¿Cómo se llama?

—Brunettino... ¿Y usted?

—Hortensia.

El viejo saborea ese nombre y corresponde:

—Yo, Salvatore.

Apenas vacila un instante, añadiendo:

—Pero usted llámeme Bruno... Y, dígame, ¿se pasea otros días por aquí?

«¡Se marcha! ¡Se va a Roma!»

El viejo se ha despertado con ese alegre estribillo en la cabeza. Lo sigue musitando mientras pone su café matutino al fuego. «De fuego, nada», piensa una vez más, comparando esos alambres enrojecidos con el chisporroteo y la danza de las llamas en el hogar campesino.

«No irá a ver a los etruscos, claro. No le gustan. Es de los otros. De los romanos, los de Mussolini. ¡Peor para ella! El caso es que se marcha unos días; que nos deja vivir en libertad... Eso, ¡libres!... Parece mentira, una mujer poco habladora, que no sale de detrás de sus librotes, y sólo saber que está ahí es como tener encima a los carabineros... ¡Las mujeres! ¡Fuera de la cama no hacen más que fastidiar!»

Andrea le dejó anoche a Renato una lista de instrucciones para llevar la casa en su ausencia y además las comentó una a una, pues quería estar segura. A mediodía Renato la llevará en coche al aeropuerto. Faltan pocas horas; el viejo se frota las manos.

Llega Anunziata y Andrea le repite el código escrito. El viejo aprovecha para salir a dar su vueltecita; esta vez sin el niño: hoy hace demasiado frío. Ya en la puerta, oye a su nuera autorizando a Anunziata para traerse a su sobrina si necesita ayuda. «¡Si-

monetta!», recuerda el viejo encantado, pensando que
el día comienza bien. Hasta la *Rusca* está tranquila.

Y continúa propicio. En el *Corso Venezia* se
encuentra a Valerio. El estudiante le explica que le
han pasado a «Vías públicas» al acabar la poda, y se-
guirá teniendo trabajo un par de semanas en la orna-
mentación callejera para la próxima Navidad. Un edil
de la oposición se ha quejado de que existen barrios
olvidados y el *podestá* ha mandado poner a toda prisa
bombillas de colores también en algunas plazas de la
periferia. Valerio ayudará a instalarlas por la *Piazza
Carbonari* hasta la *Piazza Lugano*.

—Después, se acabó. A buscar trabajo de nuevo. A no ser —vacila el muchacho— que usted me
ayude. Precisamente iba a ver si le encontraba en
su casa.

El viejo se sorprende y Valerio se explica. Hace
días le habló del calabrés al profesor Buoncontoni, el
famoso etnólogo y folklorista, que inmediatamente se
interesó:

—«Quiero conocer a ese hombre, Ferlini», me
dijo el profesor —cuenta Valerio—. «No he vuelto a
la Sila desde mi juventud, cuando investigué entre los
descendientes de los albaneses llegados en la Edad Media, que aún conservan sus costumbres griegas... La
Sila permanece bastante inalterada y ese amigo suyo
puede darnos mucha información... Tráigale al Seminario.»

El viejo escucha al estudiante sin comprender
todavía. Valerio añade que hay fondos para grabaciones testimoniales en la fonoteca del departamento. Pagan dietas a los sujetos estudiados y Ferlini lograría
así ser nombrado asistente remunerado.

—¿Qué es eso de «sujeto»? —pregunta el viejo, amostazado—. ¿Qué pinto yo ahí?... Te confundes
conmigo, muchacho. A mí, el dinero, ya...

Valerio le ataja:

—¡Oh, no se lo digo por eso; pagan muy poco! Es para que no se pierda su historia, para conservar aquel mundo... Cuentos, coplas, refranes, costumbres, las bodas, los entierros... Se está olvidando todo; la historia, lo que somos.

—Mi historia —repite el viejo, pensativo. Y ciertamente el pasado se pierde. Las mozas tiran los antiguos trajes, tan hermosos, como si fueran trapos.

—Le gustará hablar de todo eso, señor Roncone; le divertirá... y a mí me proporciona usted una plaza. ¡Hágalo por mí!

Sí, le gustaría ayudar a Valerio. Y además es cierto, puede resultar divertido... Se le ocurre una idea:

—¿Quién estará escuchándome?

—Los del Seminario, nada más. Y algún profesor invitado; de historia o de letras.

El viejo sonríe: sí, le gusta la idea. A esos rascapapeles como la Andrea les contará lo que se le ocurra, incluso las bromas de sus amigos... Sólo con las historias de *Morrodentro* o las del viejo Mattei, que en paz descanse, les dejará con la boca abierta... Esos comelibros no saben de la vida... Y además, ¿qué dirá la Andrea cuando se entere de que él, Salvatore, habla en la Universidad a los profesores? «Lo que oyes, tonta», le dirá, «yo en la tribuna, Salvatore el pastor de Roccasera... ¿No te lo crees? Pregunta. Te traeré una foto hablando allí...». Fantástico... Y además quedará guardada su historia... ¡Brunettino podrá escucharla siempre!

—¿Hablaré también de mi vida, de la guerra?

—¡Claro! ¡Usted manda: lo que quiera!

—Pues hecho. Pero un momento... Probamos primero un día. Si no me gusta esa gente los mando a paseo. Contigo, bueno, lo que sea; pero ellos, habrá que verlo. Yo no hablo más que entre amigos.

—¡Serán sus amigos, estoy seguro! El profesor Buoncontoni es estupendo y la doctora Rossi, no digamos. No es aún profesora, aunque ya tiene cuarenta años, porque no hay cátedra especial de mitología, pero ya es famosa.

—De mito... ¿Qué?

—Mitología; historias antiguas. Ya verá, ya verá.

«De modo que hay mujeres... Aunque a lo mejor resulta ser otra Andrea», piensa el viejo mientras entran en un bar a celebrar el acuerdo. Empezarán después de las vacaciones y por eso se despiden deseándose felices navidades.

Sí, el día es rotundamente propicio. En el portal, el conserje le entrega una carta recién llegada. Es de Rosetta. Larga y enrevesada, como siempre, con muchas tonterías que casi disuaden al viejo de seguir leyendo. Por fortuna su mirada capta una noticia sensacional. «Esa mema de mi hija, ¡podía haber empezado por eso, y en letras muy gordas!»: el Cantanotte ha empeorado seriamente.

El viejo relee el párrafo. Sí, es eso: su enemigo resbala hacia el camposanto, el hoyo se lo va a tragar. Ya no le sacan de casa ni siquiera en la silla; ni le bajan a misa. Dicen que no mueve los brazos, le falla la cabeza y se orina a cada momento. ¡Qué alegría!

El viejo abre la puerta del piso, se precipita en la cocina. Sólo está Anunziata, pues el matrimonio ya salió hacia el aeropuerto y Brunettino duerme.

—¡Está peor! ¡El cabrón está peor!

—¡Jesús! ¿Qué dice usted? —aspaventea la mujer.

—Nada, nadie. Usted no le conoce... ¡Está peor, se muere!

Anunziata pide perdón al Señor por ese júbilo ante la muerte del prójimo. El viejo entra en su cuarto, retira de su escondite la bolsa con vituallas y saca queso fuerte y una cebolla. Vuelve a la cocina y empieza a picotear de ambos manjares, entre buenos tragos de vino. Anunziata le recuerda que no le conviene beber.

—¡Que se fastidie la *Rusca!* ¡Hoy es un gran día! —replica el viejo, escandalizando más aún a la mujer.

Paladea satisfecho su pequeño festín, cuando rompe a llorar el niño. El viejo lo deja todo y corre a la alcobita. Brunettino le tiende los brazos y el abuelo le levanta de la cuna y le estrecha contra su pecho.

—¡Se muere, Brunettino, se muere! ¡El cabrón se muere! ¿Comprendes? Volveré a Roccasera y vendrás conmigo... Te harás fuerte comiendo pan de verdad y cordero de verdad... ¡Verás qué vino para hombres! Tú poquito, ¿eh?, sólo mojar el dedito en mi vaso y chupártelo... ¡Se muere, niño mío, se muere el primero!

El niño palmotea encantado. El viejo se entusiasma.

—¡Eso, alégrate tú también! ¡Si somos iguales!... ¿Ves qué abuelo tienes? ¡Hasta en la Universidad le necesitan!... ¡Y nadie puede con él! ¡Subiremos a la montaña y conocerás a todos los buenos: Sareno, Piccolitti, Zampa..., hombres de verdad! ¡Y tú serás como ellos!

Ellos ya están muertos, pero él vive ahora fuera del tiempo. Con el nieto en brazos taconea ritmos antiguos e inicia una danza. Su palabra susurrante augura futuros triunfos para Brunettino. Su voz crece poco a poco, se torna la de un profeta y su danza es la de los derviches. El niño ríe, chilla jubiloso. El viejo gira como los planetas, se hace viento y montaña,

ofrenda y sortilegio. Danza en medio del bosque, a la
luz de la hoguera crepitante, recibe la bendición de
las estrellas, escucha el lejano aullido de los lobos, que
temen acercarse porque Bruno y su nieto son fuerzas
invencibles, antorchas de la Tierra, señores de la vida.

Anunziata se ha marchado, después de bañar al niño. En la alcobita, silencio y penumbra. En el silencio, el alentar de Brunettino ya dormido; en la penumbra, el nácar de su carita. Y, gozando ese mundo, el viejo sentado sobre la moqueta. Guardando ese sueño como guardaba sus rebaños: solitaria plenitud, lenta sucesión de momentos infinitos. «Siento pasar la vida», pensaría si lo pensase.

Imperceptiblemente, la penumbra se ha hecho noche. El viejo enchufa la lamparita rojiza. Desde que se llevó a Andrea al aeropuerto Renato no ha vuelto y nunca ha llegado tan tarde. ¿Le habrá ocurrido algo? Al viejo le ha dado tiempo para todo: ocuparse del niño hasta dormirle y preparar la sorpresa. Pero Renato...

¡Por fin, la llave en la puerta! Ruidos familiares de su entrada: pasos cuidadosos, aparición silenciosa. Entra y besa muy suavemente a Brunettino mientras el viejo se levanta. Salen ambos al pasillo.

—Hola, padre. ¿Te ha dado mucha guerra?

—¿El niño? ¡Es un ángel!

Renato explica brevemente su retraso, por la salida tardía del avión, y concluye:

—A ver qué cena nos ha dejado la Anunziata.

Pues Andrea dejó escrito que la asistenta la preparase, a falta sólo de calentarla.

—¡Al cuerno la Anunziata! —exclama el viejo en la puerta de la cocina—. ¡Hoy cenamos como los hombres!

Renato observa con más atención la cara de su padre: un fauno con sonrisa de gozador. ¿Qué le ocurre? ¡Cuánta vida en los ojillos rodeados de arrugas!

Una idea repentina entristece a Renato: le duele que la ausencia de Andrea alegre tanto a su padre. Pero el viejo siempre fue así: cuando alguien se le atravesaba no había remedio y eso le ocurrió con ella desde aquella primera estancia en Milán.

¡Ah, pero no es por eso! La noticia le quita esa pesadumbre a Renato: es que el Cantanotte se muere. El viejo lo comenta mientras pone platos y cubiertos sobre la mesa sin dejarse ayudar por su hijo que, ya tranquilizado, repara de pronto en el olor. Ese olor conocido, pero inclasificable; antiguo y entrañable. Ese olor... El viejo le ve olfatear.

—¿Ya no te acuerdas?

De golpe:

—¡Migas!

—¡Claro, migas resobadas!... Menos mal, no te has descastado del todo. No sabrán como las de Ambrosio, nadie las hizo nunca como él, pero son aquéllas, las del monte, las de siempre... Hasta con su *vasalicó:* encontré la hierba en la tarentina... ¡Esa Maddalena tiene de todo lo nuestro!

—Mucho visita usted a esa señora, padre.

—¡A buenas horas; he llegado tarde! —rechaza el viejo. Pero le alegra la alusión intencionada y también que el hijo participe bromeando de su alegría. Así es que añade:

—Y, además, 'U *Signura manda viscotti a cui
'on ava denti*... ¿Recuerdas nuestro dialecto?

—¡Usted aún tiene dientes para morder ese
bizcocho! —replica Renato, redoblando el júbilo del
viejo, que mientras tanto saca la sartenada de migas y
la planta en medio de la mesa.

Así se abre un portalón al campo en la memoria del hijo y entran por él pastores y castañares,
lumbres de sarmiento y canciones, hambres infantiles
y manos maternales. Maternales, sí, aunque ahora le
sirvan convertidas en las del viejo, cepas rugosas y re-
torcidas. «Mi padre sirviéndome», piensa Renato, y
el insólito hecho nubla sus ojos un momento. No es
el vaho del manjar caliente; es que toda su infancia
se condensa en el círculo mágico del plato.

La madre siempre junto a él, empujándole, con
su aspecto delicado, a librarse del mundo aldeano para
que el hijo no padeciera sus mismas esclavitudes. Por
encima de ambos el padre, poderoso como un dios,
dispensador de correazos pero también de profundos
goces. La escuela, que al principio sólo servía para
hacer sabrosa la libertad, convirtiéndose también en
túnel para escapar. Y, sobre todo, las fiestas de la casa,
cocina invadida, bullicio, derroche, hartazgo, manchas
de vino en el mantel —¡alegría, alegría!— que exigían
mojar en ellas el dedo y trazarse una cruz en la frente,
humo de tabaco, vaho humano, pellizcos y ricorrelas,
gente respetuosa hacia su padre rindiendo acatamien-
to... Y después del banquete la música y el baile, faldas que giran haciéndose campanas y provocando la
mirada, las jarras de mano en mano, parejas desapa-
reciendo, la noche con sus estrellas, el cansancio que
nos pesa de golpe cuando cae el silencio .

—¿Pero qué? ¿Ya no te gustan?

La voz le reinstala en el presente. Prueba una
cucharada y su expresión de niño feliz basta para ale-

grar al padre que, soltando la carcajada, agarra la botella de vino:

—¡Eso está mejor, hombre!

—¡Cuidado con el vino, padre! El médico...

—¿Médico? Recuerda aquello de *dui jiriti 'e vinu prima d'a minestra... e jetta 'u médicu d' 'a finestra.*

¿Cómo negarle hoy la gloria de triunfador sobre el Cantanotte? El hijo sigue paladeando las migas, saboreando en ellas el pasado. Los ganados en la montaña, aquel mundo de hombres, como el recreado aquí esta noche. En una de sus primeras subidas a los pastos de verano, el padre le levantó del corro de pastores y se lo llevó consigo hasta una altura cercana. Desde ella le mostró otra cumbre, por encima de los castañares: «¿Ves, hijo? Desde allí se divisa el otro mar, el de Reggio. Alguna vez subirás allí conmigo.»

Pero no volvieron nunca y, años después, no fue a estudiar a Reggio, sino a Nápoles, cuando ya estaba claro para él que no le retenían las gentes de la Sila, que nunca podría sobrevivir allí... Pero aquella tarde, en lo alto de la roca, en la cima del verano, brazo hacia lo lejos, el índice de su padre era el dedo creador de Dios tendido a Adán en la Capilla Sixtina.

La nuez sube y baja en el fláccido cuello de aquel dios, que echa atrás la cabeza para apurar el vaso. Se limpia luego con el dorso de la mano y el gesto sorprende a Renato. ¿Por qué, si es allí el habitual? Pero —percibe Renato— el padre ahora reprime ese gesto. Más aún, en las últimas semanas ha dejado de fumar; y ya no usa las botas en casa. Incluso se afeita a diario y un día se metió en el baño sin que se lo dijeran. «Vaya, vaya», oyó Renato bromear a Anunziata, «nos componemos, ¿eh?». «Sí», replicó el viejo, «quiero morirme guapo».

«Milán le civiliza», comentó Andrea pocas noches atrás. Pero Renato sabe: no es Milán, sino el niño; Brunettino transforma a su abuelo. Y ahora el hijo, en una tiernísima oleada de cariño, ofrenda su corazón al viejo. Viejo, sí; en ese perfil de alegre bebedor la nariz ya se afila y la barbilla temblotea: un viejo a las puertas de la muerte.

La reveladora visión desgarra a Renato mientras se inclina sobre el plato y traga cucharadas para ocultar los ojos húmedos. El reprimido llanto le amenaza por dentro. ¿Cómo puede tener fin la vida de robles y de águilas como su padre? Aquel hombre fue el cielo en sus alturas: huracanado, arbitrario, implacable a veces; pero también generoso, creador, benéfico... Se aferró a la vida con abrazo de oso; la bebió a bocanadas... ¡Y se apaga esa hoguera!

El viejo goza viendo a su hijo devorar las migas. Por supuesto, a unas migas resobadas no hay hombre de la tierra que se resista; pero es que además Renato, en el fondo, es un buen muchacho. Siempre lo fue; al viejo le complace reconocerlo, aunque nunca tuvo arranques. «Nunca como los míos, ¡puñeta!... Siempre fue blando; la madre le crió así, con eso de ser el último sin esperanza ya de más hijos... Y que yo no pude ocuparme; eran los momentos más duros de la Reforma y contra el Cantanotte, apoyado por los barones de Roma... No pude ocuparme de éste y, en cambio, el Francesco se me marchó a hacer dinero... ¡Dinero! ¿De qué sirve si no lo ve nuestra gente? ¡Casa grande, tierras, ganados, castañares...! ¡Eso llena los ojos y el corazón, eso tengo!... Y ahora el zorro de mi yerno lo aprovechará... ¡Ay, Renato, Renato! ¿Por qué te casaste con esa cepa reseca?»

—Anda bebe, hijo, bebe; aún no hemos terminado.

—¿Todavía más, padre? ¿Después de estas migas?

—¡He cocido castañas, muchacho, y encontré higos soleados!... Busqué *mustaccioli,* que te gustaban tanto, pero aquí no hay esos dulces; sólo cosas milanesas... ¡Ni siquiera tienen los *murinedhi* de la *Notala,* de la Navidad!

La mención hace estallar algo grande en su memoria.

—¡Pero si estamos casi en Navidad! Es que aquí en Milán no se entera nadie de las fiestas, no hay... ¿Recuerdas el dicho de diciembre?: *Jornu ottu Maria, u tridici Lucia, u vinticincu 'u Missia!»*... ¿Te acuerdas? ¡Tenemos que ponerle un pesebre al niño! No habíais pensado en eso, ¿a que no?

Sus ojos brillan a la vez de ilusión y de nostalgia.

—Para el tuyo bajé yo el corcho del monte, y unas ramas de liérnago y unas matas... Las figuras eran cosa de tu madre; por la casa andarán si no se han roto, las compró en Nápoles su abuela... ¡Los *murinedhi* los bañaba en miel tu madre, pero yo subía el mosto de Catanzaro; era mejor que el de la montaña!... Pero tú preferías las castañas a todo... ¡La *Notala!*... Sí, Brunettino necesita un pesebre y va a ser el mío.

—Padre... —el hijo se conmueve evocando aquellas castañas que chamuscaban los dedos al sacarlas de entre la ceniza con brasas y que el mozo ofrecía a la moza... Cuando no eran las *gugghieteddhi,* las cocidas en agua con granos de matalaúva... «¡Ay padre, padre!», piensa. «¿Qué culpa tuve yo de no ser un dios como usted?»

La mano joven se posa sobre la vieja. Inmóvil, evitando la caricia que sería rechazada por blandura. De repente, a Renato le alarma en el viejo cierta expresión doliente.

—¿Le ocurre algo?

—*Aiu 'u scilu* —sonríe el padre confesando su nostalgia—. Pero ¡basta! ¡Hay que estar alegre!... Prueba una copita; lo he mezclado yo.

El hijo reconoce la bebida: *mbiscu,* anís con ron. Le encantaba al padre, los días grandes, acompañando al café... También sabe de *scilu,* a veces le conmueven los recuerdos; pero el pasado quedó atrás y él siempre se sintió de algún modo ajeno a aquel mundo. ¿Herencia de la madre? ¿Reacción frente al padre?... «¿Por qué no nos comprendemos, padre, si yo le quiero?... Pero esta noche, al menos, habitamos el mismo país; estamos juntos.»

—¡Ha sido un gran día, hijo! —exclama el viejo, empezando a recoger la mesa.

—Deje, padre; mañana viene Anunziata.

—¡Y con Simonetta, con Simonetta! ¡Qué muchacha! Pero recogeré; que no sospeche la vieja nuestra juerga de esta noche. ¡Ha sido buena!, ¿eh? Y la agonía del Cantanotte bien la merece.

—Usted, en cambio, cada día más terne.

El viejo se lleva platos al fregadero sin contestar. Prefiere no mentir. Pues la verdad es que bailando con Brunettino le faltó el resuello; ya no podría trepar por la montaña igual que antes. El niño palmoteaba, encantado, y era preciso continuar, pero el viejo se agotaba sudoroso. En la jaula de sus costillas, su corazón era un pájaro loco rompiéndose contra los barrotes.

«Cuidado, Bruno, cuidado... Sí, esta noche me he pasado, me he confiado, pero ya no más. He de ganarle la carrera al cabrón; durar más que él... ¡Y duraré, ya se ha visto! Es que mi Brunettino me da vida... Para él llegaré a sentarme bajo la parra viéndole jugar... Por lo menos un verano... ¿Y por qué no hasta la castañada?»

Ese pensamiento le da un aire de seguridad que Renato atribuye al *mbiscu* y que le anima a canturrear mientras fregotea. El hijo le ayuda y cuando han terminado pasan a la alcobita y se inclinan sobre el sueño tranquilo del tesoro. Salen y, a punto de separarse en el pasillo hacia sus cuartos respectivos, el cruce de miradas les echa a uno en brazos del otro. Es un abrazo fuerte, fuerte; hermoso y melancólico a la vez. «Como entre camaradas en la guerra», piensa oscuramente el viejo.

Renato, ya en su cama, echa de menos otro abrazo diferente. «Queriéndome usted tanto, padre, ¿por qué rechaza a mi Andrea?... Cierto, ella me apartó de allá, ¡pero para hacerme más como usted; más hombre!... Sí, con su cuerpo, ¿es que no puede usted comprenderlo?... ¡Su cuerpo! ¡Arde su carne firme, se desbocan sus nervios, me enlazan sus piernas, exige y exige y exige hasta que me colma al darse toda, exasperadamente, al filo del desmayo, del colapso!... Junto a usted yo no hubiera crecido, no hubiera pasado de ser su abogado de paja; junto a ella, en cambio... Y esta noche me falta; con esos recuerdos me siento niño desterrado... ¡Qué congoja su ausencia, ese vacío a mi costado...!»

El viejo se está arropando. El olor de su vieja manta refuerza su visión de Brunettino correteando en el patio tras las gallinas o los gatos, mientras su propio rostro recibe la tibieza del sol filtrado por la parra.

Ante ese horizonte, tan luminoso como la montaña misma, en vano la *Rusca* —adormecida, además, por el *mbiscu*— se remueve cambiando de postura en las viejas entrañas.

¿Qué importa la bicha? Nada, tras esta noche con un Renato recobrado y sensible a su sangre, digno del territorio mágico acotado por los deditos del niño.

Esta noche del Sur encendida en Milán para ellos solos. Ellos tres: raíz, tronco y flor del árbol Roncone.

En los dormidos labios del viejo se ha posado, como una mariposa, una sonrisa: la idea que aleteaba en su corazón cuando le envolvió el sueño:

«¡Grande, la vida!»

Anunziata rezonga por el pasillo.

«¡Qué hombres! ¡No se les puede dejar solos! Toda la casa en desorden y sólo ayer se marchó la señora... ¿Y el despilfarro? ¡El pescadito en salsa de la cena tirado a la basura!... Cenaron en restaurante, porque no dejaron platos sucios... Tienen a menos el guiso de la vieja Anunziata... ¡Señor, Señor, qué hombres! ¡Qué bien hice en quedarme soltera!»

El viejo se cruza con ella. No ha preguntado todavía, pero ya no aguanta más.

—¿No venía también su sobrina?

—Tiene exámenes de no sé qué. Llegará más tarde —y añade, susceptible—: Además, tampoco la necesito.

El viejo se mete en su cuarto y Anunziata se pregunta, una vez más, qué ocurriría aquel día en que ella faltó y envió a Simonetta, pues la chica le habló entusiasmada del señor Roncone: que si fue partisano, que si un hombre tan interesante... Desde que sale con el dichoso Romano, para esa chica todos los comunistas son interesantes... Porque Simonetta lo negará, pero el abuelo es comunista, piensa Anunziata, y si no lo es merecía serlo.

Anunziata comprende que su sobrina simpatice con el viejo: son de la misma cuerda. «Simonetta», piensa, «no tiene perdón y acabará mal; salió a su padre, el de Palermo. Seguro que ya se acuesta con ese rojo amigote suyo. En cambio el pobre viejo tiene disculpa porque se está muriendo y lo sabe, aunque más le valía estarse quietecito en un sillón, encomendándose a Dios. Pero ¡sí, sí, quietecito! No para, y siempre alegre... No es que ría mucho; es el gesto, la tranquilidad... A lo mejor, la misma enfermedad le engaña; a veces el Señor tiene esa compasión... ¡Ay, qué triste es llegar a la vejez! ¡Dame una buena muerte, Santa Rita!... Cuando me llegue la hora, claro.»

Llaman a la puerta y aunque Anunziata se apresura, cuando asoma al pasillo el viejo ya está abriendo a Simonetta, que le planta un beso en cada mejilla, escandalizando a su tía.

A causa de la lluvia, esta vez la chica aparece con un poncho andino. Debajo lleva esos ceñidos y gastados pantalones de moda color azul de mecánico y un jersey lila de mangas largas y cuello alto enrollado. Al viejo le recuerda un paje con calzas de uno de los cuadros del musco, el día en que descubrió la estatua de los dos guerreros. Se asombra: por primera vez no le irrita una mujer con pantalones.

Brunettino alborota desde su cunita. El viejo llega primero, Simonetta le pisa los talones dedicando palabras dulces al pequeño, Anunziata se siente de más y vuelve a sus tareas. Así es que Brunettino vuelve a encontrarse, como aquel día, acurrucado contra los pechos de la muchacha y, como si lo recordase, reproduce en el acto la misma postura, la misma sonrisa, el mismo murmullito de satisfacción.

La mirada del viejo se posa, acariciante, sobre las nalgas de Simonetta. ¡Qué bien marcadas, qué caderas tan femeninas y, sin embargo, sorprendentemente inocentes, como de muchacho...! Es decir —vacila el viejo, no sabiendo entenderse a sí mismo—, de muchacho, sí; pero inocentes, no, sino atractivas. «¿Qué me pasa?», se asombra de nuevo. «Eso siempre lo tuve muy claro: una hembra es una hembra y un tío es un tío; lo demás a la basura. De modo que esto...» Recuerda, inquieto, aquel día en que sus propias manos se le aparecieron femeninas. ¿Acaso sus actuales tareas, haciendo tanto de niñero con botoncitos y pañales, pueden transformar a un hombre?

Simonetta sorprende la mirada masculina.

—¿Le gusto así, *zío* Bruno?

Su sonrisa y su voz, ingenuamente provocativas, tranquilizan al viejo: le garantizan que su admiración se dirigía a una mujer.

—¡Ya lo creo! —estalla, acompañado por ella en la carcajada. Y añade, eludiendo el tema—: ¿Qué tal esos exámenes? ¿Salieron bien?

—No eran exámenes.

La respuesta suena confidencial y el viejo la mira intrigado. Simonetta se le acerca con el niño y él retrocede un poco, temeroso de que Brunettino, como aquel día, vuelva a unirles con sus bracitos... «¿Temeroso, por qué?... Pero, bueno, ¿qué me pasa?»

—Engañé a mi tía —confiesa Simonetta—. Vengo de una reunión para preparar nuestra huelga universitaria por los compañeros detenidos anteayer... Pero no se lo diga a ella; me revientan sus sermones.

Sonríen, cómplices, justo cuando Anunziata asoma.

—Niña, que no has venido aquí a jugar con el chiquillo.

Simonetta lo pone en brazos del viejo, al que dedica un guiño, y sale mientras exclama:

—Ahora mismo, tía. Déjame quitarme las botas nada más.

Descalza en sus calcetines gruesos, como la otra vez, aparece en la cocina cuando Anunziata avisa para comer. El viejo se ha empeñado en almorzar con ellas, contra el parecer de Anunziata. Prefiere estar con la muchacha, aunque ahora no puedan hablar como camaradas. El paje con sus calzas se mueve con tanta gracia y alegría vital como aquellas muchachas de Roccasera en las romerías. A veces, al pasar con los platos a espaldas de la tía, Simonetta dedica al viejo risueñas muecas de complicidad. Así su presencia juvenil hace florecer unas lilas en el corazón cansado.

Por eso, cuando llega la noche, la cena del padre y el hijo, aunque más sencilla que la víspera, conduce a la misma placidez y entendimiento entre ambos. Aún permanece en el aire un rastro de femenino perfume sentimental, interpretado por Renato —que ignora la causa— como nostalgia de Andrea, mientras el viejo evoca...

Luego, de madrugada, se explaya en la alcobita, con el niño dormido, tratando en realidad de explicárselo a sí mismo:

«Te lo repito, niño mío, las mujeres no se comprenden nunca, pero sus sorpresas son lo mejor de la vida... Y Simonetta es una mujer, aunque yo... ¿No te asombra que al llegar me pareció casi un muchacho y sin embargo me gustaba? ¡Qué barbaridad! ¡Claro, con ese culito tan prieto...! Pero los pechitos... De eso tú sabrás, Brunettino, que los has tentado. Redondos y duritos, ¿verdad? A mí me gustan más grandes, pero todos son dulces... ¡Qué hermosuras te esperan en la vida, niño mío! Las disfruto yo ahora, ya ves, sólo de sentir que tú vas a gozarlas... Y no te lo pienses nunca, agarra lo que te apetezca; dentro de ser un hombre como es debido: sin engañar, pero sin encogerte. Cuando una mujer se te quiera poner debajo, tú como el gallo sobre la gallina; a tu edad ya apartaba yo al cabritillo de la madre para chupar... Bueno, a tu edad no, pero sí cuando todavía no levantaba ni tanto así del suelo... Tú echa un buen trago de todo, que siempre acaban llegando malos pasos y lo que no hayas gozado en su tiempo ya no lo puedes gozar en el mío... Pero ¿qué haces? ¡No abras los ojitos, que es muy temprano aún! Y no llores, que me descubren aquí... ¿Y eso? ¿Ahora te da por asomarte sobre la barandilla? ¡No sigas, que te caes de cabeza; si te empeñas, al revés!... ¡Qué grande eres, cómo me comprendes! Claro, los pies primero, ponlos en el suelo, agárrate despacito... ¿Es que ya quieres echarte a correr el mundo, angelote mío?... ¿Lo ves?, en cuanto te sueltas te caes sentadito... ¡No, llorar no! Ven, duérmete en mis brazos y yo luego te acostaré, se acabó tu primera salida, ya repetirás... Así, ojitos cerrados, tranquilito... ¡Tú sí que eres dulce, y durito, y tierno, y niño, y grande, y todo! ¡Tú sí que llenas el corazón del viejo Bruno!

«Este Milán, ¡qué traicionero!»

El viejo está indignado. Salió a la calle bajo el cielo de siempre, aprovechó para alejarse algo más y, de pronto, el aguacero. «El viento frío de los lagos, como dicen ellos. ¡Pues vaya lagos! ¡En cambio, nuestro Arvo y nuestro Ampollino!»

Intenta atajar por nuevas calles, pero no le da tiempo. Aunque no le asusta el agua, arrecia tanto que ha de refugiarse en un portal casualmente abierto. Enfrente, en la esquina, el rótulo de la calle: *Via Borgospesso*. ¿De qué le suena?

Pasan unos minutos. Al fondo del zaguán se abre la puerta del ascensor y una mujer avanza paraguas en ristre, disponiéndose a abrirlo. Al reconocer al viejo, se detiene y sonríe:

—¿Usted?... ¡Buenos días! ¿Venía a verme o ha sido la lluvia?

El viejo saluda, encantado del encuentro. Bien la ha recordado a menudo, a la señora Hortensia: su buena figura, su espontáneo cuidado del niño, sus ojos claros bajo el cabello negro. ¡Ahora cae, ella le dio su dirección; por eso le sonaba el nombre de la calle!

—¡Otra vez los pantalones...! —ríe la mujer—. Pero ahora no es barro, sino agua. ¡Está usted calado! ¿No tiene frío?

—Estoy acostumbrado. Y con usted delante, ¿cómo tener frío? —añade, multiplicando sus pícaras arrugas en torno a los ojos.

Ella vuelve a reír. «Le sale la risa del buche, como a las palomas», piensa el viejo admirando ese pecho rotundo.

—¡Qué hombre éste! ¡Un verdadero calabrés!... ¿Y Brunettino?

Al viejo le alegra ese recuerdo.

—Menos mal que hoy no le saqué. Anda con la tripita suelta. Se enfrió, creo yo.

—El que se va a enfriar es usted, si sigue aquí... Suba conmigo; necesita calentarse y una copita: es hora de aperitivo... Venga.

El viejo gallardea camino del ascensor.

Suben hasta el ático y, allá arriba, sorpresa. Cambio de panorama: no es cuestión de gallear, sino de saborear.

La bienvenida la da en el pasillo, nada más abrir la puerta, la estampa de la dulce bahía de Nápoles a la altura de los ojos, con un Vesubio tranquilo, pero recordando que sólo vale la serenidad cuando debajo hay fuego. Ya con esa visión el viejo se aposenta en el Sur, y más todavía al acceder a una salita-comedor muy clara a pesar del cielo encapotado. Un balconcito y una ventana en sendas paredes se alegran con plantas bien cuidadas y dejan ver tejados milaneses, entre los que emerge el *Duomo,* con su *Madonnina* coronando la aguja más alta. Ese ático es un palomar por encima de la trampa urbana; por eso es un refugio cálido, aunque ahora la lluvia siga batiendo los cristales.

El viejo revive aquella sensación de seguridad cuando, en sus desplazamientos clandestinos durante la guerra, el enlace de turno le llevaba a un escondite donde podía dejarse caer sobre una cama y olvidar en

ella la tensa vigilancia de cada minuto. Con ese ánimo
se instala en el cómodo sillón que le ofrecen, envueltas las desnudas piernas en una manta que no le hace
sentirse viejo ni enfermo, sino al contrario, centro de
solicitud femenina. El golpe de plancha que ella está
dándole a los pantalones para secarlos viene a crear
entre ambos como una antigua convivencia.

Luego, ya vestido, paladea la amarilla *grappa*
de genciana, topacio en la copa y brasa en el gaznate,
acompañada por unas lonchitas de carne de Grisones
convertida en cecina meridional con sólo un toque de
ajo... «Lo que sabe esta mujer...», piensa. «¡Me adivina!»

Sí, le adivina. Le interpreta, se le anticipa constantemente a lo largo de la charla, mientras el rumor
de la lluvia pone un fondo de fontana campesina...
Hablan del país y de sus vidas... ¿Ese cuadrito?, la
tierra de Hortensia, Amalfi; el pintoresco camino de
subida al Convento de Capuchinos, con el mar abajo,
espumeando al pie del acantilado... ¿La mandolina
colgada? La tocaba muy bien su marido y ella cantaba.
¡Canciones napolitanas, claro! De joven tenía bonita voz.

—¿De joven? —comenta el viejo—. Entonces,
¡ayer mismo!

Ella agradece el piropo y sigue hablando...
Esas fotografías son de su difunto marido: en una
con uniforme de la Marina, en otra con redondo sombrero de paja, adornado con una cinta.

—Sí, señor, fue gondolero, el Tomasso... Y con
la mandolina ¡les sacaba unas propinas a las turistas
americanas...! ¡Figúrese qué mezcla: veneciano él y
amalfitana yo!

«Parecía entenderse bien la pareja», piensa el
viejo al oírla, «aunque la cara del hombre me resulta
algo fanfarrona... Claro, gondolero es oficio de mala

vida, de *malavitoso*... Además, ¿por qué no ha dicho ella "*mi* Tomasso"?... Pero no pensaré mal; por lo menos hizo la guerra en el mar, fue un compañero.»

La lluvia continúa y ella le invita a almorzar con tanta naturalidad que es imposible negarse, aparte de que el viejo ni lo piensa. De todos modos ya sería tarde, pues la mujer ha pedido el número y se apresura a telefonear que el señor Roncone no irá a almorzar.

¡Qué ama de casa más dispuesta! En un momento sirve una pasta exquisita. ¿O será que ahí se pasa el tiempo sin sentir, simplemente respirando a gusto?

—A esto, en Catanzaro, le llamamos un *primo,* el primer plato —comenta el viejo, elogiando el punto de cochura y la salsa *al sugo.*

—Pues aquí no, porque no tengo segundo —se excusa ella—. Un poco más de Grisones, si quiere, queso, frutas y café: le ofrezco lo que tengo.

El queso, de allá abajo, muy sabroso. El café, fantástico.

—Tan fuerte y tan caliente como usted.

—¿Y tan amargo? —provoca ella.

—¿Usted amarga? Usted... Bueno, y con todo respeto —se lanza el viejo—, ¿a qué esperamos para tutearnos? ¡Somos paisanos!

—¿Paisana yo de un calabrés? ¡Nos separan las montañas!

—¡Las montañas se cruzan!

«Sobre todo, si es para llegar a este nido», piensa.

Como buen calabrés, el viejo desdeña a los frívolos napolitanos, pero ella ¡es tan diferente! Después de todo, Amalfi ya está fuera del golfo.

Va amainando la lluvia sin que se den cuenta. Fuera es otro mundo. Las palabras languidecen porque en el sillón el viejo, alentado por ella, se duerme poco a poco. Una cabezadita, nada.

Su último pensamiento, antes de rendirse al sueño, es que Brunettino, acunado en sus viejos brazos, sin duda se siente tan en su nido como él ahora en el sillón de Hortensia. ¡Por eso la sonrisa feliz entre los rosados mofletes del niño!

Sentada enfrente, la mujer le contempla, sus manos sobre la falda. La cabeza ligeramente ladeada y, en los ojos, hondísima ternura derramándose hacia ese hombre. En el corazón, melancolía indecible; en los labios, un asomo de serena sonrisa.

El viejo, dormido, no puede ver ni esa mirada ni la sonrisa. Pero cuando, una hora más tarde, retorna hacia el *viale Piave* bajo unas nubes desvaneciéndose poco a poco en el azul grisáceo, asoma a sus ojos —sin él saberlo— la misma ternura. Y llena su corazón idéntica melancolía.

Se oye girar la llave de Andrea en la cerradura. Anunziata y el viejo asoman al pasillo cada uno por una puerta. Tras ella entra Renato, que la trae del aeropuerto.

Mientras saluda, Andrea les mira escrutadoramente. Se acerca ante todo al cuarto del niño, al que contempla y da un rápido beso. «La señora Hortensia le besaría de otro modo, aunque le despertase», piensa el viejo, mientras Andrea inspecciona en redondo la alcobita. El plato termo no está exactamente a la derecha sobre el muletón de la mesa y Andrea lo reinstala en su sitio; Anunziata, confusa, baja imperceptiblemente la cabeza: aquella irregularidad se le había escapado.

—¿Te quitas el abrigo? —se ofrece Renato, cariñoso.

Una Andrea condescendiente, como diciendo «ahora sí», se lo deja quitar y Renato se lo lleva a la alcoba para colgarlo.

Andrea recorre el piso, menos el cuarto del viejo, al que solamente se asoma. «Bien, bien», repite, «da gusto volver a casa». Responde a las sumisas preguntas de Anunziata: «Sí, un viaje muy bueno. Y en Roma, en el Ministerio, excelentes impresiones. ¡Tenía papá tantos amigos! Y los de tío Daniele, además.»

En la cocina abre el frigorífico, inventariándolo de una ojeada. «Muy bien, Anunziata, perfecto», repite una vez más mientras cambia una mirada cómplice con la asistenta al ver media hogaza morena. El viejo, que días atrás se hubiera encrespado ante semejante inspección, ahora sonríe: después de sus cenas familiares en libertad, ya puede tolerarle a la nuera sus pequeñas manías.

Andrea llega por fin hasta su mesa de trabajo, en el estudio, tras contemplar un momento por el ventanal los dos rascacielos, sus dos modernos obeliscos. Se inmoviliza ante sus papeles y su expresión se suaviza: ha llegado a puerto.

—¿Y eso? —pregunta ella de pronto secamente señalando el rincón donde, sobre la mesita auxiliar, el viejo instaló la víspera un portalito de Belén.

—¿No lo estás viendo? —responde el abuelo con firmeza—. El pesebre del niño.

—Yo había decidido, de acuerdo con Renato, claro, poner un arbolito de Noel. Es más práctico, más racional.

El viejo no despega los labios. «¡Racional!... ¿Qué le dice un árbol de ésos a un niño, comparado con el Jesús y las figuras tan propias y el burro y el buey de verdad? Que ponga ella lo que quiera; ese belén no se mueve. Y ya se lo explicaré yo a Brunettino.»

—Es muy tarde ya para Anunziata —dice Andrea tras un silencio, y sale hacia la cocina.

El viejo la oye decir a Renato, cuando ella pasa ante la puerta del dormitorio:

—Espérame ahí. Ahora mismo vengo a vaciar la maleta.

Andrea conversa un rato con Anunziata. «Informándose de los cambios de estos días, claro», piensa el viejo. Y sonríe burlonamente porque el gran cambio, el milagro, no pueden ellas ni sospecharlo: la honda convivencia calabresa de las tres generaciones Roncone.

Al cabo Anunziata se despide y sale, mientras Andrea entra en su dormitorio, encerrándose con Renato.

Pasa un rato y el niño se despierta. El viejo acude a la alcobita y consigue volverle a dormir.

Andrea no sale de su alcoba hasta mucho después, pasando en bata a encerrarse en el cuarto de baño. Deshacer la maleta les ha llevado a los dos todo ese tiempo.

—Hoy está usted enfadado, no me lo niegue —afirma la señora Maddalena, con incitadora sonrisa.

El viejo lo reconoce, refunfuñando. Más bien está dolido; se siente traicionado un poco por el niño, a quien le atrae más el árbol de Noel que el pesebre.

—Es natural —intenta consolarle la tarentina—. Es demasiado pequeño para apreciar el portal.

—¿Pequeño? ¡Si se lo expliqué y lo entiende todo! Y ni siquiera ha mirado el buey ni el burro, que están tan propios. ¡De dos mil liras cada uno, pero con buenos cuernos y hermosas orejas!... Lo que pasa —explota— es que la Andrea no juega limpio. Ha colgado del árbol unas bombillitas de colores que se encienden y se apagan solas. Claro, el chiquillo acude como alondra al espejuelo. ¿Y sabe usted lo peor? Que después de engatusar así al chiquillo ella se vuelve a sus papeles y ni caso. ¡No lo hace por darle gusto al niño y disfrutar con él, señora Maddalena; es para fastidiarme a mí!

Una idea repentina cambia el humor del viejo y le hace sonreír.

—De todos modos, ¡está tan gracioso delante del árbol! ¡Cómo ríe, qué palmitas!... —el ceño del viejo vuelve a nublarse—. Pero tenía que gustarle más el pesebre, ¡es lo nuestro!

—Oiga, y ¿por qué no le lleva otra cosa que le llame la atención? Mire todo lo que tenemos aquí para la Navidad.

El viejo admira una vez más a esa mujer con recursos para todo. Se comprende que se busque buenos apaños para animarse la vida, porque con ese tío que les escucha como un bobalicón y se llama Marino... ¡Marinello, le llama ella!

Así es como, de regreso a casa, no sólo lleva vituallas para su despensa secreta, sino también un envoltorio que presenta solemnemente al niño en cuanto éste se despierta de su siesta: una pequeña pandereta. Rojo el aro de madera, tirante el parche, relucientes como plata las sonajas. El viejo las agita y el niño, conquistado, ríe y tiende entusiasmado las manitas.

Pero precisamente las sonajas provocan la objeción de Andrea.

—Eso no es para niños. Puede morderlas y cortarse —sentencia la voz tajante a espaldas del abuelo.

—No las morderá. ¡Ni que Brunettino fuera tonto! —replica el viejo sin volverse, y piensa: «De modo que tú puedes traerte el truco de las bombillitas y yo no tengo derecho al pandero de la verdadera Navidad, porque en Belén no había luz eléctrica... Si te pica, ráscate.»

El niño da el triunfo al viejo. Se lleva las sonajas a la boca, sí, pero no insiste. Las huele, incluso, pero no pasa de ahí. En cambio le entusiasma golpear el parche, sacudir el instrumento, escuchar su tintineo. Agita el pandero ante el pesebre con frenesí, dando la espalda a las bombillitas. Y cuando Andrea quiere aprovechar una pausa para retirarle el peligroso juguete, el niño lo aferra con fuerza y lanza penetrantes chillidos hasta que la madre se retira derrotada a la cocina, a preparar la cena.

«Preparar es un decir», piensa el viejo. «Mucho papel de plata y mucho plástico, para cobrar caro, pero a saber lo que meten dentro. Química, como en el mal vino... ¿Y eso es una cena de Navidad?»

En la mesa se confirman sus temores: hasta la menestra parece aguada. Por cso, mientras al final brindan con espumante —pero ¿por qué tan serios?, ¿dónde está la alegría?— se acoge a sus recuerdos de la Nochebuena: la fogata en el hogar, los vahos olorosos de cazuelas y asados, la áspera caricia del vino en la jarra besada por turno, el alboroto de gente entrando y saliendo, el embutido casero y cecina bien curada, el bullicio al coger las pellizas y los mantos para ir a misa de *Mezzanotte,* gozando en la calle el frío latigazo del aire sobre las mejillas acaloradas... Y, a la vuelta, jugar a la *tumbula* en torno al *vrascero* con ascuas cogidas en el hogar, cantar los números por sus apodos regocijantes, reírse con los manejos de los pastores en torno a las mozas y acabar cantando, camino de la cama, con las ideas nubladas y el cuerpo excitado, más lleno de sangre y de vida que de vino... ¡Más de un roccaserano, bautizado nueve meses después, nació realmente en una Nochebuena!

De madrugada, en su cama, le despierta la *Rusca* removiéndose. «Claro, pobrecilla, te ha caído mal esa cena... ¡Mira que poner el vino en la nevera, aunque sea espumante!... En este Milán todo es frío, no sé por qué tendría Renato tanta prisa en irse a la cama con su milancsa.»

Mientras procura apaciguar a la bicha, se pone los pantalones, se echa encima su manta y, ya como de costumbre, avanza sigiloso por el pasillo. Llega hasta la cuna sin un ruido: por algo se encargaba en la partida de las descubiertas más difíciles. Se inclina sobre la carita: ese blanco imán que pone luna llena en todas sus noches.

«Debería yo estar enfadado, Brunettino, por fijarte más en esa tontería alemana del árbol... Pero ¡me alegraste tanto con la pandereta!, a ella no le hizo gracia y eso está bien, le diste marcha, eres un buen sinvergüenza, ¡como tu abuelo, y caiga quien caiga!... ¡A nosotros con bombillitas! Total, unos colgajos, aunque sean de colorines, ¡mientras que un buen jumento...! Ya verás, ya verás cuando montemos en el nuestro... Más seguro que un caballo.»

El viejo contempla el testarudo puñito asiendo el embozo, se conmueve ante ese cuerpecito tan tierno aún y ya capaz de viriles erecciones. Le habla de la verdadera Navidad, la *Notala;* no la aburrida ceremonia de esta noche. La de allá, la noche en que se siente nacer algo grande en el cuerpo y un tiempo nuevo en el mundo.

«¿Sabes, angelote mío?», piensa para el niño, «en ese día hasta se mete uno con los ricos y no pueden denunciarte a los carabineros... Porque yo empecé muy pobre, sin todo lo que tú tienes. ¡Y más que tendrás, porque no dejaré a mi yerno chuparlo todo en Roccasera!... Yo fui un niño sin zapatos que iba con otros a cantar a las ventanas de los dos ricos que había, el padre del Cantanotte y el señor Martino que, fíjate, con el tiempo acabó siendo mi suegro. ¡Por poco murió del disgusto cuando me llevé a su hija y tuvieron que casarnos! Tuvo gracia. A mí no se me atravesaba nadie, y así dio esa vuelta el mundo, que es un tiovivo y hay que saber subirse en marcha al caballo blanco, el más bonito, ya te enseñaré... Pero la boda fue mucho después, yo niño al pie de su ventana ni soñarlo podía. Le cantábamos una *strina,* copla de Navidad para pedir unas perras, y si tardaban en echarlas les insultábamos y les deseábamos mal de ojo..., ¡qué coplas!, de risa, recuerdo una:

No seas tú como el burro
que hace sordas sus orejas,
si no nos das para vino,
capao como el buey te veas.

Pero no era para vino, que ni pan había en nuestras casas; sólo que eso no se confiesa nunca porque te avasallan... Llevábamos panderos como el tuyo, angelote mío, y zambombas, pero tú aún no sabrías tocarla. Nosotros mismos las hacíamos con pellejos de conejo del monte y cantarillos rotos por el culo... Tenía yo un compañero muy listo para inventar coplas... Escucha ésta que te vas a reír, se la cantamos a un *crapiu pagatu e contentu,* un cornudo consentido. Ya me comprenderás cuando seas mayor y pongas cuernos, ¡bien sabrosos que son! Lo sabía todo el pueblo; oye, que te vas a reír:

Tu hijo es como el bambino
y tú como San José,
pues tampoco eres el padre,
aunque sea de tu mujer.

¿Verdad que es buena? ¿Querrás creer que el *crapiu* nos dio más perras que nadie? ¡Como tenía que tomarlo a broma...!»

«¡Qué salero tenía el dichoso Toniolo! Bravo y de buena planta; parecía que se iba a comer el mundo. Las mujeres lo devoraban con los ojos, así es que, claro, a los dieciocho años, más o menos, la marquesa se lo llevó para una finca suya, ella decía que a trabajar. ¡Ya, ya, buenas labores debía de hacerle a ella!... ¡Me dio entonces una envidia! Y, mira por donde, en aquella finca, cerca de Roma estaba, Toniolo murió en seguida, la malaria. Mientras tanto, a mí me esperaba mi buena estrella sin salir de Roccasera.»

Para reforzar esa buena estrella toca la bolsita colgada de su cuello, porque una sombra parece haber espesado la del cuarto. Se pone en pie alertísima por si puede proteger al niño, pero no es nada, quizás una aprensión suya porque ha recordado otra *strina*, muy distinta, una puñalada de melancolía... La canturrea bajito:

La Nochebuena se viene,
la Nochebuena se va
y nosotros nos iremos
y no volveremos más.

«¿Has oído, Brunettino? ¡Y qué verdad es, pero somos tan burros que la cantamos riéndonos...! Sólo ahora me doy cuenta de lo que dice, porque nunca me importó morir. Morir sería malo si después te dieses cuenta de que no estás vivo, ¡figúrate!, pero como no te enteras de que estás muerto, ¿qué más da?... Aunque ahora sí me importa, porque me necesitas, no puedo dejarte solo en este Milán de asco... ¿Sabes? No quería decírtelo, pero se me ha escapado y más vale que te vayas haciendo a la idea: esta Nochebuena es mi última y, si no, seguro la siguiente... No te apures, tengo tiempo para dejarte en el buen camino; ya vas marchando por él... Nos queda todo el verano y el otoño; duraré lo necesario para ti. En cuanto el cabrón hinque el pico nos iremos allá para explicártelo todo y que eches raíces en tierra de hombres. Después ya no me importará morirme, porque lo que te enseñe no lo podrás ya olvidar nunca. Serás un árbol tan alto y tan derecho como yo, Brunettino, te lo juro.»

El viejo calla, porque mientras se está prometiendo ese porvenir dorado, la congoja le estrangula y oprime sus ojos... Un sollozo rompe, a pesar de todo...

«Me hubiera gustado tanto llegar a verte mozo, valiente, bien plantado y comiéndote con los ojos las mujeres... ¡Me hubiera gustado tanto!»

En ese instante, el milagro. Los ojitos se abren, negros, dos pozos inescrutables con el agua honda de una decisión. De súbito como cuando el viejo se alzó contra la sombra inquietante, el cuerpecito se mueve, se destapa, deja caer al suelo dos piernecitas por encima de la barandilla y al pisar el suelo se hiergue, se suelta de los barrotes, se vuelve hacia el abuelo sentado... ¡y da tres pasitos tambaleantes, él solo, hasta llegar a los viejos brazos conmovidos!

Brazos que le acogen, le estrechan, le apretujan, se reblandecen en torno a ese prodigio tibio, le mojan las mejillas con unas gotas saladas rodando sobre viejos labios temblorosos...

—¡Tus primeros pasitos! ¡Para mí! ¡Ya puedo...!

La felicidad, tan inmensa que le duele, anega sus palabras.

—¿Más café, papá?

Los dos en la cocina, desayunándose. Al lado, en el baño, ronronea la máquina de afeitar de Renato. Pasada la fiesta, se reanudan las prisas matutinas. Con la cafetera en el aire, Andrea se impacienta.

—Sí, gracias... Y no me vuelvas a llamar «papá».

—Lo siento. Siempre se me escapa.

—No es eso. Desde ahora llámame abuelo, *nonno*.

Andrea, un instante irritada, le mira con enternecida sorpresa. «¡Cómo quiere a mi hijo!», piensa. Y entonces es al viejo a quien le toca irritarse, por esa ternura que percibe.

—¿Qué miras? ¿Es que no lo soy? ¡Pues «abuelo» y ya está, demonios!

«Abuelo.» El viejo paladeó la palabra durante la madrugada, en su guardia junto a Brunettino. *Nonno, nonnu* en calabrés: sonaba como sordo esquilón en el macho guía del rebaño. También como arrullo junto a la cuna. «*Nonnu*», susurró repetidamente, sin que el niño se despertara. Se lo explicó a la bicha:

«Es lo que soy, *Rusca*. Más que padre y suegro, mucho más: "abuelo". El único que le queda a mi Brunettino; mientras que otros tienen dos y dos

abuelas... Menos tuve yo, ¡ninguno! Por eso no sabía
lo que era, y hasta ahora no empiezo a comprenderlo.
¡Así salí de *desgarrao!* ¡Ah, y también de hombre,
claro! Aunque se puede ser hombre y también... No
sé, pero yo siento dentro algo más, algo nuevo, asomando... ¿Qué?... Bueno, tú me comprendes... No,
tú no, porque tú eres como yo; vas a lo tuyo y a dentelladas... ¡Una abuela sí, ya ves! Una abuela lo en-
tendería, pero él no tiene más que a mí... Y ¡es tan
bonito achuchar ese cuerpecito contra uno y oírle mur-
mujear como un palomo amansado!... Me crece dentro
algo blando, tierno, ya ves... Antes me reía de eso:
¡cosas de mujeres!..., pero ahí está ese corderillo,
ahí...»

Esta última idea le asombró y, más todavía,
sentirla sin avergonzarse. «¿Será posible? ¡Si yo hubiera sabido antes...!»

Como tirando de unas riendas paró en seco sus
cavilaciones al asomarse — como suele últimamente—
a desconocidos vericuetos interiores por los que se
acercaba una figura. Pero no cerró sus ojos a la repentina evocación de Dunka, pues también esos sentimien-
tos los hubiera explicado ella: la que precisamente trató de llevarle por tales umbrías... Umbría, hombría...
«¡Qué cosas se me pasean por mi cabeza!... ¿De dónde vendrán?»

«Y ahora, además, tan de repente, ¡Hortensia! ¿Cómo habrá pasado la Navidad? En casa de su
hija, seguro, tan lindamente. Tiene una hija, *Rusca,* y
hasta una nietecilla, ¿sabes? Parece mentira, una mujer
tan joven y abuela... Dice que ya no tiene voz. ¡Imposible! Habrá cantado para ellos; bailando tarantelas
pasarían la Nochebuena. Música de verdad y no la que
pone Andrea. Tendrían música, un pesebre... ¡y nada
de arbolitos alemanes!»

Ahora, mientras se bebe el café, ajeno a las

idas y venidas de sus hijos, sigue rumiando la idea que concibió tan súbitamente anoche. ¿Estará bien llevar a Hortensia unas flores? Y ¿cuáles? Sólo de imaginarse por la calle con un ramo en la mano, como los señoritos, se siente nervioso. Pero algo ha de hacer, tras tantas atenciones de ella, además de visitarla en estas fiestas... Recuerda entonces que en los jardines hay un quiosco de florista y que desde allí hay poco trecho a la *via Borgospesso:* eso le decide.

Así es cómo, más tarde, sube en el encajonado ascensor con su ramo en la mano, siempre receloso de que esa caja se atasque en su chimenea... Previamente ha llamado desde el portal y ella le ha invitado a subir. Le espera en el descansillo del ático.

Como siempre: limpia, sencilla, animosa. Y, además, acogiéndole ahora con asombrado júbilo:

—Pero ¿qué ha hecho usted? ¿Cómo se le ha ocurrido? Pase, pase.

El viejo ofrece torpemente las rosas que, según la del quiosco, eran lo más propio. Ella acerca el ramo a su cara, aspira.

—¡Espléndidas!... Pero usted no tenía que...

—Oiga, que ya nos tuteábamos, mujer... Y muchas felicidades.

—Gracias; para ti también.

Ella ofrece la mejilla y el viejo la besa. Huele mejor que las rosas. Y su pelo, ¡qué seda tan firme!

—¿Te gustan? —pregunta el viejo, ya sentado, contemplándola mover los brazos al arreglar las flores en un jarro.

—Bien sabes que a las mujeres nos gustan.

—Supongo —responde el viejo con gravedad, añadiendo—: Es la primera vez que traigo flores a una mujer.

Y es verdad; con Dunka era ella quien ofrecía flores. Pero Hortensia lo ignora y, sorprendida, se vuelve hacia él, grave a su vez la mirada tras el permanente chispeo de sus ojos, que recuerdan un río tranquilo donde cabrillea el sol. Ahora la sorpresa la hace indiscreta:

—¿Qué dices, hombre? ¡Habrás conocido a tantas!

La sonrisa viril lo confirma de sobra.

—Pero nunca necesité flores.

Ella no se atreve a replicar. Concluye de arreglar el ramo, lo centra en la mesa y, sin decir nada, desaparece un instante volviendo con la *grappa* y un vasito. Pregunta:

—¿Qué tal tu Nochebuena?

—Con el nieto. Por lo demás, nada, ellos dos... Una Nochebuena milanesa... ¡Tú sí que la celebrarías con tu hija!

—¿Yo? Aquí sola.

—¿Sola? —se asombra el viejo, pensando: «Si yo hubiera sabido... Pero ¿qué?, no iba a dejar a Brunettino.»

—Los hijos son todos iguales: viven su vida. Bueno, también yo la viví de joven. Cuando me marché de Amalfi, mi padre no quería, pero no me arrepiento. Allí no había nada que hacer.

El viejo la mira: «¿Qué vida habrá llevado? Desde luego tiene mundo.»

—¿Y también te quedarás sola en la San Silvestre?

La sonrisa femenina se acentúa.

—Ya no. Tendré tus rosas.

Ahora es el viejo quien no se atreve a contestar.

Ella le mira: «¿Qué estará pensando ese hombre?... Algo bonito, seguro... Bueno, pues yo no me callo»:

—¿En qué estás pensando?

—En tu pelo. ¡Qué hermosura!

«Sabía que iba a reírse de garganta», se regocija el viejo al oírla.

—¡Gracias! Hubiera sido mala propaganda tenerlo feo.

—¿Por...?

—Fui peinadora. *Capera,* decimos nosotros.

—¡También nosotros!

—¡Vaya, por una vez, de acuerdo Amalfi con Calabria!... Tenía mis clientas; además compraba pelo y lo revendía para pelucas... Sacaba unos cuartos para ayudar en mi casa.

Continúa, interpretando la súbita expresión del viejo.

—Había peinadoras con mala fama, de acuerdo; pero yo nunca llevé recaditos ni líos. Además, el oficio se hundía: con las permanentes y los institutos de belleza...

Impresión del viejo, al sentirse adivinado: ¿Será ella vidente?... No, es que esa mujer habla sin miedo.

—Así tienen todas las cabezas estropeadas. En cambio tú...

La mujer se retoca el moño y acepta el cumplido.

—Nunca me ondulé; sólo cortar... Si llega a ponerse todo bien blanco será bonito.

«Suelto, suelto, es como me gustaría a mí verlo», piensa el viejo. Pero habla de su nieto, de su cabecita más bien rizada.

—Y ya anda, ¿sabes? Desde anoche, para mí solo.

—¡Estarás contentísimo!

No necesita decirlo; pero se plantea un problema. Un niño que ya ha empezado a andar necesita otros zapatos. La Andrea, esperándolo de un momento a otro, le ha comprado unos muy feos: los llama mocasines y son como abarcas.

—Mi nieto no irá como un pastor —sentencia el viejo, bebiéndose la *grappa* de un solo trago—. Ha de vestir como un señor. Eso: con calcetines blancos y zapatitos negros de los que brillan.

Así es como el viejo se representa a los hijos de los señores. Se le quedó grabada la estampa cuando bajó un domingo desde el monte a Roccasera, llevando al cuello un cabritillo para el señor marqués, recién llegado para cazar con dos amigos: el marqués a quien él acabaría comprando las viñas y el castañar. Fue la primera vez que vio un automóvil y de aquel vehículo prodigioso se apeó un niño flaco y rubio: sus calcetines blancos salían de unos zapatitos relucientes como espejos. Por cierto, al acabar la guerra fue fusilado: había sido alto jerarca fascista.

—Hortensia…, ¿tú crees que esos zapatitos brillantes son de fascista?

—¡Qué bobada! —ríe ella—. Pero mejor que de charol serían unas botitas. Ciñen el tobillo y el niño anda más seguro.

Al viejo le cuesta renunciar a su ideal infantil, pero comprende que son más de hombre unas botas. Su problema es comprarlas. ¿Cuáles? ¿De qué medida? ¿Dónde? ¿Y si le engañan en el género? Porque estos milaneses, cuando ven a uno del campo…

Hortensia se ofrece para acompañarle a la zapatería. ¡Estupendo! Así las botitas serán un regalo de Reyes para el niño, aunque la costumbre no sea ésa. Ella los guardará en su casa hasta la víspera, asegurando la sorpresa. ¡Qué cara pondrá la Andrea! Ríen juntos.

El viejo se despide, pero deja en esa casita luminosa el lazo entrañable de un secreto referente a Brunettino y compartido con Hortensia. Agil y alegre, baja las escaleras como cuando descendía de la montaña a Roccasera en víspera de fiestas.

¿Y *eso* son las famosas mujeres?

Andrea le inscribió en un estupendo *Club de Animación para la Tercera Edad*, frecuentado por señores y señoras: así dijo ella.

—¿Mujeres? —preguntó el viejo.

—Claro, mujeres —sonrió forzadamente Andrea.

Y ahora el viejo mira a las mujeres en el salón engalanado aún con guirnaldas navideñas. Y, por supuesto, con un árbol de Noel en un ángulo. Pero sus bombillitas están siempre encendidas, sin hacer guiños.

Unas juegan a las cartas, otras forman grupo sentadas en divanes y sillones, con té o café en mesitas cercanas. Hay hombres también y se charla animadamente, estallando de vez en cuando una risita aguda. Una de ellas ha dejado de tocar el piano, volviéndose hacia la puerta en su taburete giratorio y, como las demás, mira al viejo que, junto con Andrea y la directora del Club, permanecen en el umbral. A su vez, el viejo las mira: «¿Mujeres? ¡Un hato de viejas!... Onduladas, maquilladas, emperifolladas..., ¡pero todas viejas!»

Los hombres, por el estilo. Hay uno de pie junto a la pianista. Dos juegan al ajedrez: los únicos que no se han vuelto hacia los recién llegados

—Continúe, don Amadeo: su voz está mejor que nunca... ¡Magnífica!... El comendador es un gran tenor —aclara al viejo la directora.

Bueno, insiste en que no la llamen directora. «Yo no dirijo nada; todo lo deciden nuestros miembros del Club. Sólo soy una modesta animadora, una compañera más.» Pero el viejo comprende que es la directora: no hay más que verla y, sobre todo, oírla. ¡Ese aire de autoridad...!

—¡Ah, cuando yo cantaba en el *Scala*...! —farfulla el viejo junto al piano, inclinándose en ceremonioso gesto de gratitud. Vuelve una página en el atril e indica a la pianista—: Recomencemos, por favor.

La pianista pulsa unos acordes. Luego, mientras la cascada voz ataca la *Matinatta* de Leoncavallo, la directora conduce a Andrea y a su suegro hacia dos sillas vacías, frente a un sofá con dos señoras y un caballero entre ellas.

—No les presento porque aquí no es necesario: todos están presentados por el hecho de ser socios. Nuestra regla es la espontaneidad, el libre impulso afectivo, ¿verdad?

Las tres cabezas del diván asienten repetidamente. La directora-animadora sonríe. En realidad, todo el mundo aquí sonríe, menos el viejo. Y tampoco Andrea, que le observa con inquietud.

—Yo soy Ana Luisa —dice una de las viejas, al mismo tiempo que la otra declara llamarse Teodora. Han de repetirlo porque como hablaron a la vez resultó confuso. Desgraciadamente tampoco se les entiende a la segunda porque el otro viejo suelta una risa en cascada que acaba en un golpe de tos, durante el cual ellas logran por fin identificarse, casi a gritos.

—No les haga caso, compañero —desmiente el viejo en cuanto puede hablar—. No se llaman así, le están engañando. Son unas bromistas, unas bromistas... Ji, ji, ji; estas muchachas son unas bromistas.

Ellas unen entonces sus carcajadas a las del catarroso, que guiña aparatosamente un ojo hacia los recién llegados. Al fondo del salón se corta la *Matinatta* y un golpe seco de la tapa del piano al cerrarse proclama la indignación de los dos artistas interrumpidos. La directora acude a apaciguarles y, en el sofá, la risa del trío se interrumpe también de golpe cuando el catarroso deja caer ambas manos sobre los muslos femeninos inmediatos a él. Súbitamente dignas y envaradas, las damas se quitan de encima tales manos con idéntico gesto de repugnancia.

—No empiece usted, don Baldassare —dice Ana Luisa. O quizás Teodora.

—No son modales, no son modales —cacarea Teodora. O quizás Ana Luisa.

—Quien no sienta el arte que no venga. Eso es, que no venga   repite al fondo el ofendido tenor, entre los cuchicheos apaciguadores de la directora que, al fin, logrado su propósito calmante, retorna junto al nuevo miembro del Club, en el instante en que es interrogado por don Baldassare.

—¿Y usted de qué quinta es, compañero?

—Yo fui inútil total... ¡Soy sordo! —grita el viejo, exasperado por aquel ojo enfrente guiñando constantemente. Enseña los dientes en un forzado intento de sonrisa y se vuelve hacia la puerta. Andrea le sigue, así como la directora, que se afana en dar explicaciones.

—El pobre don Baldassare no rige bien, pero no podemos cerrar las puertas a nadie... Esto es público, municipal, comprendan... Por lo demás, vienen personas muy agradables, muy agradables...

Andrea consigue que su suegro se resigne a visitar las restantes instalaciones, profusamente elogiadas por la directora:

—Aquí la biblioteca... Buenas tardes, doctor, no le interrumpimos... Excelentes lecturas, excelentes... Esta salita con la televisión, muy cómoda... El salón de actos: amplio, ¿verdad?, damos muchas conferencias... Interesantísimas... También cine y, a veces, representamos teatro nosotros mismos... Miren, hace un mes dimos *Vestir al desnudo* y tuvimos estimables críticas. ¿Le gusta Pirandello, señor Roncone? Permita, le llamaré don Salvatore. Aquí usamos el nombre, es más espontáneo... ¿Le gusta Pirandello?

Al fin vuelven a hallarse en el vestíbulo, allí donde una cartela mural proclama: *Casa de la Alegría. Reír es Vivir.* La directora empieza a despedirse. Andrea, aunque deprimida, agradece admirada el prudente silencio de su suegro. Ignora que se debe a la paralizante intensidad del asombro. Desde que entró, el viejo se pregunta si todo aquello existe de verdad, si tales ejemplares son humanos. Ni siquiera como milaneses logra explicárselos. No ha logrado reaccionar y por eso calla. Sólo al final pregunta, vacilante:

—¿Y todos son así?

—¿Así que? —pregunta la directora, alzando sus límpidos ojos aguamarina. Andrea se encoge interiormente, esperando el latigazo.

—Así de..., de viejos y eso.

Pero el candor de la directora es invulnerable.

—¡Qué cosas tiene este don Salvatore!... Aquí no hay viejos, querido señor; somos la tercera edad. La mejor, si se sabe vivirla. Vuelva y verá, vuelva: nosotros le enseñaremos.

Caminando acera adelante, Andrea lamenta su fracaso. Se había hecho la ilusión de que, con aquel club cerca de casa, su suegro se ausentaría más y no mimaría tanto al niño, dificultando su correcta educación. Por eso se queda estupefacta cuando, al inquirir cautelosamente, él anuncia que irá alguna vez por el club.

—A lo mejor viene de verdad otra gente —aclara el viejo con esa indescifrable mirada que a veces lanza, entrecerrando sus astutos ojillos sobre un esbozo de sonrisa.

Pues el club se le ha aparecido de pronto como el gran medio de escabullirse. Por las tardes, con Andrea cohibiéndole en casa, su único rato bueno es el baño de Brunettino. Pero antes tendrá tiempo de visitar a Hortensia diciendo que se va al club.

«También, ¿qué necesidad tengo de disculpas?», se reprocha. «Yo hago lo que me da la gana.» Cierto, pero precisamente le da la gana de no hablar de Hortensia; es más divertido ocultárselo a la Andrea. Con esa idea tranquiliza su ánimo, convenciéndose de que nadie le controla.

¿Han pasado antes por este mismo sitio?

El viejo lo ignora. En la montaña nunca se perdió, pero aquí... Hoy todas las calles le parecen iguales, como de un laberinto, por donde le guía sin vacilar Hortensia. Las zapaterías se confunden en una sola, aunque en algunas preguntaron, en otras llegaron a ver botitas que rechazó su guía y en la mayoría no pasaron del escaparate, dando vueltas y vueltas de una a otra entre tantos apresurados compradores de fin de año, sorteando el tráfico.

Por fin adquieren las botitas en *Mondoni,* la primera de las tiendas donde entraron: es la propia Hortensia quien, triunfante, se lo hace notar al viejo.

—Ya sabía yo que ésa era la mejor. Pero, si no se mira en otra, luego se encuentra algo más barato a la vuelta de la esquina.

El viejo no está muy de acuerdo, pero ha sido feliz durante la concienzuda expedición, gozando incluso al sentirse extraviado, porque eso le ponía en manos de Hortensia. Da gusto acompañarla, además: se abriga con un bonito chaquetón de piel gris y calza unas buenas botas. Sobre todo, se le ha cogido del brazo y el viejo siente en el codo la elástica firmeza de la carne femenina. Se ufana:

—¡Cómo te miran los hombres!

—Nos miran a los dos.

—¿A mí? ¡Como no sea por mi pelliza de campo!

—Miran tu planta y tu andar.

—Eso sí; buenas piernas de montañés. Aún les ganaría yo a todos ésos, trepando cumbres arriba... Y tú, ¿no estás cansada? Porque ¡vaya tarde de trabajo que te he dado!

—¿Trabajo? A nosotras nos encanta ir de tiendas. Eso sí, te llevas lo mejor. Y barato.

¿Barato? Al viejo se le han ido en las botitas sus últimas liras de reserva. Y aún le han faltado seiscientas, aportadas por Hortensia, que no ha consentido resignarse a otras más baratas.

—Ni hablar: para el niño, lo mejor. Y es buena compra, te lo repito. Entiendo de eso; trabajé seis años de vendedora en los *Almacenes Lombardía,* cuando me quedé viuda con mi chiquilla... Anda, anda, ya me las devolverás. Para eso somos amigos.

—Pero tardaré. Me he quedado sin dinero.

Lo declara tan serio, casi fúnebre, que ella suelta la carcajada, más sonora aún bajo la bóveda de la *Galería Vittorio Emanuelle,* donde se han refugiado de una llovizna incipiente, ya al oscurecer. La gente vuelve la cabeza y él sonríe. ¿Cómo resistirse a ese rostro jovial, a esos dientes blanquísimos? Pero en el acto se enturece:

—¡Maldita sea! Las tierras y los ganados son míos, pero el chupón de mi yerno se retrasa en mandarme dinero. Cuando telefonea le grito, pero como mi garrota no le alcanza... Y en casa de mi nuera no quiero pedir.

—No tengas prisa, hombre; no pongas esa cara: ¡va a creer la gente que nos peleamos! Y no es eso, ¿verdad?

—Es que además...

—No me lo digas, lo sé. Ahora te apetece convidarme a tomar algo. ¿A que es eso?

«Es vidente», se dice una vez más el viejo, que, en efecto, sufre por no poder invitarla como se merece. Precisamente se han detenido frente a un café de categoría.

«¡Adiviné!», piensa Hortensia, feliz con la idea de que ese hombre no pueda ocultarle nada. Es transparente para ella como un chiquillo. Y añade:

—Pues convídame, hombre; convídame. ¿Por qué no? Toma: este dinero es tan tuyo como si lo sacaras de un banco pagando luego intereses.

—Ah, con intereses, conforme —sonríe el viejo, aceptándolo.

Ella vuelve a tomar su brazo, pero ahora para dejarse llevar. Y es el hombre quien empuja la puerta giratoria y la conduce hasta una mesita bajo una luz difusa, sentándose junto a ella en el diván de terciopelo. Hortensia se esponja al observar que, una vez recobrado el mando, el viejo campesino habla al camarero sin cohibirse, con señorío, para encargarle una excelente merienda. «Basta, basta, ¿dónde vamos con todo eso?», protesta ella risueña, pero disfrutando golosamente, sobre todo de una tarta a su gusto. El tiempo se les pasa volando, acogidos a esa isla de intimidad que han creado para ellos en medio del bullicio.

—¡Qué tarde es! —exclama Hortensia mirando su relojito—. ¿No te estarán esperando en tu casa?

—Se creen que me divierto en un casino de cretinos.

—¿No les has dicho que salíamos juntos?

—Las botitas son un secreto, recuérdalo... Además —añade gravemente—, no quiero oír tu nombre en boca de Andrea.

«Soy su secreto», piensa ella encantada. Y advierte:

—¿Te das cuenta de que hemos celebrado juntos la cena de San Silvestre? Porque yo ya no tomo nada en casa.

—¡Eso es lo que yo quería! ¿Estás contenta?

—Tanto, que voy a darle las gracias a San Francisco... ¿Me acompañas?

—¿A la iglesia yo? No gasto de eso.

Pero, naturalmente, se levanta con ella y la ayuda a ponerse el chaquetón. Comprende por qué lo hace así la gente fina: es como abrazar a la mujer.

Ha cesado la llovizna. *Vía Manzoni* arriba ella le explica que tampoco suele ir a misa, pero sí a *Sant' Angelo,* para ver a San Francisco, el santo que a ella le gusta, especialmente cuando sabe que no hay curas predicando, pues no cree en ellos... Caminan algo más, emparejados en silencio, cuando ella exclama:

—Y hasta puedes verle sin entrar en la iglesia: mírale.

—¿Quién?

—San Francisco.

En la plaza existe una pequeña alberca octogonal, como el pilón de una fuente, pero sin surtidor central. Acodado al pretil está un fraile contemplando a un pajarillo posado al otro lado. Ambas figuras son de bronce, pero es tan natural la actitud humana, ahí al nivel de la calle, que la sencilla concepción del artista conmueve precisamente por su humildad. La amarilla luz de un farol, al ondular vagamente sobre el agua, infunde al bronce reflejos de vida.

—Ya sabes, Bruno; hablaba a los pájaros... Siempre pienso que esa estatua le gusta a San Francisco.

¿Hablar a los pájaros? El viejo no cree que los pájaros estén en el mundo para que les hablemos. Pero se imagina a Brunettino con un gorrioncillo en sus manos: seguro que el niño le hablaría. Por eso le encanta esa fuente. Además, claro, camina al lado de Hortensia que, minutos después, le introduce en una iglesia.

Una sola nave, como en Roccasera, y casi vacía; sigue abierta aún por ser la Nochevieja. Hortensia avanza decidida hacia una capillita lateral y se sienta en un banco desde donde ve la imagen de San Francisco. En el altar de la capillita temblotean dos velas encendidas ante una *Madonna*. En el muro frontero, un gran cuadro bastante ennegrecido.

El viejo contempla el perfil de la mujer a su lado. Tiene la misma tierna sencillez de la fuente, con ese pelo liso recogido detrás, esa nariz tranquila, esos labios serenos. Al viejo le gusta que ella no bisbisee oraciones; le resultaría una de tantas beatas. Y ella es todo lo contrario: encarna la paz interior y la plenitud satisfecha, con las dos manos posadas sobre la falda y el lento ritmo del pecho. Ahora se le escapa la sospecha de un suspiro, más bien dichoso que atribulado. El viejo se siente turbado, como si violara una intimidad, y aparta su mirada hacia el cuadro.

Su vista, ya más acomodada a la penumbra, identifica a San Cristóbal. Hundido hasta las rodillas en el agua, apoyado en un recio bastón, el santo mira al niño sentado sobre su hombro, sujetándole con el otro brazo. Entre las ondas se adivinan sombras siniestras como fabulosos monstruos, pero el rostro del santo es puro éxtasis contemplando a Jesús. El viejo, sin darse cuenta, reproduce esa expresión porque el niño le recuerda a Brunettino, sosteniendo el globo del mundo como una pelota.

«Pero mi Brunettino es más listo, más pícaro. Este bambino es como los pintan a todos, un bobalicón. Hasta se le ve con miedo de caerse, agarrándose al pelo del fulano... ¡Venga, Cristóforo, sujétale mejor! ¡Que no se moje el pobrecito!»

Hortensia, advertida por el susurro, se vuelve a mirar al viejo, extrañada de verle mover los labios en una oración. Pero dura poco y él vuelve a su silencio, impresionado ahora por la sensación de que debería recordar algo. ¿Qué podrá ser?

Al cerrar los ojos para evocarlo mejor —seguramente es algo de hace muchos años— le parece volver a hallarse en Roccasera, en la iglesia parroquial. Los mismos chasquidos de tablas, pasos prudentes, rechinar de puertas, chisporroteo de velas... El mismo olor a cera y humedad... Pero su memoria no por eso le devuelve el recuerdo perdido. ¿Estará sepultado en el mundo infantil de Roccasera?

El tiempo en suspenso vuelve a ponerse en marcha. Se levantan, salen a la calle y retornan hacia la cercana *via Borgospesso,* que dejaron atrás en su peregrinación a *Sant'Angelo.* El frío arrecia, ella se arrima al hombre y caminan más de prisa...

Se despiden en el portal de Hortensia.

—Feliz Año Nuevo.

Ella ofrece su mejilla como cuando él le llevó las rosas y él se quita el sombrero y la besa en las dos. Cuando se aleja, después de verla entrar, se lleva consigo una suavidad en los labios, un roce de cabellos en su frente, un sereno perfil en su memoria.

La Nochevieja en casa es un suplicio para el viejo porque, después de la merienda con Hortensia, se ve forzado a probar los platos que Andrea se ha esmerado en preparar, ateniéndose escrupulosamente a las recetas de su *Libro del hogar*. El exceso le cae mal a *Rusca,* que protesta mordisqueando en carne viva. El viejo desearía acostarse, pero su nuera ha decidido que deben esperar el Año Nuevo ante la televisión, como toda Italia. El viejo consigue aguantar hasta medianoche gracias a que, a escondidas, toma el sedante recomendado por el profesor para los trances más agudos.

Tras las felicitaciones y los besitos se retira inmediatamente a su cuarto, cuando empieza a hablar el Papa, y despliega el sofá-camá, pero no se duerme. Sabe que la medicina le adormecerá, impidiéndole despertarse de madrugada, y por eso decide ver a Brunettino antes, en la primera hora del niño. Así, cuando cesan los ruidos en el cuarto de baño y el matrimonio se retira, el viejo coge su manta y se traslada cauteloso a la alcobita. Allí besa delicadamente al niño dormido y le desea una vida larga y colmada, inclinándose sobre él como un sauce. Luego se sienta en el suelo, se envuelve en su manta y se apoya contra la pared, para su acostumbrada guardia.

La manta es precisamente lo que desentierra el recuerdo cuya identificación le ha obsesionado desde que empezó a aletear ante el San Cristóbal. En vano hurgaba en su viejo mundo infantil, porque el recuerdo no pertenece a él, sino a otra noche de San Silvestre y a un pilón de fuente pública. El olor de la manta no es sólo el de su niñez pastoril, sino también de sus aventuras partisanas, y ese olor desgarra el velo, surgiendo vivísima la memoria de hace justo cuarenta años: aquel San Silvestre en que conoció tan dramáticamente a Dunka.

De golpe lo revive todo: su sorpresa en el café al ver llegar como enlace a una muchacha y, en el acto, el olor a peligro, la escapada oportunísima, el disparo que le alcanzó en el costado y su truco para despistar a la Gestapo ocultándose en el pilón de la fuente monumental, metidos en el agua como San Cristóbal... Luego la mujer guiándole valerosamente por la ciudad desconocida, hasta ponerle a salvo en un escondite de la resistencia, donde sólo entonces ella se permitió temblar de miedo... ¿Cómo le ha costado tanto recordar la inolvidable San Silvestre que les condujo a Rímini? «Lo llevo tan adentro», se dice, «que es como el corazón: uno se olvida de él».

Le acunan ahora los recuerdos, un oleaje melancólico de ascuas y ceniza, de pasado y presente mezclados y, junto con la acción del sedante, se queda pronto dormido, como en las noches sin lobos guardando el aprisco. En cambio es el niño quien se despierta y hasta se incorpora de golpe, quizás saliendo de un mal sueño; pero al reconocer al viejo acurrucado se forma en sus labios una sonrisa y, como un gatito satisfecho, cierra los ojos, cambia de postura y vuelve a dormirse.

Quedan sueños, sin embargo, flotando en la alcobita, conjurados acaso por lo singular de esa noche partida entre dos años, y se infiltran como visiones en el viejo dormido. Una mujer de ojos claros —tan pronto tiran a verdes como a grises— le arrastra de la mano vertiginosamente por un laberinto de callejas y es una agonía seguirla porque le falta una bota, aunque luego resulta peor, pues va sangrando, y después ya no corren: se encuentran con agua al cuello, espaldas contra una pared, frente a oscuras estatuas que, de repente, son alumbradas por focos potentísimos revelando un mofletudo rostro de angelito burlón... Luego, no sabe cómo, su pelo es muy largo y esa mujer le está peinando, lenta, muy lentamente, o quizás es otra, obligándole a estar inmóvil, y el peine sigue cuerpo abajo y le araña, se clava, le rasga el vientre mientras la extraña peinadora ríe como si el dolor fuese una broma, y le regala un pajarillo que habla, que se le posa en el hombro, que se hace muy pesado, cada vez más, y le doblega aunque se apoya en un recio cayado..., no, en el brazo de una mujer, ¿la peinadora, la otra si era otra?, no lo sabe, se inquieta...

Afortunadamente, a pesar del sedante el viejo despierta a tiempo de volver a su cuarto antes de que se levante el matrimonio. Duerme luego hasta ya muy entrado el primer día del nuevo año. Andrea, sin clase por las vacaciones, le confiesa haber empezado a asustarse.

—¡Bah!, es que he dormido bien. Quizás bebí anoche un poco de más. No recuerdo.

Andrea sí, y se extraña: justamente el viejo no probó el vino. Pero no puede aclararlo porque el niño chilla en su cuarto y el abuelo corre a gozar de las primeras gracias infantiles.

Andrea no se había creído las palabras del viejo, pero él salió a las cinco hacia el Club de la Tercera Edad. Por lo visto ha encontrado allí a otra gente, porque a las nueve no ha regresado.

—Mira, vamos a cenar nosotros. Ya no tardará —propone Renato.

— ¿Le habrá ocurrido algo?

—¿A quién? ¿A mi padre?

Su padre es capaz de superarlo todo. Pero Andrea insiste:

—Está viejo.

«Es verdad», piensa Renato con tristeza. «Y además...» Pero se le ve siempre tan firme y satisfecho que olvidan su enfermedad. Su enfermedad mortal.

Andrea telefonea al Club, pero la directora ya se ha marchado y el conserje es incapaz de aclarar si anda por allí un socio nuevo, el señor Roncone... No ha contestado a la llamada por el micrófono, pero «esos viejos nunca oyen», aclara desdeñoso el empleado. Andrea y Renato se miran indecisos.

En ese momento oyen la llave en la cerradura. Suenan pasos cautelosos, pensando en el niño dormido, y aparece el viejo con aire, en efecto, de haberse divertido. Se disculpa vagamente y ellos le manifiestan su inquietud.

—¿Sois tontos? —replica—. ¿Qué me puede pasar? ¿A mí?

Renato sonríe: cierto, es impensable. El viejo continúa con buen humor, quitándose la pelliza:

—Una tarde estupenda. Estupenda.

Andrea, estupefacta, pasa a la cocina para servir la cena en la mesa ya puesta. El viejo despliega un espléndido apetito y bebe un poco. Renato y su mujer intercambian miradas de asombro. Ya acostados, apagadas las luces de la casa, Andrea no puede más:

—Verdaderamente, tu padre... —suspira—. No le comprendo... No, no le comprendo. Es de otro planeta.

El planeta del viejo, aquella tarde, se había llamado *¡Feliz Año Nuevo!;* título del espectáculo popular de *varietés* ofrecido por el Municipio en un teatro desmontable instalado en el *Piazzale Accursio.* Hortensia le había invitado allí y se instalaron entre un público de chiquillería, soldadesca y gentes de su edad. Ahora, en su cama, el viejo vuelve a disfrutar, evocando los números. La pareja en aquellas bicicletas que se iban desarmando a pedazos —«¡qué culo tenía ella, la condenada!»—; el mago que aserraba por la mitad a su flacucha ayudante dentro de una caja y luego aparecía ella por el pasillo de butacas; el adivinador de naipes y del pensamiento (pero eso siempre tiene truco); los trapecistas con el pobrecito niño dando saltos mortales, el ballet que salía entre los números exhibiendo unos cuantos hermosos pares de muslos... Pero sobre todo Mangurrone, el famoso Mangurrone, el superestrella con sus chistes y sus breves cuadritos cómicos... «¡Mangurrone, otro!», gritaba la gente, «¡Man-gu-rro-ne, Man-gu-rro-ne!...», y Mangurrone reaparecía con diferente caracterización para ofrecer

otra propina a su querido y respetable público milanés...

El viejo sofoca una carcajada recordando aquel
número en que Mangurrone convence a una corista de
que él la ha convertido en vaca y se lo demuestra aca-
riciándole un rabo imaginario, poniéndola a cuatro patas para ordeñarla —«¡el tío lo imitaba bien, se veía
que entendía de ordeños!»—, cayendo a la vista del
público un blanco chorro de leche en el cubo colocado
bajo la chica mientras ella mugía de gusto...

«¿Cómo harían aquello?, porque Mangurrone
hizo subir a uno de butacas y le dio a beber un vaso
de auténtica leche de vaca...» Pero lo mejor fue el
final: Mangurrone gritó que se sentía transformado en
toro y se puso a cuatro patas tras la corista con intenciones obvias. La chica salió trotando y él detrás, en
un mutis aplaudido con locura.

—¡Cómo disfrutas! ¡Qué gusto me da oírte
reír así! —le dijo Hortensia.

—¡Ese tío es buenísimo!... A lo mejor agarra
a la moza por ahí dentro del escenario y... ¡figúrate!

—¡Qué cosas se te ocurren!

—¡Las cosas de la vida! No se le hacen ascos
a las cabras, allá arriba en la montaña. Y perdona.

Hortensia le miró bondadosa:

—Te ríes como un niño.

—Es como hay que reírse —contestó él, mirándola a los ojos y dejando poco a poco de reír al
percibir en ellos tanta gozosa ternura, tanta claridad
vital...

«¡Ay, qué madre para mi Brunettino!», suspira el viejo ahora en la cama. «¡Qué brazos de madre!»

—¿Le gustan, papá?... Quiero decir, abuelo.
¿Le gustan?

—Se ve que son buenísimos... Gracias, Andrea.

«Santa *Madonna,* sólo a ella podía ocurrírsele regalarme unos guantes... ¡Si nosotros no gastamos! Son para señoritos de Milán, o para señoronas que no hacen nada con las manos... Allá en el país sólo llevaba guantes aquel chófer nuevo del marqués, cuando bajaban desde Roma con su coche para ordeñarnos nuestro poco dinero y llevárselo. Un mierda, el chófer aquel; pensaba que con su gorra y sus polainas se iba a llevar al huerto a cualquier moza... ¡Buenas son las nuestras para irse con los forasteros!; la que se dejara ya podía emigrar; nadie volvería a mirarla... El chófer tuvo que bajar a Catanzaro y meterse en casa de la *Sgarrona,* pagando. Al día siguiente ya no presumía tanto; volvió con pinta de gallo alicaído.»

—¿De qué se ríe, abuelo? ¿No le gustan?

—Muchísimo, ¡vaya cuero bueno!... Te habrán costado caros... Pero mira mis manos, mujer; no caben.

Andrea, asombrada porque compró precisamente la talla más grande, compara manos con guantes y se confunde en disculpas. El viejo intenta consolarla, pero la realidad es implacable. Los guantes son lo bastante largos, pero esas zarpas de oso montañés no entran.

—Soy una tonta, lo siento… —concluye Andrea—. No se me ocurrió nada mejor para sus Reyes.

El abuelo contempla sus manos orgulloso como nunca: «¡No las hay iguales en Milán y, además de ser tan recias, abrochan botoncitos de niño!»

Por la tarde le relata el episodio a Hortensia, que le esperaba en su ático con la sorpresa de una bufanda. Ella ríe, pues por un momento pensó también en guantes, pero recordó esas manos.

—¿Qué lana es ésta? Seguro que tiene química —sospecha el viejo, al sentir tanta suavidad en torno a su cuello.

—De la mejor —explica Hortensia—. Inglesa.

—Si es inglesa, me fío… Y acaricia llevarla.

«Los ingleses fueron buenos camaradas. Demasiado papeleros y bastante aburridos, pero respondían. Aquel míster…, ¿cómo se llamaba?, le decíamos Terry, un nombre de perro, peleaba bien y se le ocurrían buenas putadas contra los tedescos… Escribía todos los detalles y nos los hacía repetir… Por eso le mataron, por cumplir la orden aunque las cosas se presentaron de otro modo… No es bueno calcular demasiado.»

El viejo acepta la buena bufanda, pero sigue reteniendo la vieja en su mano, vacilando. Como cuando los aldeanos en la consulta del abogado —piensa Hortensia— no saben qué hacer con el sombrero.

—No necesitas tirar la vieja, hombre… ¿Te la guardo yo? A lo mejor un día te apetece llevarla.

«Otra vez me adivinó… ¡Qué gusto!»

—Le tengo cariño —reacciona el viejo, entregando su tesoro para custodia— y es de mis ovejas,

Me la hizo mi hija... Por cierto, ayer me telefoneó y me van a mandar mi dinero. Además...

Presume con la noticia: el cabrón empeora. El médico ya sólo le visita para engañarle con esperanzas. El Cantanotte llora cuando le habla el cura: las beatas dicen que se arrepiente de todo y va a morir como un santo. «¡Un santo ese tío! ¡Llora de miedo; se arruga porque no es hombre!»

Mientras tanto el viejo ofrece su regalito, sin atreverse a ponérselo él mismo.

—Esto sí que es precioso, ¡demasiado! —elogia Hortensia, prendiéndoselo en el vestido.

Por un momento pensó pedirle a él que se lo pusiera, pero no se atreve. El caso es que ya reluce en su pecho esa gondolita de plata en filigrana. Claro que sin gondolero, pues aunque las había en la tienda con ese detalle, al viejo le pareció poco respetuoso para el difunto.

—Preciosa —repite ella—. Desde que enviudé no me habían traído los Reyes nada tan bonito.

—En mi tierra no son los Reyes, sino la *pefana,* la bruja. Una bruja buena, que también las hay. Como la de Peña Enzutta, que espanta al lobo y apaga las malas hogueras; todo el mundo lo sabe.

—Hogueras las de Reyes en Nápoles —ríe Hortensia—. Tiramos por la ventana trastos viejos y hasta muebles, amontonamos todos los de la vecindad y les prendemos fuego. ¡Qué llamaradas! Suben las chispas hasta las ventanas...

El viejo vuelve a su casa con las botitas guardadas hasta ahora por Hortensia y, como si las acabara de sacar de su armario, las exhibe triunfalmente a la hora de acostar al niño. Sostenidas en alto por la recia mano provocan una mirada feliz de Renato a su mujer, como diciéndole:

«¿Ves cómo es papá?» Y Andrea, en efecto,

se asombra del buen gusto con que ha elegido el viejo. «¡Quién lo hubiera pensado en un pueblerino!»

El único descontento es Brunettino, cuando van a probárselas. Se resiste inicialmente a la novedad y, una vez en sus piececitos, restriega uno contra otro para quitárselas, llora y patalea, primero sentado, luego de pie. Pero entonces comienza a sentir su pisada más segura y se contempla los pies con asombro. Mira luego a los mayores, da unos pasitos vacilantes y una sonrisilla asoma entre las lágrimas. Se lanza al fin a atravesar el cuarto, abrazándose a la pierna del viejo cuando ya estaba a punto de caer.

¡Esos bracitos rodeándole la rodilla, como la hiedra al olmo de la ermita! Por el muslo, entrañas arriba, anegando el corazón y oprimiendo la garganta, la felicidad sube hasta los ojos del abuelo. Antes de que se derrame por ellos, el viejo coge al niño y lo levanta hasta su hombro sentado en esa manaza, enemiga de los guantes, donde cabe todo el traserito infantil.

Brunettino ríe y palmotea. Renato y Andrea también aplauden. El viejo se ve como el San Cristobalón en el cuadro de la capilla, pasando al niño a la orilla de otro nuevo año, hacia muchos años...

—Renato —exclama—, tienes que retratarme así.

«Y cuando tenga la foto», piensa, «le daré una copia a la Hortensia»

«¿Sabes que, bien mirado, los guantes me los trajo la *pefana,* la bruja buena? ¡Sí, angelote mío, ella le sopló la idea a la Andrea, seguro! Aunque buen disgusto se llevó... Profesora y todo, ¡casi se echó a llorar!»

El viejo se regocija mirando al niño dormido. De nuevo el cielo está limpio, barrido por el viento de los lagos. Una blanca luna en creciente, fina como una hoz, luce glacial en el ángulo alto de la ventana.

«Entonces, dirás tú, ¿dónde están esos guantes? ¡Míralos: en mis pies! Los cambiamos por estas zapatillas... A la vejez, viruelas; nunca gasté yo zapatillas. Cuando era como tú, descalzo; luego, abarcas y botas; aquí, zapatos... Pero con ellos se me oye de noche fuera de la moqueta, en el baño y cocina, justo donde me empuja la *Rusca,* para calmarse con un bocado o para que yo le haga más sitio echando una meada, ya ves, que cuando se siente prieta no para de rebullir... Con los zapatos en las baldosas me pueden oír; con calcetines solos siento frío; ya no soy el de antes... Buena cosa, esto de las zapatillas.

»Me oyes, ¿verdad, niño mío? Qué importa mi boca cerrada, ¡cuando piensas con alma te oyen! Apréndelo: miras bien fijo a un fulano pensando "si rechistas, te machaco" y el tío se arruga, te lo digo

yo... A lo suave, lo mismo: miras a una mujer vién-
dola ya en tu cama ¡y la tienes medio en el bote!...
Ya ves, cada noche pensaba yo para mis ovejas por
dónde las llevaría al día siguiente y casi andaban solas... ¡Hasta los animales se dan cuenta!

»Por eso digo que las zapatillas se le ocurrie-
ron a la *pefana*. Ando con ellas tan callado como en
la montaña, más escurridizo que una gineta. Y como
en la guerra: con mis abarcas, el centinela enemigo
era cosa hecha. Cuando se daba cuenta ya el grito de
alarma no le salía por la boca, sino por la raja del
degüello; un glu-glu entre su sangre, un ruidito de
nada. ¡Ni el Torlonio se los cargaba como yo! Y eso
que el Torlonio era el Torlonio, ya lo sabes.

»Incluso mejor que en la guerra, pues aquí no
hay ramillas chascadizas ni cantos rodaderos... Algo
bueno habían de tener estas casas; este silencio de
muertas. Claro, el hormigón ahoga los ruidos, como
ataja los ríos en los embalses... ¡Muertas están, sí!...
En cambio allí las casas viven, niñito mío, en su madera y en su adobe; hasta en sus piedras, porque son
de la misma montaña en que están. Y como están
vivas, hablan, lo charlan todo; más aún de noche,
como las viejas que no pueden dormir.

»¿Te entraña? ¡Ya lo verás, niño mío! Yo de
chiquillo no entendía su habla, ¡era tan distinta de
los ruidos montunos, arriba con el ganado! Las casas
tan huecas me asustaban y yo me pegaba al cuerpo
de mi madre buscando amparo, pero al revolverme,
cris-cris, la paja de maíz protestaba en el jergón. Me
quedaba quieto y entonces todo eran chasquidos, ta-
bleteos, chirridos alrededor..., ¡qué sé yo! Como si la
casa entera se meneara también sobre la tierra para
acomodarse mejor y le sonaran las coyunturas; pero
no era eso, lo acabé comprendiendo; era que ella con-

taba cosas, la muy parlera... Con el tiempo aprendí a escucharla, como tú aprenderás, angelote mío, porque voy a enseñarte todo lo que importa... Ya sé, ya sé, me queda poco tiempo, pero me basta: en la vida sólo importan unas pocas cosas. Eso sí, hay que saberlas muy bien sabidas para no fallar nunca. ¡Nunca!»

El viejo estira el cuello y mira dentro de la cuna. El niño se ha movido en su sueño.

«Me escuchas, claro... Bueno, pues yo aprendí el habla de la casa; miento, las hablas, pues cada parte tenía su lengua... Mira, de pronto sonaba la escalera, chas-chas, uno tras otro sus peldaños, el penúltimo flaqueaba, chillaba más... Así sabíamos que bajaba el señor Martino del piso alto, donde también dormían el ama y la hija.

»¿Y a dónde iba el amo a esas horas?, dirás tú. Según. Si rompía a hablar el pasillo hacia la cocina, ta-ta, pisadas bien firmes, era que al amo le apetecía retozar con la Severina, la Agnese o la moza que por entonces le alegrara la pajarilla. Si al callar la escalera no se oía nada, entonces el amo pisaba la tierra del zaguán y la tierra no tiene voz, sólo habla tocándola y oliéndola. El amo iba camino de la cuadra, a echar el ojo a los animales, que le recibían con sus relinchos, mugidos y pateo de cascos, como ellos hacen... ¿Y sabes cuándo había que estar más al cuidado? Cuando, en callando la escalera, resonaban, ton-ton, los tablones del pasillo que daban a nuestra cámara de gañanes, donde dormíamos.»

El viejo ríe en silencio ante el súbito recuerdo:

«A veces entraba entonces por la ventana un mozo que había salido por ella a encontrar a su moza y también había oído a tiempo los tablones; ¡qué cabreo, dejar el regodeo a la mitad!... El amo, si se daba cuenta, decía desde nuestra puerta, con el farol en alto: "Mañana hablaremos, Mutto" —o Turiddu, o el que fuera—, "que quien de noche se afana, de día se agalbana...". Ya te digo, una chismosa, la casa. ¡No disimulaba ni el tris-tris, tris-tris, aprisa, más aprisa, de la madera fina en la cama de los amos, arriba!... Todo lo parlaba: malas noches, regodeos, enfermos, partos... Y la muerte, no digamos; sólo que en los velatorios era al revés: ella callaba y todos cuchicheábamos como en un mal sueño, como hablándole a ella, a la abuela que sabe de la vida.»

La mente del viejo se queda en suspenso, cavilando: acaba de decir una verdad que nunca antes se le había ocurrido. Cuando sobrevenía una muerte la casa parecía decirles en su silencio: «No os apuréis, aquí quedo yo en pie, siempre, para que sigáis viviendo vosotros.» Eso decía, sí, y además, además...

«¿Sabes, angelote mío? Ahora descubro que nuestras casas no chochean como yo te decía; es que nos hablan de los demás para que sepamos vivir juntos y hacernos todos compañeros, como partisanos en esta guerra que es la vida, porque un hombre solo no es nada... Eso nos enseñan ellas y por eso, en estas casas muertas de Milán, no se aprende a vivir juntos... ¡Esos rascacielos que le gustan a la Andrea, llenos de gente sin conocerse, sin hablarse, como reñidos! Si hay un fuego, ¿qué?, pues ¡sálvese quien pueda!... ¡Así resultan todos: medio hombres, medio mujeres!»

El viejo se asombra de su inesperado descubrimiento y se arrodilla junto a la cuna. Entonces, en su impulso, sí que llega a mover los labios, susurrando audiblemente:

—¡Ahora lo veo claro, niño mío, a lo que vengo cada noche!, a hacer aquí una casa nuestra dentro de ésta, a vivir juntos tú y yo, compañeros de partida... Si esta gente no sabe vivir, tú sí lo sabrás, porque yo sé... Es a eso, pero nunca se me había ocurrido, sólo ahora, justo a tu lado... Es que a tu lado aprendo, compañero, ¡qué cosa!, yo también de ti. No sé cómo, pero me enseñas... ¡Ay, Brunettino mío, milagro mío!»

Su sentido de alarma no le falla y el viejo abre los ojos. ¿Qué ha sido?

Un crujidito, un roce, pasos cortos... No pueden ser de... Inseguros... Pero ¡entonces...!

Se sienta de golpe en la cama: «¡Brunettino por el pasillo!»

Se calza las zapatillas como un rayo; ventaja sobre los calcetines. «¿A dónde vas, angelote mío?» Se echa su manta encima y se asoma al pasillo, al que llega una vaga claridad ciudadana por la abierta puerta de la alcobita.

El viejo vislumbra al fondo, como un duendecillo blanco, a Brunettino en su pelele, dirigiéndose bamboleante, pero resuelto, hacia el dormitorio de sus padres. En un instante desaparece: ha entrado.

«¿Y ahora?», piensa el viejo inquieto. «¡Ay, niño mío, te has equivocado, te atreves demasiado...! ¡Esas botitas te enseñaron a andar de prisa y te confías!... Pero de noche no corretean los niños, no te van a dejar, quieren que duermas solo...»

Al mismo tiempo el niño le asombra y enorgullece con su argucia para bajarse de la cuna y caminar tan tranquilo por ese mundo oscuro. Sin un llanto, en busca de lo suyo, de su derecho: unos padres... «¡Bravo, Brunettino!»

Brotan ruidos y cuchicheos al otro extremo de la casa, crujido de cama, pisadas adultas... Aunque la manta parda le camufla en la oscuridad, el viejo se mete en su cuarto, junto a la puerta. Oye perfectamente a Andrea soltándole al chiquillo toda su palabrería profesoral; la oye entrar en la alcobita; oye el crujir de la cuna y los primeros gemiditos de protesta, y el retorno de Andrea hacia su dormitorio, y el nuevo llanto apremiante del niño: un lloro entre queja y exigencia, un llanto que crece, porque el niño sale otra vez al pasillo.

—¡Vuelve a la cuna, Brunetto!... No vengas, ¿me oyes?, ¡te he dicho que no vengas!

El grito de Andrea no parece detener al niño.

—¿Es que no has comprendido?... ¡Eres malo, muy malo! Has despertado a todos y es hora de dormir... ¡Mamá se va a enfadar!

El viejo la oye entrar de nuevo en la alcobita y acostar al niño. «En cuanto te deje solo me reuniré contigo, compañero», jura.

Pero Andrea permanece allí un rato. Al fin regresa a su dormitorio, pero el viejo no tiene tiempo de acudir, porque el niño llora de nuevo, más patéticamente.

—¡Este niño! —grita la mujer, colérica ya y desesperada—. ¿Por qué llora, qué quiere? ¡Si no le pasa nada! ¿Es que no comprende?

Habla Renato con su mujer en voz baja y al fin él acude a la alcobita, donde trata de acallar al niño.

Como no sale, el viejo vuelve a su cama, pero no se duerme. Está exasperado.

«No comprende, no comprende... ¡Vosotros sí que sois cerrados y no comprendéis! ¿Es que no habéis sido niños? ¿No tuvisteis miedo de noche? ¿Es que nunca os hizo falta un cuerpo pegado al vuestro?»

Al cabo Renato vuelve a su cama y hay un rato

de sosiego, pero al niño ya se le ha cortado el sueño y vuelve a despertarse en llanto. El viejo no aguanta y acude a consolarle, coincidiendo en la alcobita con Renato.

—Vete a acostar.

—No, padre. Duerma usted, por favor.

El niño tiende los bracitos al viejo, su esperanza, ensanchándole así el corazón.

—¿Lo ves? —triunfa su voz—. ¿Lo ves?

—No, padre; esto es cosa nuestra. De Andrea y mía.

El viejo porfía, pero percibe que su hijo no cederá y se repliega. Dará la batalla de otro modo. Comprende que su hijo obedece a Andrea. Y el niño así también sometido a Andrea. ¡Incluso él, Bruno, está acatándola! ¡Maldito médico y maldito libro! ¡Si no fuera porque...!

Frenético de indignación reprimida, se sienta en su cama sin acostarse, porque le saltaría el cuerpo como sobre una parrilla al fuego. Apoyados los codos en las rodillas, curvada la espalda, cavila:

«¡Qué barbaridad! El mundo al revés, tener que salvar a un niño de sus padres... ¡Ni los salvajes!... Y eso que ellos le quieren, digo yo... ¿Están locos?... Pero no es Andrea el verdugo; ella también obedece. El verdugo es el canalla con anillo y bigotito, el hijoputa del *dottore* o como le llamen aquí ¡Ese, ése es el que manda, con su libro de abogado en la mano, esa ley que abandona a los niños por las noches! ¡Ese, el del pañuelo de maricón asomando por el bolsillo de la chaqueta!... Habría que matarle, sí...»

Por un momento, acaricia la idea; luego desiste:

«Sería inútil, vendría otro igual...»

El viejo acaba acostándose, pero se remueve en la cama, atento a los sucesos, dispuesto a intervenir si se agrava la situación... Sólo le contiene el saber que él está presente para hacer frente al del pañuelo, al libro y al mundo entero; incluso a ese Renato —¡parece mentira que sea su hijo!— tratando de dormir al niño en la soledad en que le dejan... Al mismo tiempo, su corazón se arrebata admirando el coraje del niño:

«¡Tan pequeñito y ya tan decidido! Así te quiero, rebelde, exigiendo lo tuyo... No, las botitas no han sido tu desgracia enseñándote a andar, sino tu arma para pelear mejor... Si necesitas otras las tendrás, niño mío; yo te las daré porque eres como yo, también de la resistencia... Valeroso en la noche, saliendo a pelear... ¡Oh Brunettino mío, compañero: tú vencerás! ¡Como vencimos nosotros entonces, sí, vencerás!»

Al filo del alba Brunettino cayó en el profundo sueño de la fatiga. Ahora los preparativos del matrimonio para irse a su trabajo parecen normales, pero las palabras brotan forzadas, las miradas se esquivan y el matrimonio cuchichea aparte.

«En cuanto llegue Anunziata me echo a la calle. He de contárselo a Hortensia», decide el viejo. «Se va a cabrear más que yo; para eso es madre.»

Además, no quiere percibir una muda acusación en la primera mirada que le dirija el niño. Sería injusto, porque él no le ha abandonado. La idea de abandono le recuerda un olvidado sermón que hubo de escuchar durante la guerra, cuando se ocultaba en la cúpula de una iglesia y todo su mundo era el templo, allá abajo, visto por un tragaluz. Predicaba en Semana Santa un curita que se emocionó al comentar las palabras de Cristo en la cruz:

«¡Dios mío, Dios mío! ¿Por qué me has abandonado?»

Pero Dios no había abandonado a su hijo, explicó el cura, ni tampoco a la Italia ocupada, aunque la estuvieran crucificando los alemanes. Así el viejo se justificaba también: «No, tesoro, no te he abandonado, aunque lo parezca. Soy tu San Cristóbal y antes me hundiría contigo. Estoy a tu lado y ¡venceremos!»

Bajando la escalera recuerda la cara adolescente del curita. Parecía mentira que fuese de la Resistencia, pero salvó a muchos como el viejo, con riesgo de su vida, y poco después le descubrió la Gestapo y le fusilaron. «¿Cómo se llamaba?... Pierdo memoria; ya no recuerdo ni lo de aquellos tiempos... Y el cabrón sin acabar de reventar, disfrutando allá del buen sol, mientras nosotros aquí...»

Pues el cielo no puede estar más gris y el viento glacial le obliga a sujetarse el sombrero mientras camina. Al pasar por la plaza Moscova, ante la fuente de San Francisco, recuerda la noche de San Silvestre con Hortensia. El santo tiene cara de buen hombre, pero...

«En vez de mirar por los pajarillos, que se me comen las ciruelas —se encara el viejo con el bronce—, ya podías ocuparte algo más de los niños... Después de todo, eres amigo de Hortensia.»

Le llaman a su espalda y se vuelve sorprendido. Al ver a Valerio recuerda que quedaron en verse después de Reyes. El muchacho lo confirma:

—Precisamente iba a telefonearle. Grabamos pasado mañana —percibe la extrañeza del viejo y ríe—. ¿Lo había olvidado? ¡Le regalaremos una agenda de la Universidad!

—¿Una agenda de esas que mandan a los milaneses lo que han de hacer y donde apuntan cosas para el mes siguiente? ¡Nunca, muchacho! ¡No digas tonterías!

—Si prefiere otro día, cambio la fecha con el laboratorio.

—Roncone sólo tiene una palabra. Pasado mañana, donde quieras.

—Iré a buscarle a su casa.

Se despiden. «Valerio me ha traído buena suerte», piensa el viejo cuando, poco después, se encuentra a Hortensia saliendo del supermercado. Ella se alegra al verle:

—¡Y llevas mi bufanda!

—¡Tu caricia en el cuello!

La mujer sonríe. El no se atreve a añadir que huele a ella y en el acto se reprocha haberlo callado. ¿Qué le pasa? ¡Ni que fuera otro! La invita a café y una vez sentados desahoga su indignación contra esos padres:

—...pero todo es inútil. Son más tercos que un morueco y les han metido la idea en la cabeza. Esta mañana la oí decir: «Acabará acostumbrándose, Renato; lo dice el *dottore*. No debemos dejar al niño que nos tiranice...» ¿Te das cuenta, Hortensia? ¡Tirano, ese angelote! ¿Y lo que hacen con él no es tiranizar? ¡Qué salvajes!

—No exageres, Bruno. Tampoco es bueno consentirles todo a los niños. Hay que educarles.

El viejo la mira, incrédulo. «¿Cómo puede hablar así? ¿Se habrá contagiado de tanto vivir en Milán?» Contesta dolorido:

—¿Tú me dices eso?... ¿Consentir qué? ¿Que tenga padres de noche ya que no los tiene de día? ¿Que se vea junto a ellos si tiene miedo de madrugada?... ¿Abandonabas a tu hija, Hortensia? ¡No te creo!

La mujer sonríe, aquietadora; su mano se posa en la del hombre.

—Abandonar... —murmura Hortensia—. Eso no es abandono.

«¡Qué buena es!», reconoce el viejo mientras la escucha. «Piensa como yo, pero no quiere echar leña al fuego... ¡Ni falta que hace, ya arde bastante!»

—Lo que sea, ¿lo hiciste con tu hija? ¡Respóndeme!... ¡Luego se quejarán de que los hijos se vayan de casa en cuanto puedan!

La mujer contesta lentamente:

—¡Ay, Bruno! Los hijos acaban dejándote, hagas por ellos lo que hagas. Al final, una se queda sola.

Hay tanta melancolía en esa voz que el hombre olvida su ira. Recuerda además su propia situación y responde con ternura:

—El caso es que tú no lo hiciste.

—No, no lo hice. Pero mi hija sí, y mi nieta ya duerme solita... Estas madres de hoy piensan así; creen que es mejor.

—¿Mejor que sentir el cariño?... Lo dirá el maldito médico, el culpable de todo... ¿Qué son los niños para él? Si enferman muchos, tanto mejor. ¿Es que no?

Hortensia hace un gesto de impotencia:

—Tendrás razón, Bruno, pero no puedes cambiar el mundo... ¡No vas a matar al médico!

—Eso ya lo pensé.

No alza la voz, pero suena tan verdadera y violenta que Hortensia se estremece como viendo ya un cadáver. Ríe nerviosa.

—¿No me crees? —pregunta el hombre, agresivo.

—No te ofendas; eres muy capaz. Pero no arreglarías nada.

—Lo sé. Llamarían a otro igual y el niño, además, ya no me tendría a su lado. Eso le salva, al maricón del bigotito.

—Y tampoco puedes pelearte con tus hijos, porque no podrías seguir con ellos... Compréndelo: no puedes hacer nada.

—¡Je! Eso está por ver.

La seca risita obliga a Hortensia a mirarle más atentamente. Descubre una cara faunesca, burlona y segura. Los ojillos chispean astutos entre los párpados semicerrados y el modelado de las arrugas se ha convertido en piedra viva.

—Se puede, se puede —repite esa voz tajante—. Siempre se puede, cuando se quiere.

El puño se cierra despacio bajo la mano de Hortensia posada en él y delata toda la voluntad que lo endurece.

—Ten cuidado... Ellos son los padres. Mandan en su hijo.

—También mandaban los tedescos. Eran los amos, ¿recuerdas? Tenían los aviones y los tanques. ¿Y qué? Pudimos. Teníamos el coraje, la montaña y la noche. En la montaña desaparecíamos, en la noche nos echábamos sobre ellos como lobos... y a fuerza de coraje los destrozábamos.

La voz inapelable añade:

—Esa es la verdad. El día es de los que mandan, sí. Pero la noche es nuestra.

En el muerto silencio de la casa sólo el viejo partisano vela.

De pronto su oído alerta percibe los pasitos menudos. Se sienta en la cama. Sorpresa: no se alejan hacia el dormitorio de los padres. El viejo saca las piernas de las sábanas y coge sus zapatillas con manos estremecidas: «¡Bravo, Brunettino; el mío es tu camino!» Se calza, se echa encima la manta y aguarda.

Aunque ya esperada, la aparición le conmociona. No es un niño en su pelele blanco, sino un luminoso angelito abriendo los brazos como alas en la noche. El viejo se deja caer de rodillas y el niño se entrega a los nervudos brazos, que estrechan el cuerpecito tibio y dulcemente oloroso.

«¿Es una bruja quien ha dado la alarma a Andrea?» Aparece, se acerca al viejo, que la ve llegar como el pastor al milano, y se apodera del niño.

—Esto no puede ser, papá —decreta imperiosamente—. El niño tiene que acostumbrarse.

—¿A qué? ¿Por qué? —protesta rabioso—. ¡Y llámame «abuelo», coño!

Pero ya ella se lleva al niño gimiendo, repitiéndole las tablas de la ley pediátrica. Si el viejo no tuviera ya su plan establecido se hubiera abalanzado

sobre ella. Pero en toda guerra suena la hora de refre-
narse, como suena la hora de atacar.

Permanece en su cuarto, hirviéndole la sangre,
mientras oye cerrar con pestillo la puerta de la alcobita. Así, cuarenta años atrás, rechinó la llave que a
él le encerraba en la Gestapo de Rímini:

«Pagó Petrone; le eligieron a él. Era muy hombre y no habló; gracias a eso me salvé... Igual podía
haberme tocado a mí», evoca el viejo, recordando los
alaridos y los insultos, primero, los gemidos y estertores al final, de su compañero torturado al otro lado
del tabique.

Silencio en la casa. El viejo aguarda, exasperado, lo que va a ocurrir.

«¡Pero nosotros éramos hombres y aquello era
la guerra! Esto, en cambio, ¿por qué? ¿Porque lo diga
un maricón que seguro no sabe querer? ¡Si los niños
no son para él más que negocio, mero negocio!»

Aunque sentía llegar ese primer grito del niño
encerrado, el viejo se estremece. Imagina al niño impotente ante la puerta a cuya pestillo no alcanza. Primer grito que, como el primer disparo de una emboscada, desencadena un infierno. Primeros gritos del
prisionero, explosiones de ira, puñitos aporreando la
madera... Alaridos del pobre Petrone bajo los primeros golpes o las quemaduras. Increíble tensión de la
voz en esa gargantita de seda, desesperada violencia
de los pequeños pulmones.

«¿Serán capaces de dejarle ahí?», piensa el viejo, crispado sobre la cama como sobre un potro de tor-
mento. Quisiera taparse los oídos, pero tiene que estar
atento; preferiría atacar, pero ha de seguir alerta. Sus
manos, aferradas a la cabecera del diván, quisieran sol-
darse a la madera para no cerrarse en puños agresivos
o sobre el mango de la navaja cachicuerna.

Los gritos le queman como trallazos, pero van

deshaciéndose en llanto entrecortado, en manitas re-
signadas golpeando de plano, en atónita pena más que
ira, en un dolorido «¿por qué?»... Hasta el silencio
de la casa enemiga se repliega acongojado.

Desde su cuarto, el viejo pondría una bomba,
lanzaría dinamita, destruiría Milán entero. Pero sólo
puede rezar hacia el niño un mensaje de ánimo: «¡Calma, Brunettino, que ya voy! ¡No grites, será inútil,
te quedarás ronco y te pincharán! ¡Calla, engáñales,
para que yo pueda acudir! ¡No sufras; estoy contigo!»

Pero el pobrecito aún ignora los ardides en la
guerra y se desangra en luchar de frente, reducido ya
a sollozo agotado, lamento desolado, desesperanza...
A veces aún estalla otro grito, otra queja, pero ya sólo
son los estertores agónicos de Petrone, entre pausas
cada vez más largas... Hasta la derrota, el silencio
total: un inmenso vacío que hace abismo la casa.

La tortura del viejo culmina en el dolor de
ese silencio que, aun cuando previsto, le desgarra. Se
descubre empapado de sudor, imagina a la víctima ven-
cida, al niño más solo que nunca, sin fe ya ni en ese
viejo con el que había sellado un pacto; en cuyos brazos se refugió momentos antes y que ya le ha traicionado... Acaso yace inconsciente tras de la puerta...
Quizás, en su desesperación, se revuelve como un cier-
vo acorralado topando a ciegas..., quién sabe si, en
busca de escapatoria, arrima ya una silla a la ventana,
se encarama, abre... *¡Madonna!*

La visión de ese peligro le ciega. Olvida a los
padres, le da igual todo. La situación ha estallado con
esa puerta cerrada como detonador. Es la hora del ataque y el viejo avanza sigiloso a salvar al prisionero, a
devolverle la esperanza en la vida.

Ante el cochecito de Valerio, el viejo se queda asombrado:

—¿Tuyo? ¿No te metiste a podador por falta de dinero?

—Es de mi padre; uno viejo.

—¿Y tú eres el rebelde? ¡Con la garantía de papá, claro!

Esta gente le sorprende a cada paso. ¡Hasta Valerio! «No son italianos», piensa el viejo que, además, no está para tolerancias. Si no se hubiera comprometido antes de Navidades... Esa puerta en el calabozo del niño le quita las ganas de todo.

Entran en la Facultad por una puerta lateral. Pasillos estrechos, formados por mamparas, puertecitas con rótulos. Entran en el *Laboratorio de Fonología* y saludan a una muchacha con bata blanca. «Se parece a Simonetta; el mismo aire.»

— Hola, Flavia. Mira, el señor Roncone, que va a grabar.

—Encantada.

«Hasta la manera de hablar me recuerda a Simonetta.»

—¿Aquí qué hacen?

—Estudiamos la voz.

—¡Ah! ¿Enseñan canto?

«Esta muchacha resultaría estupenda en un escenario.»

—No. La analizamos —ríe la chica—. ¿Quiere ver su voz?

—¿La voz se ve?

—Sí, en un espectrógrafo... Es sólo un momento. Siéntese ahí, por favor.

Le instalan ante un micrófono y una pantalla circular. La muchacha manipula unos mandos y la pantalla adquiere fluorescencia. Se oye un leve zumbido y aparece una recta horizontal cruzando el círculo como un ecuador.

—Diga cualquier cosa.

El viejo cada vez lamenta más haberse comprometido a estos jugueteos milaneses. ¡No son serios! No puede evitar la instintiva protesta de lanzarles el grito de los pastores en la montaña:

—¡Heppa! ¡Heppaaaaa!

Se arrepiente: va a parecerles un cualquiera y es Roncone, Salvatore. Pero el efecto de su grito es fascinante: el ecuador de la pantalla se multiplica en serpientes agilísimas y oscilaciones como látigos. Valerio sonríe satisfecho:

—¿Ha visto? Su voz.

El viejo empieza a levantarse, pero la muchacha le retiene.

—Perdone, ¿le importaría repetir? Voy a filmarla.

«¿Es que me toman el pelo? Pero esta nueva Simonetta, ¡es tan chiquilla! Si quiere divertirse, juguemos todos, ¡qué más da!»

—¡Heppa! ¡Heppaaaaa!... ¿Ya?

—Sí, muchas gracias.

—¿Interesante? —pregunta Valerio.

—Muchísimo. Una voz como de cincuenta años

—la muchacha se vuelve hacia el viejo—. Y usted tendrá más de sesenta, supongo.

—Sesenta y siete. Y me planto: voy a morir pronto.

Le miran asombrados, pero deciden tomarlo a broma: otro rasgo juvenil del viejo.

—Te mandaré una fotografía, Valerio, para que se la envíes al señor —anuncia la muchacha al despedirles, después de pedir el nombre y datos del viejo para su archivo.

—¿De modo que es verdad? —pregunta el viejo por el pasillo—. ¿Es mi voz? ¿Sale un retrato?

—Como si fuera de la cara. ¿O creía usted que era una broma?

«¡Fantástico! ¡Tengo una voz de cincuenta años! En cuanto muera el cabrón y vuelva allá, les dejo con la boca abierta cuando enseñe la foto en el café de Beppo. ¡A nadie allí le han retratado la voz, ni en Catanzaro! ¡Ni siquiera saben que se retrata!»

Entre tanto, en su despachito, Valerio dispone el magnetófono.

—Empecemos, ¿le parece? Cuénteme algo para que lo oiga mañana el profesor Buoncontoni.

—¿Algo de qué?

—Cualquier historia calabresa... Lo que recuerde.

Pero en la mente del viejo no cabe ahora más que una historia, la misma de todas las noches

—Lo que se le ocurra —insiste Valerio ante ese silencio, y aprieta una tecla. La cinta empieza a pasar de una rueda a otra y el viejo se siente así apremiado—. ¿En qué piensa usted ahora mismo?

—En un niño... Un niño en un pozo. Bueno, encerrado.

¡Se le escapó! Se pone en guardia. «Cuidado

con esta gente. No se les puede decir la verdad. Quién sabe cómo la utilizan luego.»

—¡Muy bien! ¿Es un cuento antiguo? ¿Dónde le encerraron?

—Sí, ya lleva tiempo... Como en una cueva. Y no era un niño; ya era muchacho cuando le metieron en ella y tapiaron la entrada.

Las ruedas giran, Valerio nota un cambio en el viejo, una concentración. Brotan las palabras sin pensarlas, rebosan de su boca en esa voz de veinte años menos... Al viejo le alivia dar rienda suelta a su obsesión:

—Le encerraron sus padres, que eran los reyes de aquella tierra. No eran malos, y querían al príncipe, ¡bonito como un ángel!, pero cuando nació vino un aojador, leyó un libro y anunció que al crecer el príncipe mataría a sus padres y se acabaría el reino... ¿Qué iban a hacer ellos? ¿Le degollamos? ¿Le echamos a la mar?... Todo les daba pena, así que le tapiaron en la cueva. Y durante tres días y tres noches...

(«Siempre son tres días y tres noches. O siete, o siete veces siete», piensa Valerio, reteniendo ya mentalmente ese material para su tesis sobre la persistencia de los mitos en el Mezzogiorno. «¡Nada menos que pervivencias de Edipo y su padre Laio!»)

—...se le escuchó desde fuera. El primer día cantaba así:

> *Padres, sacadme de aquí*
> *que soy hijo verdadero,*
> *y no merezco este trato*
> *por el amor que les tengo.*

El viejo lo ha canturreado con la misma salmodia que la *zía* Panganata, aunque los versos los recuerda de otra historia, la de una moza calumniada que echaron a un pozo. Valerio está encantado.

—El segundo día ya sólo rezaba y al final del tercero no se le sintió más... La reina entonces se puso a llorar y el rey la abrazaba, echándose la culpa uno a otro: «Tú te empeñaste», «Mentira, fuiste tú...» La gente, con lástima del príncipe, empezó a quitar piedras de la entrada. Cuando llegaron al niño, quiero decir al muchacho, estaba tendido en el suelo, tan bonito como siempre, pero sin vida... El médico del rey le pinchó un dedo, pero no salió sangre y todos dijeron: ya no hay remedio...

«Qué seguridad en el relato», piensa Valerio. «Habla como un profeta, es un mito viviente. A la doctora Rossi le encantará.»

—Entonces bajó por la montaña un viejo viejísimo, con barba blanca y cayado de pastor. «Yo salvaré al príncipe», dijo, y todos comprendieron que era un brujo bueno, porque tenía una voz como de cristal. Así es que fue y con su navaja cachicuerna le abrió al muchacho en el brazo la vena del corazón y, de su colodra, derramó en la herida un chorreón todo rojo, que la gente creyó era jugo de plantas, pero era sangre de él mismo... El príncipe revivió, se levantó más fuerte que nunca, abrazó a sus padres y acabó reinando muchos años sin que pasara nada, acordándose siempre, siempre, del viejo de la montaña que, en cuanto cumplió la salvación, desapareció:

Valerio pulsa una tecla, suena un chasquido y las ruedas se detienen.

—¿Lo cuentan así en Calabria?

«¿Qué cuento ni cuento?... ¡Es más verdad que los libros...! Pero cuidado con estas gentes.»

—¡Claro! ¿Por qué?

—Es un tema muy antiguo. Indudable versión del mito primaveral, la resurrección de la naturaleza...

Lo interesante es que en las mitologías conocidas quien
da vida suele ser la mujer.

—¿Cómo? ¿Tú habías oído ya esa historia?
—se asombra el viejo.

—No así, exactamente. Ya digo, suele ser una
mujer: Ishtar salva a Tammuz el Verde, Isis resucita
a Osiris, y otras parecidas. Es un mito muy difundido.

—Será lo que sea —protesta el viejo vivamente—, pero de mujer ni hablar. Es como yo lo cuento:
un viejo que baja de la montaña.

«Hombre y bien hombre», se repite el viejo.
«Seré yo quien quitará las piedras de esa puerta, quien
te sacará a vivir... Como Torlonio a David, sólo que
viviendo: a ti no te ametralla nadie.»

Mientras tanto, Valerio ha hecho retroceder un
poco la cinta y aprieta otra tecla, para comprobar si
han grabado. La voz del viejo repite sus últimas palabras:

—... acordándose siempre, siempre, del viejo
de la montaña que, en cuanto cumplió la salvación,
desapareció.

—Ni más ni menos —triunfa el viejo con su
joven voz.

La nieve ha caído todo el día y ahora su blancura refuerza los reflejos de los focos callejeros y los anuncios, difundidos por la capa de neblina y humos. La alcobita está llena de misteriosa claridad y un silencio absoluto, liberado del tiempo, realza sonoramente el resollar del viejo, acompañante de la respiración infantil en el territorio acotado por el mágico pacto.

El viejo sostiene al niño en brazos, envuelto en una manta. La cabecita soñolienta se reclina en el huesudo hombro izquierdo, mientras el peso del cuerpecín reposa sobre el antebrazo derecho. ¡Preciosísima carga!... La nieve les envuelve desde fuera con su vigorosa blancura como para protegerles: no se aventuran los lobos sobre nevada reciente, donde dejarían huellas delatoras.

Para gozar del privilegio de esa carga, para respirar tan de cerca ese olor corderil, el viejo duerme cada noche en alerta. Aun a través de la cerrada puerta le despiertan los primeros crujidos de la cuna al rebullir el niño... ¡Rápido!, si se retrasa un instante Brunettino llegará hasta la barrera maldita y empezará a luchar solo de la única manera que sabe, llorando y aporreando la madera... El viejo acude veloz y abre a tiempo de detener al angelito blanco acercándose ya a la puerta desde la cuna.

«No sigas, compañerito; prohibido pasar. Cuando no se puede avanzar se fortifica uno. A eso vengo, a convertir tu cárcel en nuestra posición defensiva. Sí, estás cercado, pero yo me cuelo dentro; sé infiltrarme. ¡Lo conseguí tantas veces! Y ahora, calla: el enemigo tiene escuchas.»

Con el niño en brazos se acerca feliz a la ventana, como exhibiendo su triunfo a Milán entero, o presentando el niño a la nieve amiga. Luego le acuna hasta que le duerme, y le acuesta.

«¿Lo ves, Brunettino? Te lo prometí y estoy de centinela. Duerme, bendito mío; disfruta de tu paz. También los corderillos asustados se calman así, abrazándoles y hablándoles; y si tú...»

Una bisagra rechina, allá en el dormitorio. Súbito, el viejo se esconde bajo la mesa donde arreglan al niño, tapada con un delantero de tela. Se abre la puerta y alguien invade el territorio. Bajo la tela, el viejo identifica los desnudos pies de Andrea en sus chinelas. La mujer husmea inmóvil, como cierva intranquila. «Menos mal que ya no fumo... y que ésa no sabe oler.»

Andrea avanza hasta la cuna. Al ver sus talones el viejo se arriesga a mirar mejor. De espaldas, ella se inclina y arregla la ropa del niño con amorosos gestos, colocándole en una postura más cómoda. Sí, los gestos son maternales; el viejo se asombra al tener que reconocerlo: «¡Quién lo hubiera pensado!»

Tres seres silenciosos, en la luminiscencia irreal de la ciudad nevada. Al fin Andrea besa suavemente al niño y se marcha, cerrando la puerta. El viejo vuelve a oír la bisagra cómplice y sale de su escondite. «Menos mal que a ésa nunca se le ocurrirá visitarme en mi cuarto», piensa risueño.

Se acerca a la cuna y se sienta en el suelo. Su cara sobrepasa justo el borde de la camita: derrama así sus pensamientos sobre la frente del niño.

«Nunca más estarás solo, Brunettino mío; todas mis noches son tuyas. Tengo mucho que contarte, todo lo que te conviene saber; lo que yo tardé en aprender, pues tengo la cabeza dura, y hasta lo que no he sabido hasta ahora contigo. Tú me enseñas, que eres brujo, brujito por ser inocente, como el simple de Borbella: con sus cincuenta y cinco años sin haber tocado mujer, pero con aquellos ojos azules que te miraban y te adivinaban, te sacaban los pensamientos y los males como se saca la empolladura de las gallinas... Te dormirás con mi voz como junto a un arroyo a la sombra, no hay mejor dormir, y oye, ¿sabes que hablo muy joven? Casi como tu voz, si le hablaras a la pantalla y removieras todas aquellas culebras enloquecidas. ¡Ay, qué gusto me daría oírte! ¡Qué ganas tengo de que me hables! Seguro, tu voz es como la mía. voces compañeras, ¿verdad?... Por eso te digo cosas de hombre y no los cuentos que invento para esos profesores. Ellos la guardan en sus máquinas; en cambio tú me oyes como las ardillas desde una rama, con sus ojos como tus botoncitos, sin saber entendernos. Pero tú sí, mis palabras hacen nido en tu pechito. Algún día las recordarás de pronto; no sabrás de dónde vienen y seré yo, como tú ahora sacas de mis adentros tantos olvidos. Me traes a David, a Dunka y a los viejos pastores; de David y de Dunka te hablaré más, ¡me dieron tanta vida!, y yo sin entenderlo, sin saber ser ardilla. Ahora la rumio como mis ovejas, aquella vida; me empujas tú, removiendo mi corazón, y también que los años me aflojan las correas. Se desparrama uno como gavilla desatada en la era. Ni que me fuesen a trillar y aventar, para sacarme el grano; como si me pisaran en un lagar para dar yo

mi vino: ésa es mi vendimia, tú ya me entiendes...
Voy a decirte mucho, que sepas de tu abuelo, que te
lo lleves a donde yo no llegaré. Quiero ser todo lo
que te falta; tu padre y hasta tu madre cada noche.
Sí, hasta tu madre, ¡ya ves!, ¡cuándo hubiera pensado
yo tal cosa!... No dormirás solo; yo nunca dormí solo,
tuve esa suerte. Ahora sí, claro, pero a los viejos nos
acompaña nuestra historia... Sí, tuve suerte. De zagal
en invierno con mi madre, en verano en la montaña
con *Lambrino,* el pobrecillo, luego en el corro de los
pastores, o con los mozos, o con las vacas que acom-
pañan tan calentito. Después, con los partisanos...
Y mujeres, ¡claro! ¡Ah, las mujeres, niño mío!, tienes
una al lado y aunque estés dormido la sientes ahí, con
su calor, y su pelo y su piel. ¡Qué cosa es la mujer!,
aunque luego te engañe o te harte, tenerla a mano es
lo más grande... Mi suerte la tendrás tú, te la dejaré
con esta bolsita en su tiempo. Tú ahora me la revives,
se me anima contigo el corazón, resucitan los recuerdos, me arden las ansias y las ganas... Es el cariño,
niño mío; que no hay palabras, no, no hay palabras...»

«¿Qué le ocurrirá?... No puede estar enfadada por la discusión del otro día», piensa el viejo mientras camina hacia la *via Borgospesso*. «No le dije nada molesto, pero las mujeres tienen a veces revueltas que no se le ocurren a uno...»

No duda de Hortensia, mujer de ley aunque tenga fantasías femeninas, pero no ha vuelto a encontrársela y necesita contarle su éxito, el de su táctica para salvar al niño. Aunque sigan encerrándole, la tortura ha terminado; el calabozo ha vuelto a ser alcobita. El viejo ha derrotado a la soledad; su presencia anula el destierro. Y cuando por la mañana el niño ríe y Anunziata le llama «hermoso», el viejo piensa: «Gracias a mí...» «Hasta el mejor humor de Andrea es mío, porque ella presume de que el niño al fin se acostumbra a dormir solo, pero soy yo ¡Lo que me cabrea es que así quede bien el maldito *dottore!*»

La táctica ya está en marcha; el niño ha aprendido la maniobra. El viejo se la explicó bien clarita teniéndole en brazos, que es como los niños comprenden mejor: «Si viene tu madre estando tú despierto y yo me escondo bajo la mesa, ¡no me señales con el dedito!... Serías muy capaz, para reírte, pero ¡no hagas esa pillería; no estamos jugando! Estamos en guerra y yo estoy camuflado, ¿comprendes? Engañando al enemigo. Nunca se delata al compañero partisano...»

El niño es listísimo, sabe seguir el juego y Hortensia se alegrará: ella es la fuerza de reserva, la segunda línea. La señora Maddalena también ayuda, pero ésa no es más que la intendencia y, además, bastante tiene con su propia guerra. Hortensia es el refugio, es..., ¡eso, la montaña! Por eso el viejo ahora se dirige a su casa y llama desde la calle. No hay respuesta, aunque suena la llamada... «¿Se habrá ido de Milán por algo urgente? ¡Nunca sale antes de esta hora!»

Se abre el portal y aparece una señora que mira con recelo a ese campesino del Sur.

—¿A quién busca usted?

—A la señora Hortensia. En el ático izquierda.

La mujer le toma por un pariente napolitano y se humaniza:

—¡Ay, pobrecilla! ¡Lleva unos días enferma!, ¿no lo sabe?... Le han prohibido levantarse, creo... Pero no ponga esa cara, hombre. Si fuera grave se la hubieran llevado al hospital... Entre y suba.

¡Qué despacio marcha el condenado ascensor!... ¡Por fin!

La puerta del ático, entornada; ¿qué hacer? Golpea suavemente sin obtener respuesta... ¿Estará sola? ¿Y si le ha dado algo de repente? Se decide y avanza por el pasillo. Le detiene un alarmado «¿Quién es?» y contesta dando su nombre. La alarma se hace grito y cuando él se asoma a la alcoba aún se agita sobre la cama un cobertor revuelto del que emerge sólo la cara de Hortensia, tapada hasta el cuello:

—No entres, no entres, hombre de Dios.

El viejo se detiene, cohibido.

—Dispensa, la puerta estaba abierta y...

—¡Pero sal, déjame!

El viejo da un paso atrás y pregunta asombrado desde el pasillo:

—¿Quieres que me vaya?

La respuesta se precipita:

—¡Cómo voy a querer que te vayas, tonto, más que tonto! —los sollozos cortan la palabra.

El desconcierto del viejo es total. ¡Qué situación! ¿Entra? ¿Espera en el comedor? ¿Por qué llora?... ¡Condenadas mujeres!

Todavía hipando, ella consigue hablar:

—Pasa, pasa... ¡No te quedes ahí! —el viejo asoma y ella continúa—: Perdona, estoy débil... Además, ¡qué tontos sois los hombres! ¿No ves que estoy muy fea? ¡Qué pelos debo de tener!... —sonríe, insinuante—. Pero tú no te asustas de mí, ¿verdad?

Ese femenino final reinstala al hombre en terreno firme. Conmovido, se acerca a la cama y la mira. Ella se enjuga sus lágrimas con el borde de la sábana, sin sacar la mano. El ve un pañuelo limpio sobre la mesita y lo apresa en su zarpa, acercándolo al rostro enmarcado por los negros cabellos esparcidos. Esa zarpa, adiestrada ya en la delicadeza por los botoncitos de Brunettino, enjuga las lágrimas restantes. La indecible sonrisa femenina atrae irresistiblemente al viejo.

—Bruno, Bruno, puede ser contagioso —murmura ella sin mucha convicción, admirando esos dientes lobunos entre los labios ya modelados para la caricia. Al oír la amenaza, los labios viriles que iban camino de la frente se desvían hacia la boca y se posan un breve instante. Luego el viejo se hietgue:

—Por si lo es, Hortensia.

Se miran serenamente. Se explican, ya sentado el viejo junto a la cabecera. Ella enfermó al día siguiente de verse en el café y no pudo ni llamar. ¿Cómo va lo del niño?... ¡Espléndido, qué alegría!... El hígado; están comprobando si es hepatitis y, mientras tanto, reposo absoluto... Pero no le duele nada y se arregla bien. La hija le trae la comida de régimen, un aburrimiento; también se da una vuelta de vez en cuando la vecina de enfrente, doña Camila, muy buena señora, aunque el hijo le ha salido un sinvergüenza, se droga y todo... El desayuno lo prepara también su hija, pero hoy se ha retrasado...

—¡Si son ya las diez, Hortensia! ¡Qué abandono!

—Pobrecilla mía, demasiado hace, con todo lo que tiene.

El viejo se acalora, pensando que todos los hijos son iguales. Pregunta qué suele tomar ella y, tras de oírlo, se dirige a la puerta.

—¡Espera, hombre! ¡Lo primero es lo primero!... Mira, alcánzame eso. Ahí, sobre la silla.

«Eso» es algo malva de punto con unas cintas. Lo deja sobre el embozo sin que ella saque las manos para cogerlo.

—Ahora tráeme del baño el cepillo con los peines y un espejito que hay al lado.

El viejo retorna y lo deja todo en la mesilla, junto a unas medicinas y un frasquito de colonia. La sonrisa ahora divertida de la mujer convierte todos los gestos en juego de niños.

—Ahora ya puedes irte a la cocina y arreglártelas como sea..., si es que sabes.

—Un pastor se las arregla siempre.

—¡Ah, el buen pastor!... Pero no me rompas nada... ¡Y, sobre todo —grita cuando ya él ha salido—, no entres aquí mientras yo no te llame!

Pero le llama casi en seguida. La encuentra con el rostro contraído, esforzándose por sentarse en la cama.

—Ayúdame, por favor... ¡Estoy tan floja!

Su voz implorante conmueve. Ya no se tapa ni piensa en componerse. Entrega sin reservas su flaqueza a esas recias manos que la levantan reverentes,

descubre la abertura del camisón a los ojos viriles,
regala un suspiro de alivio y bienestar a las orejas ávi-
das. El hombre palpa a través del tejido una carne
frutalmente madura y febril pero, para asombro suyo,
eso no despierta excitación sexual, sino hondísima ternura. ¿Qué le ocurre? No es el que llegó a Milán; cada
día lo comprueba... ¿Acaso envejece o será la bicha?
Sus manos sosteniendo a la mujer le hacen recordar
a los guerreros del museo y eso aumenta su confusión:
les llaman *Pietà* y él entonces es la *madonna*... ¿O hay
Pietà entre hombres?... Se pierde.

—¿Estás bien así?

¿Cómo le salen esas palabras tranquilas mientras por la cabeza le pasan tantas rarezas? El Bruno
de antes no cavilaba tanto.

—Muy bien, Bruno; gracias.

Ella toma una zarpa entre sus manos y la oprime de un modo que acaba de desconcertar al hombre.
Su salida es marcharse a la cocina y preparar el desayuno.

Cuando llega la hija les encuentra charlando.
Mira con curiosidad al viejo y riñe a la madre por
haberse incorporado en la cama, pero al poco rato se
la nota contentísima de no perder el tiempo y se marcha tras de anotar algún encargo.

Se quedan solos y el hombre vive una mañana
mágica, saboreando las tareas ejecutadas para ella y
hasta obedeciendo instrucciones que considera maniá-
ticas, como quitar el polvo a un mueble tan limpísimo
como toda la casa. Es como cuidar a su nieto, porque
también la mujer se encuentra ahora indefensa y en-
tregada a sus manos. Incluso la lleva hasta el baño
cuando ella lo necesita y entra luego a buscarla para
devolverla al lecho que, mientras tanto, él ha puesto
en orden. A la vista de esa cama bien hecha exclama ella:

—Hasta eso, Bruno... ¡Qué hombre eres!

«¿Cómo? ¿Eso es ser hombre?», se dice el viejo, ya camino de su casa, tras haber rechazado ella la oferta de quedarse acompañándola. «Pero ¡qué grande es esto de cuidar a alguien así! Las mujeres tienen suerte..., bueno, en eso. ¡Ahora comprendo a Dunka, curándome mi herida y atendiéndome mientras no pude caminar!... Dunka, ¡tan diferente y tan como ésta!... ¿Por qué no lo habré hecho más, esto de cuidar así?... Y ¿cómo iba a saberlo yo, si nadie me enseñó, si me crié a puñetazos contra todo?... Nunca es tarde, ¿verdad, *Rusca*?... Ya empecé con Brunettino, que además me ha traído a Hortensia... *Rusca,* por favor, piensa en el niño, todavía me necesita. No tengas demasiada prisa, ¿me oyes?... No asustes al médico mañana.»

—El señor Roncone, por favor.

La misma enfermerita. La consulta empieza como la otra vez. Por la mañana ha sido también preciso tragarse la papilla, ante los ojos atónitos de Brunettino y sus chillidos reclamando otra taza para él. El viejo va armado de paciencia para someterse a la misma ronda de exploraciones, pero se equivoca: la semejanza con la primera consulta termina en cuanto traspone la puerta de la salita. Al otro lado le aguarda el profesor Dallanotte en persona, tendiéndole la mano.

—¿Qué tal, amigo Roncone? ¿Cómo se encuentra?

El sorprendido viejo apenas acierta a devolver las cortesías.

—Pasé por aquí. Esta vez le molestaremos menos. Se trata sólo de saber cómo marcha su proble ma —el profesor le sonríe—. La bicha, me decía usted, ¿verdad? ¿Cómo la llamaba?

—*Rusca*, profesor, *Rusca* —el viejo también sonríe—. Sigue engordando, supongo.

—Eso, *Rusca*... Ahora lo veremos, desnúdese aquí.

El viejo, ya en su bata verde, es conducido a la sala de rayos X donde el profesor se encuentra estudiando las placas anteriores. Coloca al viejo en el aparato y le examina.

—¡Ah, aquí está! —exclama el médico—. Su recuerdo de la toma de Cosenza... Por cierto, ¿conoce al senador Zambrini?

—¿El comunista? No; sólo de nombre.

—Pues él sí le conoce... Bueno; he terminado. Ahora le veré.

El profesor se retira, un ayudante le hace al viejo unas placas y le envía a vestirse.

—¿Ya?

—El profesor no necesita más. Como le vimos bien en noviembre... Estas cosas no van tan de prisa, señor Roncone —sonríe el joven ayudante.

«O sí», piensa el viejo mientras se viste, tocando su bolsita al cuello. «Si no, ¿para qué me miran? ¡Y aquel cabrón sin hincar el pico, *Madonna* mía!»

Ahora no le conducen al gran despacho, sino a uno pequeño, con una mesita a la que está sentado el profesor. El viejo ocupa enfrente la única silla disponible. Le sorprende que la lámpara sea un flexible corriente, casi de colegial. El profesor le sonríe:

—Pues sí, amigo Roncone, el senador Zambrini le conoce a usted. Gran amigo mío, aunque yo no sea comunista, ni me interese siquiera por la política. Usted también le conoce: lucharon juntos en Cosenza.

—Pues no caigo. Y de los buenos tiempos lo recuerdo todo.

—Es que allí tenía otro nombre. Le llamaban Mauro. Y a usted Bruno, ¿verdad?

Un relámpago en la mente del viejo:

—¡Mauro! ¡Mandaba la partida de la Gran Sila, por Monte Sorbello y el lago Arvo!... Oiga, ¿y cómo supo usted mi nombre de partisano? ¿Cómo llegó a relacionarme con él?

—Hace una semana vino Zambrini por Milán

y, recordando cosas juntos, me habló de Cosenza. Le dije que un paciente mío llevaba todavía una bala en el cuerpo y en cuanto le describí a usted le reconoció. «¡Tiene que ser Bruno!», exclamó. Y dice que le gustaría verle en otro viaje.

—¡Toma, y a mí!... Con que Zambrini es Mauro... ¡Era un hombre como hay pocos, profesor!

—Y lo sigue siendo, gracias a usted. Parece que si usted no llega a tiempo aquella noche les fríen. Así dijo: «Nos fríen.»

—¡Ya puede decirlo! —ríe el viejo francamente—. Los alemanes habían recibido lanzallamas y nos quemaban vivos. Pero mi partida les sorprendió, les quitamos dos y les freímos a ellos. Luego tiramos los cacharros al Crati; no teníamos repuesto de aquel combustible. ¡Lástima; un gran invento!... Luchábamos sin nada, con lo que cogíamos... ¡Vaya, vaya con Mauro! Según dicen, aún tiene arrestos, aunque se haya vuelto político, como todos ellos.

—Zambrini me ha contado tales hazañas de usted —el viejo descarta la palabra «hazañas» con un gesto de su mano— que le ruego me considere un amigo y olvide mis discursitos del primer día. Créame, no todos los enfermos tienen su temple. La mayoría necesita esas palabras. Entonces..., ¿olvidado?

—A mí se me olvidaron ya. Y siendo usted amigo de Mauro, más.

—Y otra cosa: yo no fui pastor, pero mi abuelo sí.

—¿Dónde? —inquiere el viejo, interesadísimo.

—Al Norte. En los Dolomitas. Mírele, la única foto que conservo.

Cuelga en la pared, descolorida. Los mismos ojos claros del nieto. Bigotudo, con uniforme de alpino de la Primera Guerra, bien plantado el picudo sombrero de pluma enhiesta.

—Ya ve. Tenemos cosas en común, amigo Roncone.

El viejo se torna serio.

—Pues entonces hágame el favor que no me hizo la otra vez: dígame cuánto voy a durar. ¿Ha visto hoy algo nuevo?

—No; la *Rusca* sigue su marcha, pero usted resiste muy bien. Y sí le contesté: Imposible asegurar nada. Otro, con lo mismo, ya estaría acabado; pero usted es de hierro, afortunadamente.

—Diga un máximo. Necesito saber.

—Entonces voy a hacerle algunas preguntas.

El profesor interroga meticulosamente al viejo sobre sus sensaciones, sus dolores, su reacción a ciertas comidas, sus deposiciones y orina, acertando con tal precisión que al final el viejo exclama:

—Le felicito, profesor. Habla como si lo sintiera todo usted mismo.

El profesor le mira fijamente. La luz del flexible sólo alcanza a su barbilla, pero en lo oscuro los ojos destacan con su claridad azul. Contesta lentamente:

—Pues no me felicite, querido amigo: padezco lo mismo que usted.

El viejo no se lo esperaba. Se entristece casi más que por sí mismo.

—Pero —protesta— usted es muy joven.

El profesor se encoge de hombros... El viejo observa colillas en un cenicero:

—¿Y fuma?

El profesor repite su gesto.

—Como si quiere fumar usted... Pero los médicos hemos de prohibir el tabaco.

—No, ya no fumo. Por mi nieto.

El profesor aprueba con la cabeza y habla melancólicamente:

—Mi hijo sólo tiene todavía dieciséis años.

Callan, atentos al silencio como si una invisible presencia hubiera de decir la última palabra.

—Aún no he oído ese máximo, profesor —insiste al cabo el viejo.

—Se lo diré porque usted se lo merece, pero sin seguridad: nueve o diez meses; no creo que un año... Y no me pregunte el mínimo porque ése es cero. Para usted, para mí y para todos.

—¡Nueve o diez meses! —se exalta el viejo—. ¡Me da usted todo el verano!... ¡Gracias, profesor, me basta!

—¿Para acabar con aquel vecino paralítico? —sonríe con picardía el médico—. ¿Cómo está?

— ¡Fatal! Quiero decir —ríe el viejo— progresando. Pero no es eso sólo. Es que necesito oír a mi nieto llamarme *nonno, nonnu,* como decimos nosotros allá. Y quiero llevarle este verano a Roccasera, enseñarle su casa, su pueblo, su tierra.

El profesor sonríe y el viejo descubre, de repente, en Dallanotte la misma sonrisa de don Gaetano, el médico de Catanzaro, cuando hablaba con la gente. A éste le falta el cigarrillo pegado al labio, pero la sonrisa es la misma: valiente y dolorida. Indefiniblemente humana.

El viejo viene de dormir al niño y se sienta en su sillón duro, frente a la ventana. Suena el teléfono y Andrea lo coge:

—Papá... Digo, abuelo, es Rosetta.

¿Le brillan a Andrea los ojos tras haber hablado un momento? «¡Si fuera *eso!*», piensa el viejo, acudiendo al teléfono. Y es *eso*.

—¿De veras?... ¿Cuándo le entierran?

Oye sin oír. A su oreja llega lejana esa voz, contándole lo que en sus deseos ya ocurrió hace mucho tiempo... Estalla un globo en su pecho, pero cuelga maquinalmente. Sin haberse dado cuenta, Renato y Andrea han acudido a su lado. Les mira:

—Reventó —pronuncia lentamente—. Palmó. La cascó.

A los hijos les asombra esa frialdad. A él también le extraña que, de repente, lo tan ansiado parezca recuerdo de cosa ya olvidada. Al mismo tiempo siente un vacío; como si le hubieran robado algo.

Camina pesadamente hasta su cuarto y, sin encender la luz, se tumba en su cama. Sube su manta hasta la barbilla, sumergiéndose en el olor de allá, el de su vida entera. Mira al frente, pero no ve la pared opuesta, sino la plaza bajo el sol, sus amigos a la puerta de Beppo o alineados contra las fachadas. Hay unos cuantos automóviles llegados de Catanzaro, como la carroza fúnebre, la mejor de allí. Escucha la banda de música. Podría decir quiénes van presidiendo enlutados y quiénes les siguen en el cortejo... Oye doblar las campanas... Incluso ve al muerto dentro del ataúd, zarandeado por las calles bacheadas, la verruga negruzca en el lóbulo de aquella oreja que él debió haber cortado aquel día. Se pregunta si le habrán dejado o no las gafas negras de fascista... Lo ve todo como si estuviese allí y, mientras tanto, el ritmo de su propia respiración le hace gozar voluptuosamente... Se toca con las manos el pecho, el sexo, los muslos... «Gracias, *Rusca*, buena chica; gracias, *Madonna*, tendrás tu cirio», murmura... Sin embargo, ahora que la vida le brinda el gran triunfo, él no alarga demasiado la mano para cogerlo... No se comprende a sí mismo.

—¿Quién entiende a tu padre? —comenta mientras tanto Andrea en el cuarto de estar, casi indignada por el silencio del viejo—. ¿Recuerdas su alegría cuando Rosetta le contaba que el otro iba empeorando? Pues ya ves... ¿Qué quiere? ¡No irá a sentir pena!

—Quizás piensa que él va a seguirle pronto —apunta con tristeza Renato—. ¿Qué dijo el otro día Dallanotte cuando fuisteis?

—Ya te lo conté todo. A tu padre le calculó hasta unos diez meses y él quedó tan contento... No le habló de operar, pero a mí sí; se reserva esa carta, aunque le parece dudosa... Por cierto —añade ufana—, el profesor estuvo amabilísimo, acompañándonos hasta la puerta. Eso de que sea mi compañero de Universidad tiene su importancia.

Andrea se retira a su mesa, insistiendo en que no comprende al abuelo, y Renato la adivina con esperanzas de que el viejo ahora retorne al pueblo para

morir en su cama. Porque esta vez tampoco ha enca-
jado en Milán. Menos aún que la primera, por sus dis-
crepancias sobre la crianza del niño. ¡Y menos mal
que Andrea no se ha enterado todavía de las visitas
nocturnas a la alcobita, casualmente descubiertas por
Renato! Le contraría ocultárselas a su mujer y lamenta
que el viejo les maleduque así al niño, pero si va a
vivir ya tan poco tiempo, ¿qué mal hay en dejarle?
Aunque Andrea no lo comprendería, ¡cría al niño tan
escrupulosamente! Renato suspira.

Cuando ella deja su trabajo y va a la cocina,
Renato acude a ver al viejo. Se lo encuentra tumbado,
siempre con la luz apagada.

—Abuelo, vamos a cenar pronto.

—Tengo poca gana. Empezad sin mí; ahora iré.

—¿Le pasa a usted algo?

—¡Qué va! Estoy muy bien.

Ya están ellos cenando cuando él aparece con
una botella en la mano. Se supone que Andrea igno-
raba la existencia de ese vino tinto, pero no dice nada.
El viejo saca del frigorífico unas aceitunas. Se sirve un
buen vaso y come unas cuantas.

—¡A la salud del difunto! ¡Y del *dottore* que
le ha cuidado como Dios manda! ¡Viva el *dottore*!

Bebe golosamente. En su cuello enflaquecido
la nuez le baila como si flotara en el líquido descen-
dente.

Los hijos callan; ¿qué decirle? Apurado el
vaso, les mira y pronuncia sentencioso:

—Asunto zanjado. ¡Y viva la Marletta, la buena *magàra*!

Andrea le mira alucinada. «Vivo en el absurdo», piensa. Por fortuna, la televisión va a dar las noticias.

Ya en plena madrugada el viejo se traslada a la alcobita sin aguardar el crujido de la cuna.

Contempla al niño a la contaminada claridad de la noche milanesa. La nieve ha desaparecido ya, arrastrada por las mangueras y las máquinas municipales. Absorto en sus cavilaciones, le causa sorpresa ver al niño despierto, alzando silenciosamente sus bracitos. Le coge y se sienta con él en el suelo, cruzando por delante la manta para envolverse los dos.

—Ya ves, Brunettino, el cabrón se ha muerto. Le han enterrado esta mañana... Ya sabrás algún día lo que es «enterrar»... Alégrate, tu abuelo ha sido más fuerte. Aquí estoy, ¡vivo y bien vivo!

El niño, antes de caer nuevamente en el sueño, echa un bracito en torno al flaco cuello. La suavidad de la manita conmueve al viejo:

—¡No te asustes, niño mío! ¿Qué crees, que me marcho dejándote aquí? ¿Cómo se te ocurre semejante cosa? ¡Me enfado! ¿Cómo voy a dejarte? ¡Volverían a encerrarte con tus miedos, ésos que se agarran muy dentro! Miedos de lo que no se sabe: los peores... Duerme tranquilo, corazón... Además, ¡tengo tanto que decirte! Y tú también a mí. Pronto, cuanto antes, ¡qué ganas tengo de oírte!

Acalla un hondísimo, irreprimible suspiro.

—Te diré la verdad, no quiero engañarte. Es cierto, pensaba irme en cuanto él reventara... ¿Qué quieres?, no me gusta Milán ni..., ni nada, pero no podía volver mientras siguiera el Cantanotte sentado allí, en la plaza... ¡Tú no sabes aún lo que es la plaza! Todo lo que le importa al pueblo se decide allí... Además, ¡iba a ser un día tan grande mi regreso! El Ambrosio lanzaría cohetes desde la ermita en cuanto viera asomar mi coche por la cuesta, y no dispararía

con la metralleta para que no se la quitaran los carabineros... No la entregó, la tiene escondida, ¿sabes?
Hace bien, que la ganó con su sangre. Yo también tengo la mía porque entregué otra para que me dejaran
en paz; ya te la enseñaré... Me esperarían todos en
la plaza, más gente que cuando entró aquel sargento
con sus ingleses. Los míos abrazándome, riendo, bromeando; los otros comidos de rabia y queriendo hacerme mal de ojo. ¡Ah!, pero antes aojé yo al Cantanotte con la Marletta y esta bolsita que será tuya me
protege. Sí, todos en la plaza, el pueblo entero, porque
allí yo soy yo, ¿sabes?, nada menos. Verás cuando
digas: «mi abuelo era el Salvatore de Roccasera». Verás entonces lo que vale un nombre, y yo me lo hice...
Y eso que no tuve ni padre, pero sé quién fue y hasta
se ocupó de mí en la montaña, pero no lo dijo nunca.
Ni mi madre lo dijo y un padre así no contaba para
los chicos de la escuela. Tuve que callarlos a cantazos
hasta que dejaron de insultarme... Por eso me hice tan
duro y quiero que tú lo seas, un hombre de verdad.
El nieto del Bruno, del Salvatore de Roccasera.

Le da la impresión de que el niño ha crecido
sólo con oír esas palabras.

«Pensé en marcharme, te lo reconozco, pero
ahora me quedo. Ya no me importa volver allá metido en una caja; ya no está el cabrón para verlo...
No me cuesta trabajo quedarme, tú eres mi Roccasera. Y mis huesos y la sangre de mi corazón... Todo
lo eres, cordero mío, y el viejo Bruno es tuyo. ¿Dónde iba yo a ir? Ahora, ¡ni la *Rusca* me separa de ti,
fíjate!... Bueno, ella sí; perdona, *Rusca,* pero ella no
tiene prisa. Lo ha dicho el profesor, resulta que casi
es un compañero... ¡Ojalá curase a niños, porque se
ocuparía de ti! Pero, claro, no es de esos cretinos,
¡cómo va a serlo!»

La voz del viejo se hace susurrante, casi inaudible.

«Mira, la verdad de verdad, niño mío, es que me quedo porque te necesito. Ahora sin ti me derrumbaría... Así es, yo te defiendo a ti, pero tú a mí, y juntos ganaremos nuestra guerra, te lo juro. La ganará el viejo Bruno con su compañero partisano: tú, Brunettino mío...»

Si el niño no estuviera tan profundamente dormido sentiría en su moflete de nardo la lágrima resbalada desde la vieja mejilla de cuero.

«Cabeza de enanito», define el viejo al profesor Buoncontoni, ante su reluciente calva aureolada de blancas guedejas, sus redondas mejillas y gruesos labios. Resultaría cómico de no ser por los ojos, brillantes de inteligencia. A su lado la doctora Rossi, alta, sin pecho, pelo rubio muy corto y con flequillo. En los pupitres una docena de estudiantes y, por supuesto, Valerio ante el magnetofón.

El viejo no esperaba que el muchacho le llamara con tanto interés de parte del profesor. Su historia grabada, improvisada con retazos de otra, le había después avergonzado un poco, pero «¡caramba!, aquellas ruedas giraban y giraban, no era cosa de malgastar la cinta». No obstante, ellos desean continuar, incluso pagando treinta mil liras por sesión, y se disculpan de no dar más a causa de su reducido presupuesto. «¡Qué gente más rara!», pensó el viejo cuando le llamó Valerio. «¡Parece mentira que se ganen la vida con esas fantasías, mientras otros se matan a trabajar!»

—Encantado —saluda el profesor—. Muy interesante aquella grabación. Desconocía yo esa versión del mito sumerio de Tammuz. Estoy seguro de que nos contará usted muchas cosas.

«No, no es un enanito», rectifica el viejo. «Es un niño. Son niños. Por eso les gustan los cuentos.»

—A eso he venido... ¿Les interesan de moros? Tenemos castillos y todo; dejaron memoria.

—Cierto, los moros —asiente el profesor—. Y los bizantinos.

—¿Los qué?... No, de ésos no hubo.

—Catanzaro fue una ciudad bizantina, amigo Roncone.

—Si usted lo dice... Pero allí nadie les mienta. No les haríamos tanta guerra como a los moros.

Ya funciona la máquina, ya giran las implacables ruedas.

—¿Guerras? ¿Por qué motivo?

—No hacía falta. En aquel tiempo ellos eran moros y nosotros cristianos, ¿le parece poco?

Advierte que su auditorio no comprende. Se explica:

—Siempre hay motivo cuando uno quiere pelea y teníamos que quererla... Por ejemplo, les robábamos mujeres o ellos a nosotros, así que ¡guerra!... ¡Je, todavía se roban hoy! —remata ufano.

—¿Todavía hoy? —pregunta la doctora, anotando en su cuaderno.

—¡A ver! Si los padres no quieren al novio, se la lleva uno y tienen que casarlos... En algunos pueblos basta con la *scapigliata*.

—¿Qué? —preguntan varios. El profesor sonríe; ya conoce esa costumbre.

—A la salida de misa el mozo va hasta la chica y le arranca su pañuelo de la cabeza, desnudándole el pelo. Claro, tienen que casarla con el mozo, porque ella ha quedado así deshonrada y nadie la querría... A no ser que la familia mate al mozo: entonces sí. Matándole se arregla todo.

Se discute brevemente esa costumbre y la doctora comenta alguno de los mitos que relacionan el pelo o la barba con la honra. Concluye preguntando al viejo si el rapto de la moza no es visto por la gente como una fechoría.

El viejo se asombra cada vez más:

—¡Al contrario! El que no se la lleva no es hombre. Las mujeres están para eso: ya se sabe que las crían sus padres, pero para otro... ¿Es que no?

La doctora Rossi está a punto de argumentar, pero el profesor replantea el tema de la guerra, preguntando si había otros motivos.

—Muchos. Las tierras, el riego, los molinos... El ganado, por ejemplo, como el caso de *Morrodentro*.

—¿Qué?

—Un pastor que llevaba al mercado una cabra del moro y el animal se metió en un sembrado del cristiano, que la denunció al obispo.

—¿Y el moro obedecía al obispo?

—Bueno, entonces daban miedo los obispos, porque podían condenar; no es como ahora, que ni caso... El moro negaba, el cristiano afirmaba y el obispo preguntó al pastor si la cabra entró en el sembrado o no. El hombre respondió: «Tenía el morro dentro, pero las patas fuera.» Por eso empezaron a llamarle *Morrodentro* y el mote pasó a los hijos y hasta hoy, que todavía vive en Roccasera. El obispo sentenció dar la cabra al cristiano, porque la cabeza estaba dentro y el ganado se cuenta por cabezas. Ahora, le cobró al cristiano el bautizo de la cabra, pues no podía tenerla en su casa sin ser antes bien cristianada... ¡Cosas de los curas, siempre sacando dinero!

Se inicia la discusión académica sobre semejante juicio salomónico y alguien evoca los *fabliaux* medievales y el *Panchatantra,* pero el viejo interrumpe:

—Un momento, que no acabó ahí la cosa. El moro juró venganza y desde entonces el moro y el cristiano estuvieron en guerra ofendiéndose... El moro le mató al cristiano su mejor hurón, una hembra muy conejera; pero el cristiano deshonró a una sobrina del moro y también le cortó el rabo al mejor podenco, que no volvió a correr bien.

—¿Cómo? —pregunta alguien—. ¿Sólo por faltarle el rabo?

—¡Sólo por eso! —afirma tajante el viejo, desdeñoso ante la ignorancia de esos sabios—. El podenco es animal muy noble y sin el rabo se siente como medio capado y se acojona... Como un gallo sin cresta, ¿comprende?

Nadie se atreve a discutirlo. Alguien pregunta cómo acabó aquella guerra.

—Como todas: con la muerte. Al cristiano, ya de viejo, le dio un mal y el moro se puso contentísimo. Todo el día en lo alto de su torre con su gente para ver al cristiano ir al médico a curarse... ¡Ah, pero al final el cristiano se salvó!

—¿Cómo?

—Empezó a aparecérsele un ángel todas las noches... Ese es el fallo de los moros, que no tienen ángeles... El del cristiano, con esas visitas, le devolvía la fuerza. Era un ángel pequeñito, pero sólo con olerle y tocarle sanaba cualquiera... Al moro, cuando vio mejor al cristiano, le dio una rabia que pegó el reventón y estiró la pata... El cristiano acabó muriendo también, claro, pero antes fue muy, muy feliz. ¡A ver, sin moro y con el ángel, en la gloria!

Se empieza a tratar de angelología islámica y cristiana, y el profesor formula una pregunta:

—¿Tocar al ángel, dice usted? ¿Es que los ángeles son de carne?

El viejo contempla indulgente al enanito:

—¡Pues claro! Si no fueran de carne serían de mentira, unos fantasmas de ésos. ¿Es que no? Tienen carne y cuerpo como usted y como yo... Bueno, será otra carne, pero la tienen. Y por eso algunos son hembras —añade el viejo, recordando de pronto el cuerpo de Dunka.

—Perdone, señor Roncone —interviene un alumno aventajado, salido del Seminario Conciliar—. Los ángeles no tienen sexo.

El asombro del viejo se acrecienta:

—¡Tonterías! ¿Quién lo ha dicho?

—Las Escrituras. El Papa.

El viejo suelta la risa.

—¿Y qué sabe el Papa de sexo? Además, ¿cómo se puede estar vivo sin sexo? Si los hombres lo tenemos, ¿cómo no lo van a tener los ángeles, que son más? ¿Iba Dios a crearlos castigándoles sin ángeles hembras?... ¡Qué ocurrencias tiene el Papa! ¡Así le va!

Al viejo le complace mucho ver una sonrisa de adhesión en la doctora Rossi y oír al profesor recordarle al ex seminarista que no están en clase de Teología, sino recogiendo creencias populares, sobre las cuales el señor Roncone es autoridad testimonial.

De modo que el viejo regresa a su casa tan satisfecho, en el coche de Valerio, aunque pensando lo mismo que al empezar la sesión:

«Son como niños pero, vaya, viven bien del cuento.»

Y acaricia tres billetes nuevecitos en su bolsillo. Nunca vienen mal.

—¡Pasa, pasa; ya no te esperaba! —invita Hortensia desde la cama, al oír entrar al hombre—. ¿Y eso? —añade, refiriéndose al ramo que él deposita sobre la cómoda—. ¿Ya has vuelto a hacer tonterías?

—Hoy es regalo de la Universidad, departamento de fantasías —contesta el viejo, esforzándose para hablar, porque ha caminado apresuradamente.

La encuentra mejor, pero no es aún su rozagante Hortensia. A su vez, ella le nota fatigado, algo temblonas las manos.

—¿Qué cuento les has inventado esta vez? —ríe la mujer, mientras piensa si él se fijará en que su hija le ha arreglado el pelo.

—¡Estás muy guapa hoy, Hortensia!, y eso no es cuento... Lo de la Universidad sí; pero me han pagado, ¡no te lo vas a creer!, treinta mil liras.

—¿Qué has hecho para eso?

—Nada: son tontos... Les cuento lo que se me ocurre y lo graban sin perderse nada, como si fuera el catecismo... ¡Si les vieras discutir luego muy serios, en ese italiano de la radio! ¡Ni que yo hablara así, qué barbaridad!... Ya te digo, tontos... Cualquiera de mi pueblo les engaña.

—¡Es que tú tienes mucha labia, trapacero!

—ríe ella, sentándose en la cama y dejándose colocar sobre los hombros una mañanita de punto.

El viejo ríe, envanecido, mientras pasa a la cocina y vuelve trayendo un jarro con agua. Desata el ramo e intenta colocar las flores, pero mueve la cabeza descontento de su obra.

—Trae, hombre, trae... Aunque no te das mala maña, para como sois los hombres.

—He aprendido mucho cuidando a Brunettino... ¡Gasta unos botoncitos...! Me gusta cuidarle; ahora veo cómo disfrutáis con eso las mujeres... ¡Si hasta hago cosas que antes me hubieran dado vergüenza!

Ella le mira de soslayo, mientras sigue colocando las flores en el jarro sujetado por él.

—Vergüenza porque eran cosas de mujeres, ¿verdad?... Pensabas que hacerlas te rebajaba.

—Vivimos muy aparte de vosotras, ¿sabes? Anda el hombre muy separado de la mujer, aunque duerman en la misma cama.

—¡Mira qué bonitas quedan!... Pon el jarro ahí encima, así. El ramo más hermoso que me has traído... Claro que se vive aparte; ¡como que nos tenéis arrinconadas!

El hombre titubea.

—Tanto como arrinconadas... Pero verdad es que sabemos poco del vivir de las mujeres... ¡Con las que uno ha conocido! —sonríe jactancioso.

—Es porque no las conociste, tonto. Las gozaste, nada más. Por encima.

—¡Y tan por encima! —suelta la carcajada—. ¿Por dónde mejor?

—¡Sinvergonzón!... Pero había mucho más que disfrutar, y tú sin sospecharlo siquiera. Como todos. Aprende esto: las mujeres os gustan, pero no os interesan. Así sois.

El hombre reflexiona, escarbando en sus recuerdos:

—Tampoco ellas hacían por ser más que eso, digo yo... Sólo a una le hubiera gustado que yo... Sí, una...

—Ya —se endurece el tono—. La dichosa partisanita.

—Dunka, sí. Ella quería cambiarme, hacerme a su manera... Y, mira, quizás por eso la dejé... Bueno, de todos modos la guerra era un vendaval. Se nos llevaba a todos, cada uno por nuestro lado... Pero Dunka quería...

—Acercarte a ella, claro.

El hombre calla, muy atento a las palabras de Hortensia.

—Y tú diste la espantada... Pobre Bruno; te perdiste lo mejor, lo más hermoso.

—¡Qué va! ¡Lo más hermoso lo gocé siempre que quise!

Pero la risotada casi grosera le resulta forzada a él mismo. Mero recurso defensivo.

—Sí, te lo perdiste... ¡Y ahora te enteras!... Bueno, más vale tarde que nunca.

El viejo la mira y aflora en su mente un descubrimiento. Ahora se entera, sí, pero ¿de qué? Le ronda, le ronda, pero no lo atrapa.

—¿En qué estás pensando? —le acosa ella.

El hombre suspira.

—Si yo te hubiera conocido antes...

La mujer ríe, para no delatar la oleada de calor que la recorre.

—Ni me hubieras hecho caso, bobón. Yo nunca llamaba mucho la atención... No hagas gestos; es la verdad... A veces lloraba por eso —su voz se hace más íntima—. En fin, me callo, no vayas a darme la espantada como a la Dunka aquella.

—¿Espantada yo? ¡Si tengo lo que ya no me esperaba tener más!

Sus dedos forman una cruz sobre sus labios. Su voz ha vibrado tan hondo que el silencio se impone a los dos.

El hombre se asoma a mirar por la ventana. Luego se sienta en la silla próxima a la cama.

—Estás cansado... Como no duermes, por el niño...

—Nunca he dormido mucho; no me hace falta.

—Echa una cabezadita; anda... Como el primer día.

—Pues mira, si no te importa...

—¡Pero no sentado ahí, tonto!... Aquí, es muy ancha.

La mano femenina se posa en la parte vacía de la gran cama de matrimonio. Luego sube hasta el embozo y empieza a bajarlo.

El hombre se envara:

—¿En tu cama? ¿Tan viejo me piensas?

Ella ríe gozosamente ante su encrespamiento.

—Vamos, hombre, enferma como estoy... Anda, acuéstate, aunque sea vestido. Si te durmieras encima te quedarías frío.

El hombre sigue vacilando: ¡No le cuadra eso de meterse en la cama con una hembra así para nada! Es como tirar de navaja y no clavarla... Pero ella encuentra el argumento que le decidirá:

—No tengas reparo, ya te dije que los análisis eran buenos. Lo mío no es contagioso.

—¡Aun cuando lo fuera, ya lo sabes! —responde tajante al reto y se sienta para descalzarse—. Además a los bichos, si los tuvieras, los envenenaba yo.

Se pone en pie y empieza a quitarse de espaldas los pantalones. Añade, risueño:

—Pero te aviso: ya soy carne de viejo, Hortensia. Correosa.

—Me gusta la cecina —ríe ella—. Y termina ya, que no voy a ver nada nuevo.

Deja los pantalones y sale hacia el baño. Sus calcetines son de lana hechos en el pueblo y lleva calzoncillos como los de Tomasso; no esos *slips* de su yerno, esas braguitas. Las flacas rodillas, con sus huesos prominentes y gruesas venas, inspiran ternura.

—Por lo menos —explica al volver— no meterme ahí con el polvo de la calle en los pies.

La mujer lo agradece. Otros como él no hubieran pensado en eso.

Al fin el hombre yace a su lado, los crespos cabellos grises sobre su almohada. Al subirle ella el embozo hasta el mentón sus dedos sienten la aspereza de la barba y retroceden. El lo nota.

—Desde que no uso navaja me queda peor. Pero me cortaba; el pulso, ya...

«También Tomasso, al final, se cortaba (pero él ya estaba alcohólico) y también se entristecía. ¡Los hombres, queriendo ser siempre gallos!...», piensa ella. «Pero ¡qué bienestar nos da un hombre, qué seguridad sentir su olor al lado!»

Hortensia se incorpora a medias y ladea el cuerpo apoyándose en el codo: necesita verle tendido; mirarle desde arriba.

Un recuerdo estalla en el viejo:

—¡Así, como los etruscos! Ella estaba igual que tú... ¡Y sonreía como tú ahora!

—¿Los etruscos?

—Unos italianos de antes, que de muertos parecían vivos... ¡Cómo estarían de vivos antes de morirse!

Una punta de envidia asoma en las últimas palabras, pero se le pasa al contemplar a Hortensia: su brazo desnudo, su pecho junto a él...

«¡Qué hermosa vida!», goza el hombre, sintiéndose acariciado por esos ojos... Su mano se mueve hacia ella bajo las sábanas, pero se inmoviliza antes de tocarla, en cuanto percibe una tibieza en el lienzo. Allí se detiene como un peregrino ante el santuario final, mientras se deja mecer en las ondas tranquilas del aroma femenino. Sus párpados, al cerrarse poco a poco, van adoptando una expresión final de beatitud.

Ya dormido, la mujer inmóvil le sigue contemplando enternecida. Sonrisa de niña descubriendo al hombre; mirada de madre ante el hijo en la cuna; emocionada serenidad de hembra colmada por su amante.

—¡Parece mentira que algo tan pequeño sea capaz de dar tanta guerra! —se desespera Anunziata, apartando a Brunettino de la lata de la basura.

Desde que corretea por toda la casa, el niño los tiene en vilo a todos. Pero el viejo se esponja de felicidad. «Eso, niño mío, ¡guerra!», piensa. «¡Quien no da guerra no es nadie!»

La mayor víctima de las hazañas infantiles es el orden doméstico impuesto por Anunziata. El niño agarra todo cuanto alcanza y lo abandona en sitios inverosímiles. Además ya mueve objetos grandes; su último descubrimiento es empujar sillas. Enfila con una el corredor a una velocidad excesiva para sus pasitos y, si se cae, protesta un momento con sañudo llanto, pero vuelve al placer de empujar la silla.

— ¡Peligro, avanza el tanque! —grita el abuelo, sentado en medio del pasillo—. ¡El capitán Brunettino arrollando al enemigo! ¡Avante!

El tanque se detiene al chocar con el viejo. El capitán lanza un chillido impresionante y el viejo emprende la retirada muerto de risa, mientras el tanque continúa implacable hasta la pared del fondo.

—¡Jesús, señor Roncone; es usted más crío que el niño!

Pero el viejo ni la oye. A veces la asistenta se

pregunta cuál de los dos es peor. Hace un rato Brunettino agarró un cuchillo de la cocina y jugaba con él. Al darse cuenta Anunziata, lanzó tal grito de alarma que el viejo apareció en la puerta de un salto, cuando ella se apoderaba del cuchillo, provocando el llanto del niño.

—¡Llora, llora, pero con eso no se juega! —repetía la mujer.

—¡Ah, bueno, un cuchillo! —comentó tranquilizado el viejo—. Es propio de hombres, señora. En vez de quitárselo, enséñele a manejarlo. Pero ¡usted qué sabe!... Mira, niñito mío, se coge por aquí, ¿ves?, así, muy bien... Lo demás corta y pincha, es para el fulano enfrente. Lo tuyo es esto, el mango, man-go.

El niño reía con el cuchillo en su manita, encerrada a su vez en el puño del viejo, que acuchillaba el aire. Anunziata huyó escandalizada: no olvidará informar a la señora en cuanto llegue.

Así lo hace poco después y Andrea exhala un suspiro, elevando los ojos al cielo en demanda de paciencia. Por fortuna para el viejo, la indignación materna no cae sobre él porque acaba de salir, a pesar de ser mediodía.

—¿Es que no va a comer aquí?

—Eso ha dicho... Y no es la primera vez —recuerda Anunziata.

—¿No sabe usted dónde come?

Anunziata lo ignora y Andrea se queda intrigada. El viejo se ha vuelto misterioso últimamente. ¡Señor, que no empiece a perder la cabeza; qué desgracia! El profesor asegura que ese cáncer no afecta al cerebro, pero en la fase final la personalidad acaba por desmoronarse... ¡Señor, Señor! El viejo, ciertamente, cada vez tiene más fallos. Se le olvida lo que ha de hacer, busca el sombrero que tiene en su mano... ¿Qué andará haciendo ahora por la calle, en pleno invierno, sin obligaciones y sin dinero, porque de allá se lo envían retrasado y no acepta ayudas?... ¿O acaso tiene dinero? Pues de pronto Brunettino aparece con un juguete que ni Andrea ni Renato le han comprado. Una chuchería, desde luego, pero divierte al chiquillo hasta que la rompe. ¿Entonces?... Andrea está perpleja.

Cuando Anunziata se marcha, Andrea se viste su bata y se dispone a trabajar, aprovechando que el niño duerme. Pero está visto que es un día con problemas, porque llaman a la puerta. Se levanta y acude para que no repitan el timbrazo.

Un joven desconocido, de atractiva sonrisa. Andrea, instintivamente, cierra más sobre su pecho la bata cruzada, sujeta sólo por el cinturón.

—¿El señor Roncone? —pregunta una voz agradable.

—Está en la fábrica. Hasta las cinco.

—No, pregunto por el padre. Don Salvatore.

«¿El abuelo? ¿Qué le querrá este joven bien educado?»

—Quedé con él en el portal a esta hora y como no baja... ¿Le ocurre algo?

—Tampoco está. Si tenían ustedes una cita no tardará. Pase, pase un momento.

El visitante entra, quitándose esa gorra que llevan ahora mucho los estudiantes. El pelo rizado le hace una cabeza romana. Es más joven de lo que parecía en la puerta.

Andrea le señala el diván en el saloncito. Ella se sienta en un sillón y cubre sus piernas con los paños de la bata, que tienden a separarse.

El joven advierte sobre la mesa la lámpara encendida y los libros abiertos.

—Por favor, señora, continúe trabajando.

Pero Andrea está intrigadísima.

—No, no... Será un momento, mi suegro no tardará. ¿Iban a salir juntos?

—Me lo llevo a la Universidad, como otros días.

¡A la Universidad! El último sitio de Milán donde ella hubiera buscado al viejo. ¡El abuelo en la Universidad!

—¿Siguen algún cursillo?

—El señor Roncone colabora en el Seminario del profesor Buoncontoni.

Andrea logra no abrir la boca de asombro. ¡Buoncontoni, nada menos! ¡La autoridad italiana en etnología! Ya sin rodeos interroga al sonriente muchacho, que le informa gustoso: las sesiones de grabación, los debates científicos... El señor Roncone es uno de los mejores colaboradores que han pasado por el Seminario. La doctora Rossi, sobre todo, está fascinada...

«¡Ah, Natalia!», piensa Andrea, que la conoce. «Le preguntaré a ella.»

—Sus relatos nos abren nuevos horizontes sobre la persistencia de los mitos en el folklore calabrés —concluye el estudiante—. Nos descubren que en el macizo de la Sila, poco estudiado aún, hay reminiscencias ya desaparecidas en otros lugares de la misma Calabria... Anteayer, por ejemplo, nos dio una sugestiva versión ignorada del gran mito mediterráneo de la Virgen-Madre.

Andrea está desconcertada. De modo que ese campesino que vive en su casa ilustra al Seminario del profesor Bouncontoni... Bueno, al menos ya sabe de dónde saca algún dinero, y le enternece que lo gaste con su hijo. También ha averiguado dónde pasa el tiempo, pues desde luego no era en el Club de la Tercera Edad, como ella había esperado... Pero aún no se explica dónde come algunos días. Quizás en tabernuchos donde le darán esas porquerías que le gustan

y le hacen daño... Aunque, ¡quién sabe!, a lo mejor
come con el arzobispo... Del abuelo, luego de saberle
en la Universidad, ya espera ella cualquier sorpresa.
Sonríe a esa idea.

Se siente observada por ese joven y, para evitar
una mala interpretación de su sonrisa, vuelve a cruzar
los paños de su bata, acomodándose más recta en la
butaca. Se dispone a seguir hablando cuando suena
la puerta del piso. El viejo asoma con gesto contra-
riado que se torna jubiloso al ver al joven.

—¡Ah, Valerio! Menos mal que se te ocurrió
subir... Perdona, olvidé que era hoy... ¡Esta cabeza
mía! ¡Vamos, vámonos corriendo! ¡Qué dirá el profesor! ¡Aprisa!

El viejo es un torbellino que deja a Andrea
con la palabra en la boca y arrebata al estudiante. Este
apenas tiene tiempo para tomar la mano que le tiende
Andrea e inclinarse sobre ella después de presentarse:

—Ferlini, Valerio... A sus pies, señora.

Andrea le agradece que no llegue a tocarla con
los labios, pues no le gusta, pero le encanta el roce
del bigote... «Ferlini, Ferlini... ¿Será hijo del famoso
jurista?» Andrea recuerda el reportaje recientemente
dedicado por una revista de sociedad a la espléndida
villa que esa familia posee junto al lago Maggiore.

Rodando hacia la Universidad el viejo guarda
silencio, preocupado por su falta de memoria. ¿Le re-
bajarán algunas liras por la tardanza? De pronto oye
a Valerio:

—Es guapa, su nuera.

—¿Guapa? —repite el viejo, extrañado, volviéndose en el acto hacia el muchacho al volante.

—Atractiva, sí. ¡Y simpática!

El viejo calla. «¡Y pensar que éste parecía sen-
sato!»

Cuaja en su mente la decisión de contarles hoy

más disparates que nunca a esos niños de la Universidad. «¡Si es que no distinguen! ¡Se lo merecen; cuanto más fantástica es una historia, más les interesa!... ¡Cretinos!», repite, irritado por esa expresión soñadora en el perfil de Valerio.

«Mira, mira esos tejados. Lo único bueno de
esta casa: que es alta; yo en los bajos no me asiento.
"Claro, abuelo —dirás tú—, porque es montañés."
Y a mucha honra... Por cierto, ¿cuándo me vas a llamar "abuelo"? Mucho brrrr y mucho ajjj, pero de *nonnu* no te oigo nada. ¡Y tengo unas ganas!... Pues eso,
asómate y aprende a mirar desde arriba, sobre todo a
la gente, para no achicarte nunca... Claro que soy hijo
de la montaña, ¿quién me salvó en la guerra sino ella?
Mi *Femminamorta,* la madre de los partisanos, el refugio en nuestros apuros. En cambio ellos la evitaban,
¡puercos alemanes! Rodeaban su ladera mirando asustados hacia arriba; sabían que estábamos allí, pero no
se atrevían a subir. En la montaña estaban perdidos...
Y también en la niebla, ésa que aquí es siempre sucia
y allí es blanca y baila despacio. No sabían ver dentro
de ella. Disparaban contra árboles creyéndolos parti
sanos y así nosotros les atinábamos mejor. La niebla,
ideal para el golpe de mano... ¿No la ves? Te lo dije:
aquí ya está sucia desde que se levanta, mírala... Pero
¿te has dormido? Tienes derecho, es la hora del relevo. Me encargo de la guardia. Duerme, compañerito.»

Se aparta de la ventana y coloca al niño en su
cuna. Luego se sienta en el suelo, espalda contra la
pared.

«Duerme tranquilo, soy buen centinela. Me gustan las guardias, me dan tiempo a pensar. Sin distraerse, claro, pero recordar y comprender mejor. Así comen las cabras en dos veces. Ahora, ya ves, me vuelve David. Nos llegó con una niebla como ésta. Me encontraba yo de avanzadilla y escuché unos pasos. No le descargué la metralleta porque pensé cogerle vivo. Primero nos quedamos asombrados: ¡qué tío, nos había encontrado sin conocer el terreno! Luego nos dijo que se había perdido. No le importó confesarlo, fíjate, era así el pobre David, con aquellos ojos mansos y tristes... ¿Por qué digo "pobre David"? ¿Quién sabe cómo viven los demás? Ya ves, compañerito, no estoy seguro de lo que estuve seguro. Dios no hizo bien las cosas: deberíamos vivir tantas veces como los árboles, que pasado un año malo echan nuevas hojas y vuelven a empezar. Nosotros sólo una primavera, sólo un verano y al hoyo... Por eso has de echar bien tus ramas desde ahora. Yo nací en pedregal y no me quejo, llegué a enderezarme solo. Pero pude haber florecido mejor...»

Su cavilación se remansa en esas últimas palabras.

«Eso mismo, florecer. Yo creía que era cosa de mujeres, que el hombre es sólo madera, cuanto más recia mejor. Pero ¿por qué no flor? A David le gustaban las flores, se paraba en las marchas para mirarlas y siempre andaba preguntando cómo se llamaban. Nos burlábamos al principio, hasta que le vimos su buena madera y se ganó el respeto. Tendría razón, no estoy ya tan cierto de algunas cosas, ya te digo. ¡Cuándo iba yo a pensar que el hombre también florece! ¡Qué sorpresas! Florece con la mujer, claro, ésa es nuestra primavera de verdad. A su lado nos abrimos de noche como el dondiego, si tienes suerte de encontrarla. Yo la tuve, ella me cogió del montón y me plantó en su cama: allí crecí. Así era mi Salvinia; tomaba y dejaba hombres como quería. La única en todo el país, que hasta el marqués quiso ponerle casa en Catanzaro y ella le despreció. Tenía la fuerza de la montaña: "Yo soy reina en mi molino", le dijo, "no voy a rebajarme a marquesa". Pues llevaba sola el molino, la Salvinia, y de verdad era una reina. ¡De la mejor madera!... Bañándome con ella en el regolfo, ayudándola a echar grano en la tolva, comiendo juntos, ¡cómo se palpaba su madera de reina!... ¡Qué tardes, qué noches! Sonaba todo el día el paleteo de las zarandas y el restregarse de las muelas haciendo temblar el piso, que no nos dejaba oírnos... Cuando, al ponerse el sol, cortábamos el agua, ¡qué silencio, *Madonna!* Todo se asentaba en su aplomo. La casa, el mundo, los pájaros y las ranas en su paz, ella y yo en nuestro gozo. Nos mirábamos fuerte, muy blancos del polvillo de la harina, y ¡empezábamos a reírnos! Echábamos unos tragos, un mordiscón a cualquier cosa, queso, manzana, salami, ¡pan, figúrate si había!, y a la cama. O primero al montón de sacos, por no subir la escalera. ¡A mordernos, que así era la Salvinia! Parece que la veo aquí en lo oscuro. ¡Ay Salvinia, Salvinia!»

Otro relámpago de comprensión en la mente del viejo, al tiempo de un sollozo reprimido.

«Ya sé por qué te lo estoy contando. Ahora es cuando me entero de que ella era piedra viva, más que madera. Yo entonces no cavilaba; retozar y nada más. Hortensia me abre los ojos contigo, niño mío: Me enseñáis sin decírmelo, haciéndome ver yo solo. Hortensia, que no es piedra sino más tierna, madera de la fina. Pero Salvinia piedra, la propia montaña. Ahora me lo explico: una mujer que te sorbía los huesos y, ya ves, tan hembra pero no podía parir. Como oveja machorra... Vete a saber, a lo mejor su mismo coraje le consumía la fuerza. Da igual, ella hizo mi boda con tu abuela, ya ves tú qué querer me tenía. Loca conmigo, dejando a todos por mí, y me metió en la cama de la Rosa para hacerme heredero del *zío* Martino...»

El niño rebulle y el viejo se alarma, deslizándose sobre la moqueta para acercar el oído a la puerta cerrada.

«Creí que habías sentido algo. Tienes tanto oído como yo, pero no viene nadie por esa senda, la única para el enemigo. Esta posición es buena y aún podríamos mejorarla. David tendía a ras de tierra cordeles atados a una bomba de mano: si explotaba era que venían los tedescos. Ambrosio ideó hacerle otra salida a la gruta de Mandrane. Por ella escapamos de los lanzallamas cuando nos traicionó aquel infiltrado, un fascista de Santinara... ¡El Ambrosio! andará pensando ahora que he desertado, que no vuelvo a morir a mi puesto... ¡No, no te asustes, niñito, no me voy! Sólo que Ambrosio lo pensará: ¡como yo no escribo y él no tiene teléfono!... Pero no te dejo solo, no me iré a Roccasera si no es contigo. ¡Qué entrada juntos! Tienes que aprender allí nuestra senda para cruzar la plaza; no se la ve pero allí está. Tu padre la habrá olvidado, pero has de saberla porque es tuya. Todos tus difuntos la pisaron, los míos no cuentan, pues no los tengo, quitando mi madre. Pero yo gané para ti esa senda, gracias a la Salvinia, que me casó con tu abuela.»

El viejo calla y vuelve a aguzar el oído.

«¡Cuántas alarmas esta noche...! ¡Ah, sí, la senda! Mira, una plaza no se cruza de cualquier modo. No es sencillo en Roccasera. Tan difícil como infiltrarte por el bosque entre el enemigo. Pero justo al revés, porque en la plaza lo bueno es ser visto. Sólo los donnadies se pegan a las paredes. Has de forzar a todos a verte. ¿Me preguntas cómo? ¡Galleando el

cuerpo, la cabeza alta, la mirada, los brazos, desfilando
tú solo! Así la cruzarás porque eres quien eres. Y los
viejos en el café de Beppo y las mujeres mirando por
los visillos (que las decentes no pueden pararse en la
plaza) tendrán que decir: "Se ve que es el nieto del
Salvatore." Lo dirán porque desde el primer día cruzarás conmigo por donde te pertenece. Por el centro a
la derecha de la fuente; nunca a la izquierda, senda
de los Cantanottes, ¡en el infierno estén! Nosotros por
la nuestra, la gané por la Salvinia, te lo vengo diciendo.
Verás: tu abuela Rosa estaba loca por mí, yo era el
rabadán de su hacienda. Subía a la montaña en mi caballo, daba gloria montarlo y pocos pastores jineteaban
entonces. Pero su padre no me quería para yerno, y
tampoco me despedía porque los ganados no se los llevaría nadie como yo, que a bien saber y bien mandar
no me ganaba ninguno... Así que estábamos todos a
verlas venir, esperando por dónde torcería la vida.
Y los Cantanottes aprovechándose de ese esperar, qui-
tándole al Martino horas de riego, colándose en su castañar, ¡hasta atreviéndose ya a pisar por la senda de
la derecha! Y el Martino, ya viejo y sin hijo, que fue
mujeriego y casó tarde, sin quererme por yo no tener
nada. Y la Rosa dando calabazas a otros, emperrada
en que mía o del convento. ¡Vaya tontería, niño mío;
cosas de mujeres! Yo, tan igual, cumpliendo bien firme. Subiendo con mi caballo a las majadas, llevando
la *lupara* contra algún jabalí si me salía o por si me
acechaba un Cantanotte, que el Genaro hubiera querido enganchar a la Rosa. Así todo en el aire, ya te
digo, hasta el día que hube de bajar al molino y vi
a la Salvinia, toda blanca la cara y la garganta, en medio los ojazos negros. Ella me vio en lo alto del caballo
y ya me tendió los brazos... ¡Bueno, ya te he contado! ¡Volví allí tantas noches! Pues ella fue, la Salvinia
vio claro donde yo no veía. ¡Qué mujer!... ¿Ves?, re-

cuerda que te lo dije. La niebla de Milán siempre está sucia, ahí la tienes. En la montaña sería como vellón bien cardado y soplado al aire.»

El viejo se retira de la ventana con disgusto.

«Sí, fue la Salvinia quien echó a andar mi fortuna. "Es tu suerte, casarte con la Rosa", me repetía. Yo cabreado pensando que ya se había cansado de mí, pero era lo contrario, justo por quererme bien. Y yo volviendo al molino, que tu abuela era bonita pero como un jardín, nada más coger sus flores, en cambio la Salvinia... ¡Un pasmo, un vendaval, un olvidarse!... Hasta que la Salvinia me enganchó por donde se me coge siempre, echándome un desafío, que yo no me rajo nunca. "¿A que no cruzas la plaza conmigo una tarde? ¿A que te da reparo de la gente?" ¡Figúrate mi contestación: ahora mismo! Me daba igual perder a la Rosa y a todo, porque hablé seguro de perderla. Pero la Salvinia sabía más del mundo, lo preparó en grande, una tarde de sábado. A la vuelta de la labor, con bebedores a la puerta de Beppo y la cola de hombres para afeitarse con Aldu, y hasta el cura con las beatas en los escalones de la iglesia. La hora grande en la plaza. ¡Allá va! Aparecí con la Salvinia. Se me cogió además del brazo, un escándalo, eso se hacía sólo con los maridos. Cruzamos despacio por lo más largo, desde el cantón de Ribbia hasta la esquina del Municipio... ¡Qué desfile, niño mío!, ¡como si tocaran trompetas! Las beatas volvieron las espaldas, los hombres como estatuas. Todos: los que ella no quiso para nada y los que había gozado y despedido, que todos, por sí o por no, llevaban a la Salvinia en sus entrañas. Ella y yo mirando a la gente, yo pensé "ahora se cae la torre con este nuncavisto". Pero ni siquiera la campana. ¡Hasta el reloj dio las seis como repicando a nuestro pasar! Despacio, ya te digo, y al final

algunos hasta saludaron de puro azorados. ¡Qué golpe!
Aún se recuerda...»

El viejo se lleva las manos al vientre y mira
en torno.

«¿Tú también, *Rusca*? ¿Estás oyéndome? Seguro que no comprendes. Brunettino tampoco, claro.
No sabéis que la Salvinia había respetado siempre la
plaza. Desde que enviudó al ahogarse su marido en el
caz había hecho su capricho, sin importarle nadie, pero
respetando la plaza porque es el pueblo. O quizás por
la iglesia, que hasta la más brava tiene esas ideas de
mujer. Sola no iba nunca allí por la tarde, ni tampoco
había querido con otro; respetos o vete a saber. Pero
conmigo se empeñó. "Contigo saco mi culo y mis tetas
al sol de la plaza con la frente bien alta, que ellos son
todos peores y ellas ninguna tiene lo que yo. Verás
cómo eso te sube a lo más alto y te casas con la Rosa.
No hay como ponerse el mundo por montera..." Así
fue, la gente empezó a mirarme de otro modo; el *zío*
Martino vio que yo plantaría cara a los Cantanottes y
la misma Rosa... Al principio se echó atrás de lo nuestro; al verme con la Salvinia desde su ventana le dio
un pasmo: después lo supe. Luego pasó días llorando
y preparando ajuar para el convento. Pero ya su padre
tenía pensado que yo le hacía falta, que salvaría hasta
la senda de la plaza y acabó casándonos... Eso hizo
por mí la Salvinia, ¡fíjate qué amor, queriéndome tanto ella!.. Aún acudí al molino, pero siempre me cerró
la puerta; yo sé que tras ella lloraba. Era piedra, ya
te dije; roca, la montaña misma... Y por ella me hice
yo más tarde partisano, porque si no... ¿Qué me im-
portaba la guerra? La patria es cosa de los militares,
que comen de ella; la política es de señoritos, primero fascistas con Mussolini y demócratas después. No
me eché a la partida por eso; fue que los alemanes
mataron a la Salvinia en su molino. Sí, hijo, mataron

a aquella grandeza. ¡Y de qué manera, niño mío, de qué manera! En frío y peor que fieras. No eran hombres, no merecían tener madre. Matar, bueno, pero aquello no. Ni se le puede contar a un inocente como tú...»

La palabra se le estrangula en el pensamiento como voz en su garganta.

«Con que me hice partisano por ella... Claro, si yo hubiera conocido a los hijos de puta que la torturaron, con matarlos de peor manera todavía, pues en paz. Pero no se sabía, cualquier tedesco pudo haber sido. ¿El único remedio?: hacerles la guerra a todos, ¿comprendes? Acabar con todos, y me junté a la partida... La verdad es que me cargué a unos cuantos, más de los que la torturaron, muchos más... Así la Salvinia estará contenta de su Salvatore. Porque ellos no serían los mismos, cómo saberlo, pero yo cumplí... Sí, estará contenta.»

—¡Cómo ha crecido! ¡Qué hermoso!

La exclamación de Hortensia evoca en el viejo aquella mañana: el coche salpicándole, su carrera dejando solo al niño, la mujer compasiva... No han pasado cuatro meses y son ya recordados de siempre.

Este día de febrero ha amanecido templado, con azules claridades. En los árboles podados por Valerio algunas yemas a punto de abrirse. El viejo ha sacado al niño y le pasea por el jardín, cuando se le ocurre visitar a Hortensia para contarle la última hazaña de Brunettino: en la plazuela ha hecho frente a un perro. Bueno, apenas merecía llamarse perro; era uno de esos animalejos con mantita y cascabel llevados por una vieja. Pero ladraba atrozmente mirando al niño, ¡vaya si ladraba! Brunettino, en vez de asustarse, pegó una patadita en tierra con toda su energía y lanzó tal chillido que el bicho retrocedió a refugiarse bajo su ama.

En cambio ahora, al abrirles Hortensia, el niño pierde su audacia y adosa su espalda contra las piernas del hombre. Pero el recelo dura poco. Antes de que Hortensia le tienda los brazos —alegrando así al viejo al mostrarle la góndola de plata prendida en ese pecho— el chiquillo mira atrás, hacia el oscuro descansillo, compara con la claridad en el ángulo del pasillo interior y extiende un imperativo índice hacia la luz. Los mayores ríen y Hortensia eleva a Brunettino en sus brazos precediendo al viejo hacia la salita. Es allí donde se sorprende por el estirón del niño y donde añade a su exclamación primera:

—¿Recuerdas, Bruno, que entonces no me abarcaba el cuello con sus bracitos? ¡Pues fíjate ahora!

—¡Vaya si recuerdo!... Pero no te canses. Es el primer día que te veo en pie desde que enfermaste.

—Sólo me levanté para abriros —responde ella, dejando al niño en el suelo e instalándose en su butaca—. Me paso el día aquí sentada.

El chiquillo recorre con la mirada la habitación.

—A éste hay que entretenerle con algo, pero en una casa sin niños... —cavila Hortensia—. ¡Ah, sí! Mira, Bruno, abre mi armario y al fondo del cajón grande, abajo, encontrarás un dominó.

Durante la enfermedad de Hortensia el viejo, en sus visitas, ha ejecutado ya encargos semejantes, pero ese armario sigue impresionándole como la primera vez que lo abrió: para buscar un pañuelo, muy bien lo recuerda. También ahora le detiene esa provocación: los colores jubilosos, los vestidos sugiriendo ese cuerpo y sobre todo, sobre todo, el olor, los olores, dilatando su nariz. Ese armario no es una gran caja, sino mucho más. Sus puertas se abren a una cámara secreta, un templo de tesoros misteriosos. Las telas colgadas le recuerdan los pasos volanderos de la montaña donde se tienden redes para cazar torcaces: como una paloma su corazón se enreda en tanta promesa, en esas revelaciones de intimidad. «¿Cómo no me ocurrió esto nunca?», piensa. «¡Con la de armarios de alcoba abiertos en mi vida, hasta para esconderme de las madres! Serían como éste, más o menos, pero me daba igual. ¿Qué importaban los vestidos?

¡Fuera los trapos; al suelo!... ¡Vengan los cuerpos, la piel para mis manos!... Y ahora, en cambio, aquí con la boca abierta delante de estas ropas...»

Abajo, el cajón. Al abrirlo ahora por primera vez, la intimidad revelada le conmueve como un desnudo. No es la mera sugerencia de las medias o la lencería, sino esa entrega más honda que son los recuerdos. Aun ignorando el mensaje real de ese sobre con fotografías o la historia de esas alhajitas en su estuche, el viejo sabe estar penetrando ahora en la vida de Hortensia. Y, hurón su mano entre esas suavidades, se apodera al fin de su presa.

Para el chiquillo, sentado ya en la alfombra bajo la mesa, la catarata de fichas blanquinegras es un chorro de gemas chispeantes. Olfatea una y después la muerde. Como no la encuentra comestible, empieza a removerlas todas, encantado con la sonoridad de sus chasquidos.

—Jugando con ese dominó entretenía yo a Tomasso en sus últimos tiempos —explica Hortensia.

«Y pensar que ese recuerdo se lo entrega al niño, ¡qué mujer! ¡Con qué cariño mira al chiquillo!...» El viejo reprime un suspiro: «Si la maldita *Rusca* no me estuviera mordiendo ya tan abajo.» Eso le hace pensar en algo y saca a Brunettino de su guarida.

—No se vaya a hacer pis en la alfombra —explica—. Vamos, niño mío, un chorrito.

Se lo lleva al baño, le desabotona las dichosas bolitas de las calzas, le baja las braguitas y le sostiene de pie. Hortensia le ha seguido calladamente y le contempla sin ser vista, volviendo a su butaca antes de que el viejo regrese, orgulloso:

—Mea ya como un hombre, ¿verdad, Brunettino? Tiene un chorro...

El niño ha vuelto a sus juegos. Durante unos

momentos sólo se oye, como castañuelas, el golpeteo de las fichas.

—¿En qué piensas, Bruno?

—No sé... En nada.

—Mentira, sinvergüenza, te conozco. Desembucha.

—Cuando empezábamos a mocear —sonríe, al verse descubierto—, nos gustaba salir de la taberna para ir a mear detrás de la escuela. Sabíamos que la maestra nos espiaba y la dejábamos ver bien nuestras cosas... Se iba haciendo solterona y andaba salida, pero no se atrevía a echarse un hombre: era antes de la guerra. Además, no valía para casa de labrador, por demasiado señorita. Sin dinero y fea, no tenía arreglo, la pobre.

—No valdría, pero te dejó el recuerdo.

—¡Bah!, viendo al niño ahora.

—¡Ni que fueras tú la maestra!

La broma, tan inocente, se clava en el viejo, porque ésa es la cuestión. Otra vez su pensamiento se embarulla: por un lado, el niño necesita una abuela y él habrá de serlo además de abuelo; por otro, aquella maestra con su obsesión le aviva la suya ante los recientes mordisqueos de la *Rusca* vientre abajo.

Hortensia percibe que algo ha afectado al hombre.

—¿Te molesta más la *Rusca*? ¿Te duele?

«Esta mujer es adivina», se asombra una vez más. «Imposible ocultarle nada.»

—¡Qué dolor ni dolor!... Si sólo fuera eso...

Pero enfrente esos ojos merecen la verdad, la exigen con más fuerza que un interrogatorio. Se decide:

—Mira, peor sería que pensaras mal de mí con eso de dormir la siesta en tu cama sin hacerte nada...

Pasa que la *Rusca* se me pasea ahora más abajo y no me siento tan hombre: ya está dicho.

La mira desafiante, erizada la voz de coraje y patetismo. La mirada de deseo completa el mensaje. Hortensia calla; es lo mejor. Pero ¡si pudiera decirle a ese hombre que eso no impide nada, que le hace más entrañable...! Se lo dirá más adelante.

Siguen tableteando las fichas en manos del niño.

—Pues sí, eso pasa... Y yo siempre había pensado, mirando a los viejos, que así no vale la pena de vivir. Sobre todo, muerto ya el Cantanotte.

—¡Qué barbaridad! ¡No digas esas cosas!

—No, si ya no lo pienso, porque el niño volvería a quedarse solo, con el cerrojo de la Gestapo. Mientras no pueda defenderse, aquí estoy yo...

—Menos mal —y añade dulcemente Hortensia—: ¿Y sólo el niño te necesita, tonto?

Una involuntaria crispación en la boca del viejo... Tras un silencio le aflora una sonrisa convertida rápidamente en júbilo:

—¡Ah, si no te he contado!... Me telefoneó ayer la Rosetta. Resulta que los hijos del Cantanotte se están peleando ya entre ellos al repartirse la hacienda. ¡Vivir para ver! Lo que consiguieron evitar untando a los romanos de la Reforma Agraria, lo van a padecer ahora con sus pleitos, los muy burros... Bueno, lo evitaron sólo en parte; ya les apreté yo los tornillos desde el Municipio... Aún eran los buenos tiempos y salvé para el pueblo los montes comunales; todavía mandábamos los que habíamos peleado. Pero acabaron viniendo los políticos y me quité de en medio, ¿para qué?... Pues fíjate: ahora se lo robarán entre ellos y se lo quedarán los abogados para venderlo.

—Acaba pasando lo que tiene que pasar —comenta sencillamente Hortensia.

Una vez más, palabras de esa mujer obligan a pensar al hombre: ¿qué es lo que tiene que pasar?... Pero ni siquiera entrevisto, porque surge el accidente: Brunettino, al intentar levantarse agarrado a una pata de la mesa se ha dado con la cabeza por debajo del tablero y lloriquea rascándose el sitio dolorido. Hortensia y el abuelo se precipitan a consolar sus pucheritos.

El viejo consigue sorprender con frecuencia a los etnólogos del Seminario, pero también ellos le asombran con sus revelaciones. Resulta, por ejemplo, que la *Rusca* mordisqueando su cuerpo no es cosa nueva; hubo gente antigua en el mismo caso. Uno fue —ahora se entera el viejo— aquel hombre amarrado por castigo en una roca donde venían a comerle el hígado, sólo que no era un hurón, sino un águila. «¡Vaya, se lo liquidaría en seguida!», compadece el viejo; pero le aclaran que el águila no acababa nunca de devorar el hígado.

«Sería un águila muy degenerada o estaría enferma», piensa el viejo, sospechando que esta gente de libros no ha visto nunca la violencia de un águila despedazando una liebre a picotazos. «O quizás el tío aquel, Permeteo o un nombre así, fuese un tipo muy duro de aquellos tiempos, pues su castigo era por haberles robado a los dioses el fuego, nada menos... ¡Los dioses de entonces! ¡Aquéllos sí que eran dioses y no éste de los curas, que no se le ve la enjundia por ningún lado! ¡Cómo se aprovechaban de ser dioses y gozaban de la vida! ¡De las mujeres, sobre todo!» ¡Se está enterando el viejo de cada cosa...! Por eso mismo, el cuento de que un águila mandada por ellos no se zampara un hígado en tres picotazos, por muy

Permeteo que fuese, le parece poco creíble: algo así como esos milagros que cuentan los curas y que nadie ha visto, porque sólo se hacían en otros tiempos.

Un milagro, por ejemplo, el que se comenta ahora en el Seminario: ése de un dios poniéndose, como quien dice, la cara y las carnes de un rey que se ha ido a la guerra, para acostarse de noche con la reina. Pero precisamente esa hazaña no entusiasma al viejo.

—Eso no es muy de dioses —comenta con desdén—. No tiene mérito. La gracia está en camelarse a la tía con la cara de uno y jugársela los dos sabiendo que están poniendo unos buenos cuernos... Y perdone, señora.

El viejo se ha dirigido a la doctora Rossi, que le sonríe:

—No se disculpe, amigo Salvatore... ¿Me pèrmite llamarle Salvatore?; mi nombre es Natalia... No se disculpe; quien estudia mitología no se asusta por hablar de cuernos. Además —la sonrisa se acentúa— tiene usted toda la razón: aprovecharse así de una mujer que no se entera, ni siquiera es de hombres.

—¿Verdad? —exclama el viejo, encantado.

«Mira por donde», piensa, «esta larguirucha, a pesar de sus pocas tetas, entiende del asunto más que ellos.»

—Además —continúa—, no veo clara la cosa. Si el dios tomaba el cuerpo del marido, el gusto sería para ese cuerpo, digo yo. Entonces, ¿quién gozaba? ¿El dios metido dentro o la carne del marido, que hacía la cosa? El dios ni se enteraría, seguro.

La doctora suelta una carcajada aprobatoria, mientras los demás se miran con sorpresa. «De modo que a esos sabios ni siquiera se les había ocurrido pensar en quién se llevaba el gusto... ¡Pero si es lo principal del asunto!»

El viejo vuelve a mirar a la doctora, captando su divertida y cómplice mirada. Aprecia entonces que pecho no tendrá mucho, pero sí unas piernas largas y bonitas, ¡caramba!, y bien firmes de muslos según los dibuja la falda, atirantada por la postura.

La discusión se desvía hacia otro tema cercano al que estos días obsesiona al viejo: eso de la madera y la flor, de si también los hombres florecen.

—¿Tienen ustedes historias de sirenas? —pregunta el profesor—. Ya sabe, mujeres con cabeza de pájaro o mitad pez... Cosas así.

—Si son de pez andarán por la mar y los pescadores sabrán de ellas. En la montaña no hay... ¡Ah!, pero tenemos al hombre-cabra, el capruomo.

—¡Ah!, y ¿cómo eran? ¿De dónde salían?

—Ser, eran hombres de la cintura para arriba y cabras para abajo, que los he visto hasta en estampas. Y salir, salir..., ¡je!...

Se interrumpe, ¡qué pregunta! Cualquiera diría que esos profesores, con todo su leer, no saben que los cabritillos salen de donde los niños. Pues se lo explicará: la doctora ya le ha dado licencia. Además se la ve satisfecha; no para de tomar notas.

—¡Pues salen de donde todos! De la madre cabra. Si un hombre jode a una cabra, con perdón, y ésta pare, pues lo natural: mitad hombre y mitad cabra. Pero pienso que esas cabras ahora malparen siempre o no se preñan, porque hay muy pocos capruomos, no es como en lo antiguo... ¡Claro que si ahora parieran bien —concluye jocoso— la montaña estaría llena de capruomos!

—¿De veras? —se le escapa a un estudiante estupefacto.

El viejo le mira desdeñoso. Lo de siempre: no saben de la vida.

—Los zagales, más o menos, lo hacen todos. Así se van entrenando.

El viejo percibe varios rostros incrédulos. «¡También es grande que para una vez que no invento, me miren como embustero!»

—Lo creerá usted o no —replica al preguntón—, pero yo me zumbé mi primera cabra a los doce años. Y si no lo cree...

—¿Cabra u oveja? —pretende puntualizar el profesor. Se oyen unas risitas. El viejo se amosca.

—¡Cabra! Son mejores, porque tienen los huesos de las ancas más salientes, ¿no se han fijado? A las ovejas se las agarra peor.

La mirada retadora del viejo impone silencio. Empiezan a discutir el hecho a su manera, hablando de sátiros, silenos, egipanes y otros casos de los libros. Mencionan otro caso semejante a Prometeo: el del gigante Ticio. Al rato plantean otro tema mucho más interesante para el viejo: el de un hombre-mujer, un tal Tiresias.

—¿Hombre-mujer? ¿Y cuál de los dos era de cintura para abajo?

La doctora, muy sabida en esas historias, explica que no era por mitad del cuerpo, sino alternando. Tiresias fue siete años mujer y luego volvió a ser hombre. Llegó a ser un adivino muy famoso, muy sabio.

—¡A ver! ¡Se las sabría todas!... Pero eso no es ser doble.

«Un doble», piensa sugestionado, «podría ser a la vez abuelo y abuela». La doctora, deseosa de ayudarle al verle caviloso, le explica que también los hubo con dos sexos a un tiempo, no por mitades.

Le dice incluso cómo los llamaban, pero ahora, ya en casa y acostado, no se acuerda. El nombre es lo de menos; lo indudable es que los tiempos antiguos fueron mucho mejores, con sus dioses y con aquellos machi-hembras a la vez. «Así, aunque se hicieran viejos, podían seguir gozando, que a las mujeres no les importan los años; con espatarrarse, ¡listas!, ¡y si encima ya no se quedan preñadas...! La verdad es que tienen suerte, las condenadas», piensa el viejo mientras nota, aunque no muy violenta, otra acometida de la *Rusca*.

«Pero no somos nadie, con este dios de ahora», se le ocurre ya en la confusa orilla del sueño. «No nos da más que una vida, no acertó a darnos tetas a los hombres... Porque abajo bien provistos y arriba con tetas... ¡Los niños serían felices!»

En su dormitorio, los hijos hablan del abuelo.

—Seguro que volvía de la Universidad, es su hora —afirma Andrea, ya acostada.

—Pues otros días parece más satisfecho —responde Renato, que viene de echar una mirada al niño, metiéndose en la cama.

—Quizás hoy no se le ha dado bien... ¡Ya es mucho, que hable en la cátedra de Buoncontoni! ¿Te das cuenta, Renato? No salgo de mi asombro desde que me lo dijo aquel muchacho. Por cierto, hijo del comendatore Ferlini, Doménico Ferlini.

—Por lo menos, así sabemos a donde va.

—No del todo. ¿Y esas comidas fuera? ¿De qué me sirve cuidarle la dieta —por cierto, cada día está todo más caro— si luego él come porquerías por ahí?... En fin, tu padre en la Universidad, ¡quién lo hubiera dicho!

—¿Por qué no? Sabe mucho de campo, incluso de costumbres ya desaparecidas.

—Pero ¿no sabes que discuten hasta de mitología clásica? ¿No le estarán tomando el pelo?... Eso lo explicaría.

—A mi padre nadie le toma el pelo... En todo caso —añade entristecido—, él disfruta y ¡le queda tan poco tiempo...!

Andrea comparte esa tristeza. Precisamente por ese poco tiempo no le ha dicho al marido que por las noches el viejo se mete en la alcobita. ¡Hay que resignarse, aunque perturbe la educación del niño! No durará mucho; el profesor Dallanotte no tiene dudas. «De todos modos, ¿por qué no se volverá a Roccasera, ahora que ha muerto el otro?», piensa Andrea, antes de contestar:

—Demasiado resiste.

—Es que ha sido mucho hombre. Tú sólo le has conocido en su final, pero ¡si supieras! ¡Cómo llegó a ser el más importante del pueblo donde nació sin padre! Sobre todo, se reveló en la guerra. Un patriota, tres veces herido. Su amigo Ambrosio me contó verdaderas hazañas. Liberó al pueblo con sólo un puñado de ingleses y gracias a él los alemanes no mataron rehenes ni destrozaron nada en su retirada. Y luego fue el mejor alcalde que se recuerda, favoreciendo al pueblo con la Reforma, aunque los Cantanotte se resistían: sobornaban funcionarios y hasta le prepararon dos emboscadas, pero él se cargó a los asesinos... Y ahora, ¡pobre padre mío! A veces, te lo juro, me remuerde la conciencia por no haberme quedado allí junto a él.

Renato, apenado, refugia la cabeza sobre el pecho femenino, sentido a través de la prenda transparente como si estuviese desnudo. Ella le acaricia el crespo pelo, igual que el del viejo, pero aún muy negro. Y rizado, como el del estudiante de cabeza romana que vino a buscar al viejo la otra tarde.

—Pero si me hubiese quedado allí —se justifica— no hubiera pasado de ser el hijo del Salvatore... ¡Tenía que marcharme!, ¿comprendes?

—Claro que sí, amor; no podías hacer otra cosa —aprueba ella mientras piensa que, después de todo, Renato no ha llegado muy lejos en su huida del

pueblo. Químico en una fábrica, sin más; ni siquiera
jefe del laboratorio. No llegarán nunca a Roma, donde está su futuro, si no tira ella de la casa... Parece
que saldrá otra vacante en Bellas Artes, en la Dirección de Excavaciones... ¡Buena oportunidad!, mejor
que la de Villa Giulia. Y el director de Excavaciones
es compañero de tío Daniele, el que fue subsecretario
con De Gasperi y todavía manda mucho... Es preciso
ir a mover la cosa en Roma.

La idea la estimula. O quizás es más bien esa
respiración viril y ese movimiento de labios que ha
enardecido su pezón. Lentamente su mano libre desciende acariciando el torso y el vientre de Renato, que
responde al deseo de Andrea como si su carne quisiera librarse así de la sombra de la muerte.

A Brunettino le cuesta trabajo dormirse. El viejo le ofrece en sus brazos la mejor cuna y el niño se acomoda en ella, pero de pronto exclama «¡no!» —es su último descubrimiento— y busca otra postura. De vez en cuando abre los párpados y la negrura de sus ojos destaca en la penumbra de los reflejos callejeros.

«¿Estará malito?», teme el viejo. «Además, con esos chillidos del "no" se van a despertar los padres... Menos mal que no oyen, no son partisanos, niño mío. Duermen como burgueses... De todos modos no alborotes.»

Pues el niño exclama «no» —en realidad, un grito entre «no» y «na»— con explosiva energía. Y al viejo le encanta que ésa sea su primera palabra aprendida, antes incluso que «papá», «mamá» o «abuelo», porque hay que saber negarse. Sí, defenderse es lo primero.

Al fin el niño se duerme, el viejo le acuesta y empieza su guardia sentado de espaldas contra la pared. Caviloso, como todas las noches.

«¿Defenderse es lo primero, dije? Otra de las cosas que ahora no tengo tan claras, niño mío. Como lo de madera y flor, hombres y mujeres. Antes eran los contrarios y ahora aquí me tienes: uno tan hombre como yo, pensando que con tetas sería mejor abuelo..., ¡qué barbaridad!, ¿verdad?, pero así es. Ahora me doy cuenta de que no son los contrarios. Muchos árboles dan flores y muchas flores hacen madera... ¿Que no? ¿De dónde sale un árbol sino de la semilla de su flor? Y, sin esperar tanto, ¡ahí tienes las rosas! Yo corté un rosal viejísimo por su pie y el tallo, de recio como tu muslito, era pura madera. ¡Y qué madera!»

El viejo se deleita en el recuerdo.

«¿Sabes qué rosal era? El del panteón de los Cantanotte, nada menos. Tuvieron la desvergüenza de hacerse uno bien fachendoso, hasta con mármol, y no lo quisieron mayor porque no se enfadaran los marqueses, que tienen otro en el mismo camposanto. ¡Figúrate, mármol, para pudridero de esa mala raza!... Bueno, pues el rosal, de tantísimos años, crecía hasta el arco de la puerta, hecho así en punta como en las iglesias. ¡Presumían de rosal casi más que de panteón! Y como entonces me tenían cabreado, con aquellos matones a cazarme, dije: "pues les dejo sin flores a sus muertos". Una noche corté el rosal de dos hachazos, que era madera muy dura, ya te digo, pura fibra. Por cierto que de noche en los cementerios no salen los muertos ni nada, ¡pamplinas!... Allí estarán los gusanos comiéndose al cabrón con sus gafas. Ya puede llamar ése a la puerta que le han cerrado: no seré yo quien vaya a salvarle...»

Esta última idea le escandaliza. La rechaza en el acto, indignado contra sí mismo.

«¿Salvarle? ¡Ni pensarlo! ¿Compasión por ese canalla? ¡Bien muerto está y aún ha tardado!... ¿Me estaré volviendo maricón, para ablandarme así? ¡Que grite, que se rompa sus huesos de muerto aporreando esa puerta! ¡Bien cerrada está!... Compasión, ¿cómo se me ocurre? ¿Es que ahora hay otro dentro de mí, como emboscado?... Siempre hay que tener cuidado con ellos, hijito, y con los espías. Se cargan a una partida en cuanto se infiltran, como el de Santinara. Aquí no dejo entrar a ninguno; ni dentro de mí.»

Pero persiste su asombro ante las ideas que le brotan:

«¡Ni hablar de compasión!... Yo no soy malo, Brunettino; es que ese tío fue mi enemigo. Explotaba al pueblo y a mí me quiso matar, ¿comprendes?... ¿Cómo habré podido ahora ponerme a sentir pena?... Pero no, no la he sentido; ya se me pasó... Otra de mis confusiones ahora, pero lo tengo claro. ¡Lo saben hasta los animales, que el más fuerte se lleva la presa! Lo natural: hay que ser duro, hijo; o muerdes o te muerden, recuerda. Me lo enseñó aquel cabritillo de mis juegos. No era manso como *Lambrino;* siempre a topetazos. Por eso le dejaron para macho y todavía de viejo andaba entre sus hembras como un rey. Bien lo aprendí; yo no me rendí nunca, ni paré de pelear... ¿Sabes el mejor regalo que me hicieron de niño? Lo recordé el otro día cuando te quitaba el cuchillo la Anunziata: una navaja. Pequeñita, pero navaja; el *Morrodentro* me la compró, el padre del de ahora. "Se cortará; todavía es un niño", le dijo el rabadán. "Mejor; así aprenderá." Pero no me corté, ¡qué va!... ¿Sabes cómo la estrené? Pues estaban desollando un cabrito para la calderada, que se había despeñado por un topetazo de otro. Me fui al guisandero y me dejó clavarla entre el tendón y el hueso largo de la pata por donde se le cuelga para despellejarlo... ¡Al recordarlo me vuelve a la mano la fuerza que da el apretar una navaja! En cambio se me ha olvidado ya lo que hice esta mañana, ¡qué cosas!... Todavía andará en mi macuto de la guerra aquella navajita, si no la ha tirado el cerdo de mi yerno, con el odio que me tiene... Bueno, odio no; para odiar hay que tener más redaños; sólo tiene mala baba el desgraciado... ¡Cuántos cuchillos tuve luego! El *scerraviglicu* de novio: entonces las mozas lo regalaban todas a su hombre cuando se prometían. El de mi Rosa tiene cachas de madreperla, como cuchillo de mafioso... Pero ninguno como la primera navajita: igual que la primera mujer, ¿comprendes? Bueno, ya comprenderás... ¿Por qué te rebulles? ¿Te hace gracia que la llamen "cortaombligos"? Nombre bien puesto, que el golpe en el vientre es el más seguro; todo ahí abajo es blando. Mejor el degüello, claro, pero entonces por detrás... ¿O rebulles por estar malito?»

El viejo se acerca a la cuna y toca la frente del niño, pero no está caliente. Entonces oye una pedorreta y sonríe: «¡Ah, tragoncete; eres un buen mamoncillo! Deja, voy a aliviarte.»

Se arrodilla junto a la cuna posando su zarpa abierta sobre el vientrecillo. Su difunta le decía que tenía buena mano para curar. Ella tenía frecuentes dolores aunque apenas comía. Sobre todo tras el difícil alumbramiento de Renato.

«Sí, el golpe en la tripa el mejor contra el enemigo. Pero ¿quién es enemigo? ¡Yo tenía bien claro que los tedescos! Pues no: resulta que la hermana de Hortensia está casada con uno, de Munich, y tan feliz, siete hijos nada menos. Un hombre tan buenísimo que lo metieron cuando Hitler en un campo de concentración, ya ves. Y si se me hubiera puesto delante en la montaña con su maldito uniforme, pues me lo hubiese cargado... Otra cosa que yo tenía bien clara: no se puede vivir sin pelear. Pero mira los etruscos; ni eran peleones, de veras. Lo dice Andrea y en eso la creo... ¡Así los conquistaron los romanos! Ah, pero vivían como reyes. ¡Cada vez que recuerdo aquella pareja, gozándola encima de su ataúd que le decían sarcófago...! ¡Seguro que no sonríe así el Cantanotte!»

La visión de unas gafas negras sobre una calavera con el odioso diente de oro anima unos instantes la mente del viejo.

«Y tú mismo, niño mío, ¿es que peleas? Bueno, dices "¡no!" dándole un manotazo a la cucharada de potingue, y razón tienes, pero eso no es pelear. En cambio te dejas coger, te acomodas en los brazos y sales ganando, bandidote, que haces de mí lo que te da la gana. ¡Y qué hacer, sino quererte! ¡Te metes tan adentro!... Cuando estás en otros brazos y me tiendes las manitas para venirte conmigo, ¡qué decirte del nudo en mi garganta!»

La visión de ese gesto infantil suspende en breve éxtasis la cavilación.

«Por eso, ¡quiéreme! Tú aún no lo sabes, pero te queda poco tiempo de abuelo. Hasta la castañada todo lo más; ¡la *Rusca* me da unas dentelladas! Es otro "cortaombligos". Sí, yo ya lo sé, que me quieres, pues entonces, ¡dímelo! ¡Dímelo antes de que sea tarde! Me tiendes los bracitos, de acuerdo, pero hay que decirlo. Claro que a veces se dice y es mentira... Dunka me lo notaba y repetía: "no, tú no me quieres, te gusto nada más..., ¡y te gustan todas!" Yo le juraba que sí, porque jurar amor a una mujer no es faltar a la palabra, aunque sea mentira. Además, ¿cómo no quererla si estaba tan buena y era hembra de temple? Pero ella me miraba muy triste y se apagaban las chispitas verdes en sus ojos de miel como cuando en el lago Arvo una nube tapa el sol... ¡Pobre Dunka!, David loco por ella y ella viniéndose a mi cama, que él no la tuvo nunca... Pero ¿por qué la llamo pobre? Me quería a mí y me consiguió, ea. Aunque, ¿me tuvo de verdad? Ahora pienso que no le di bastante. Resulta que hay más, tiene razón Hortensia, Dunka lo notaba, se ponía muy triste. Al rato me estaba volviendo a mirar; ahora mismo veo aquellos ojos... "Aunque me mientas, dime que me quieres." Yo se lo repetía, y muchas cosas dulces, ésas que les gustan. Ella sonreía, volvían a sus ojos aquellas chispitas, pasaba la nube... Seguramente era feliz, sí, seguramente... Era bonito, ¿sabes?; hacer feliz es bonito... Aprende también eso, empieza ya, dime pronto que me quieres. A ver cuándo me llamas *nonno;* es más fácil que papá y mamá... ¡Si ya medio lo dices!, repite tu "no" y ya está: "*non-no*", "*non-no*"... ¡El día que te lo oiga me darás la vida!, ¿oyes? ¡Me darás la vida!»

El niño duerme ya un sueño tranquilo.

«Pues sí, aún tengo buena sanadura», celebra el viejo, retirando su mano del vientrecito.

En ese momento su instinto de partisano le hace notar una presencia. Se vuelve de golpe, felino en tensión. En la puerta abierta una silueta. Maldice sus cavilaciones: le ha sorprendido el tedesco.

Es Renato. Inmóviles, padre e hijo, se miran. El viejo avanza y, cara a cara, susurra:

—¿Qué pasa? ¿Hice ruido?

—Nada, padre. Creí que no estaba bien el niño, al verle a usted aquí.

—¿Es que me buscabas?

El hijo miente:

—Temí que le pasara a usted algo y como no le encontré en su cuarto...

Impulsivo, el padre abraza a su hijo y le derrama al oído:

—¡Ya sabía yo que tenías corazón!

El hijo no puede hablar. Y ahora miente el viejo:

—Pues ya ves, yo vine por si acaso el niño... ¡Se queda aquí tan solo todas las noches...!

El viejo tampoco puede hablar. Se recobra:

—Bueno, vámonos a dormir todos.

—Será lo mejor. Buenas noches, padre.

El viejo, camino de su cuarto, se interroga:

«En otros tiempos me hubiese peleado con mi hijo... ¡Ay, el peleador siempre está solo! ¡Asusta y todos se apartan!... ¡Hasta con ellas, pasado el goce, me quedaba solo!... Hay algo más, Hortensia, para no estar solo; hay algo más...»

El viejo aguarda un poco y luego retrocede por el pasillo sin advertir que el hijo, desde su puerta, le ve regresar a la alcobita. Sólo entonces, sonriendo compasivo, se mete Renato despacio en su cama para no despertar a Andrea ni contagiarle así su tristeza.

Junto al niño susurra el viejo:

«Ahora es cuando no estoy solo, con tus manitas en mi cuello y tú bien dentro de mí. Nada de pelear. Mis brazos para acunarte metiéndote en mi pecho, haciéndote feliz, lo sé. Tú te entregas a mí, niño mío, angelote, te rindes sin condiciones. Y así me doy yo a ti, como me has enseñado; así no estoy solo...»

—Le llaman, señor Roncone.

Renato se vuelve hacia esa laboranta.

—¿Quién es, Giovanna?

—Algo de su padre. Urgente.

Renato acude al teléfono esperando lo peor.

—Soy Roncone, dígame.

Una voz agradable.

—Su padre ha sufrido un mareo. Sólo es eso, no se alarme; pero debería usted venir.

—Ahora mismo. ¿En qué hospital, hermana?

—Está en mi casa. Soy una amiga de su padre. Melli, Hortensia, en *via Borgospesso, 51,* ático izquierda.

Renato, desconcertado, expresa su gratitud y cuelga. Se disculpa con su jefe, baja al garaje y se lanza a la calle, tratando de ganar minutos en ese tráfico tan atascado como siempre. El trayecto se le hace interminable.

Se abre la puerta de ese piso en una casa desconocida —curiosamente en su mismo barrio— en cuanto sale del ascensor. Una mujer, cuyos rasgos no distingue bien a contraluz, le hace pasar hasta una alcoba modesta, pero agradable. En la gran cama yace su padre, vestido al parecer y tapado hasta el pecho con una manta. La palidez hace más oscuro el sombreado de la barba. Ojos cerrados y hundidos; por los labios entreabiertos se escapa un leve jadeo. A Renato se le encoge el corazón.

—¿Cuándo fue?

—Hace una hora —responde la mujer, indicándole una silla junto a la cama y sentándose ella enfrente—. Le llamé a usted en seguida... El había venido a verme y estábamos charlando cuando, de pronto, necesitó ir al retrete. Al rato, oí su caída. Por suerte, le dio tiempo a descorrer el pestillo. Entré y le acosté en mi cama.

—Necesita un médico. ¿Me permite usar su teléfono?

—Ya le ha visto uno que vive aquí cerca. Su padre ha sufrido una hemorragia y está débil. El doctor le ha puesto una inyección y confía en que pronto recobrará el conocimiento. Entonces podrá usted llevárselo a su casa. Esperemos, ¿no le parece?

Renato está de acuerdo. Da las gracias de nuevo a esa señora, tratando de contener su curiosidad ante el rostro apacible, los negros cabellos limpiamente recogidos y la luz de los ojos claros, también angustiados. ¡Quisiera formular tantas preguntas! Sin esperarlas, ella le ofrece explicaciones sosegadamente: el primer encuentro en el parque, la amistad desde entonces, la simpatía entre dos meridionales, las visitas del hombre hasta la de hoy...

—También comía a veces con usted, ¿verdad? —le tranquiliza poder aclararlo al fin.

—Sí. Le encanta preparar platos de los nuestros.

Habla como si no pasara nada, como si el hombre durmiera tranquilamente.

—Mi padre tiene un cáncer. Muy avanzado.

—Ya lo sé.

«¿Qué son ella y mi padre?», piensa Renato. Y pregunta:

—¿Cómo logró encontrarme?

—El me habla tanto de ustedes... Precisamente antes de desmayarse me enseñaba una carta de Nueva York, de su hermano.

¡Ah, sí!, la carta reexpedida por Rosetta desde el pueblo. La de la fotografía: Francesco y su familia vestidos de un modo que provocó el desdén del viejo. «Parecen de circo —exclamó—. ¡Payasos!» Pero —piensa Renato— seguro que la mujer oyó el mismo comentario.

Ella, mientras se siente contemplada, evoca lo que en realidad le estaba diciendo el viejo antes de salir corriendo hacia el cuarto de baño. Hablaba del Cantanotte, obsesionado desde hacía un par de días por cierta idea que rechazaba.

—Rumio tanto mis adentros por las noches —decía el hombre en aquel momento— que se me ocurren hasta flojeras... ¡Mira que sentir pena de los Cantanotte! Como ahora, con sus peleas, se va a venir abajo esa casa que fue mucho en Roccasera... ¡Anda y que se hundan!

—Claro; esas cosas dan pena.

—¡No digas eso, Hortensia! Ellos se lo buscaron por codiciosos, robando lo que pudieron... ¡Compadecerles! ¡Ni que yo fuese otro!

—¿Y si lo fueras? ¿No has cambiado un poco?

—Yo soy yo. El Bruno —reaccionó el viejo.

—Claro. Pero este Bruno de ahora puede ver las cosas de distinta manera.

El hombre calló, pensativo.

—¿Y sabes quién te abre los ojos? —insistió ella.

—Tú, seguro. Siempre las mujeres volviéndonos del revés a los hombres.

—¡Ojalá! —respondió ella—. Me gustaría...,
pero te cambia más Brunettino. ¡Como te enterneces
tanto con él!... Desde luego, yo te he dicho cosas,
pero me crees gracias a tu angelote. ¡Si hasta por él
me conociste!

Su sonrisa extasiada confirmó a Hortensia que
así lo admitía el hombre. «El niño es su verdad», pensó Hortensia. Y remachó:

—Brunettino empezó. A mí ya me llegaste ma-
duro, tierno.

—¿Tierno yo? —bufó indignado el hombre.

No pudo continuar. Se llevó la mano al vientre, se disculpó y salió apresurado. Después, la realidad que ella ha suavizado para el hijo: el viejo lla-
mándola desde el baño, ella acudiendo a tiempo de
verle doblarse sin sentido desde el retrete al suelo,
el agua de la taza enrojecida, las fláccidas carnes al
aire, ella con angustia en el alma y doméstica serenidad en las manos piadosas, lavándole, volviendo a cu-
brirle y alzando el flaco cuerpo para llevarle a la cama.

Entró en la alcoba y la luna del armario le
presentó su propia imagen: en sus brazos el viejo, el
hombre, el niño; la cabeza exangüe sobre el hombro
femenino, la mano colgante, el cuerpo como derramán
dosele entre sus brazos... Al verle, al verse así, su
carga empezó a pesarle tantísimo que temió derrum-
barse allí mismo... Sintió lágrimas en sus mejillas
mientras le depositaba en la cama y le cubría. Necesitó reponerse de la puñalada antes de poder telefonear... ¡Qué traspasante vivencia!

Y ahora ese hijo suyo, ese Renato, contemplándola en silencio, desconcertado, con una pregunta
en sus ojos ¡tan visible! Pues bien, ambigüedades, no.
Le habla muy de frente:

—Viene como amigo, charlamos, comemos juntos, hemos ido al teatro... Yo vivo muy sola desde

que murió mi marido, ¡y él es tan entero, tan de allá!, ¿comprende?... —añade, muy bajito—. Pero él no se imagina cuantísimo le quiero... —mira de frente a ese hijo—. Ya lo sabe usted.

Las palabras han sonado llanamente, sin efectismo, pero en la mirada de esos ojos leales percibe Renato la hondura tranquila de un manantial muy transparente. Conmovido, él se entrega a su vez:

—Tampoco sabe cómo le quiero yo, señora.

—Hortensia —corrige ella sonriendo.

—Gracias, Hortensia.

Las dos miradas se abrazan, cómplices, en el aire. Ella suspira y sonríe:

—¿Cómo no quererle? ¡Qué hombre!... —se acentúa su sonrisa y habla para sí misma—. Mi niño; mi Brunettino.

Apenas se lo oye decir a sí misma se queda sorprendida, pues nunca había pensado tal cosa. Descubre, además, que esa verdad la adquirió —hace un rato, en otro tiempo— ante la luna del armario, cuando el hombre pesaba en sus brazos. Y repite con firmeza:

—Sí. Mi Brunettino.

El hijo expresa su comprensión en un silencio. En ese instante el hombre esboza un movimiento. Hortensia vuelve al presente.

—¡Cuidado! No le gustará que usted le haya visto desmayado. Salga al pasillo y haga como si llegara más tarde. Espere ahí fuera.

El hijo asiente y se retira al vestíbulo.

A poco el hombre abre los ojos, centra la mirada y sonríe a Hortensia.

—¿Hace mucho? —pregunta una voz débil.

—Un ratito... Llamé a tu hijo. No tardará.

El hombre tuerce el gesto, resignado. Va recordando.

—¿Quién me sacó del retrete?

—Yo.

—¿Tú sola?

—Nadie más... Te traje en brazos —añade, a la vez orgullosa y humilde, señora y sierva.

El viejo asoma su mano sarmentosa, busca la de la mujer, que acude al encuentro, y se la lleva a los labios. Mientras la besa, tributándole dos lágrimas, el viejo se imagina en esos brazos y surge en su mente el roto cuerpo de David sostenido por Torlonio, en aquella noche de la montaña. En su desconcierto se superponen imágenes: de David, de él mismo, de Dunka; se confunden a la vez Dunka y Hortensia, se unifican las gloriosas luminarias del tren ardiendo en la hondura del valle con la noche absoluta del Cristo en brazos de la Madre.

Se hacen una sola verdad Victoria y Muerte.

—No comprendo cómo resiste tanto —comenta Renato.

Andrea ha llevado al viejo a la consulta de Dallanotte y ahora relata a su marido el resultado, mientras acaricia en gesto de consuelo la apenada cabeza refugiada en su axila.

—También se extraña Dallanotte, aunque conoce casos parecidos. Otro cualquiera se hubiera quedado allí, en el baño de..., bueno, esa señora.

—Hortensia. Estuvo admirable, ya te dije —precisa Renato, que previamente ha referido con todo detalle lo sucedido en aquella casa, hasta que se trajo al viejo—. Es que padre...

Con los ojos del recuerdo revive a un Renato niño alzando la mirada hacia el titán que bajaba de la montaña y se apeaba en el patio de la casa para levantarle a él en brazos hasta alturas de vértigo, mientras reía como un torrente despeñándose. El recuerdo es desgarrador: no sirve de consuelo saber desde hace tiempo que ese torrente se acaba.

—¿Indicó algún tratamiento?... ¡Al menos, que no sufra!

—Lo mismo; continuar con las hormonas. Me recetó, por si acaso, un analgésico mejor. Tendremos que dárselo metido en el otro frasco porque ya sabes cómo se pone con eso de que aguanta el dolor como ningún milanés... Me dijo también Dallanotte que la operación ya no es viable, aunque a tu padre le habló de ella, supongo que para animarle. Pero, ¡Dios mío!, tu padre es un erizo, y eso que el profesor no pudo estar más amable.

—¿Qué ocurrió?

—Dallanotte trata a tu padre con más consideraciones que a nadie y resulta... Pero, ¡claro!, si no te lo he contado. ¡Algo importantísimo!

En su excitación, Andrea medio se incorpora.

—¿Sabes a quién conoce tu padre, y hasta le salvó la vida en la guerra?... ¡No te lo imaginas! ¡A Pietro Zambrini!

—¿Quién es ése?

—¡Por favor, Renato! ¡Sacándote de tu química no te interesa nada!... Zambrini es el senador comunista, presidente de la Comisión Nacional de Bellas Artes, donde es tan estricto que todo el mundo le teme. Si llego a conocer esa amistad a tiempo no me hubieran robado en Villa Giulia la plaza que me correspondía... Cuando vuelva por Roma, ¡y ha de ser pronto!, iré a visitarle, a exponerle mis derechos... Tu padre querrá presentarme, ¿verdad?; no voy a pedir más que lo legal.

—Seguro, Andrea, pero ¿quieres decirme de una vez lo que pasó con Dallanotte? ¿Por qué dijiste que mi padre fue intratable?

—¡Porque es verdad! Figúrate, Dallanotte atentísimo, explicándole la operación, animándole... «Muy sencilla, amigo Roncone; sólo coserle un poco por dentro para evitar más hemorragias», le dijo. «Algo más adelante, claro, cuando se haya repuesto de ésta...» En fin, un médico sabiendo tratar a los enfermos. Pues bueno, tu padre estuvo casi, casi desdeñoso... ¿Te lo explicas? ¡Yo estaba violentísima!

—En fin, si todo fue eso...

—Espera, espera. A la salida, todavía en el ascensor, ¿sabes lo que hizo tu padre? ¡Un corte de mangas! ¡Un corte de mangas a lo bestia!... ¿No te das cuenta?... ¡Por Dios, Renato, no te rías!

Renato no ha podido remediarlo.

—Y luego empezó a decir cosas raras: que si Dallanotte es un traidor, que si a él no le engañan para secuestrarle en el hospital..., ¡desvaríos!... Ni le escuché, porque me puse, ¡ya puedes imaginarte! Todo el trayecto hasta aquí traté de convencerle. Pero no dejaba de repetir lo mismo: «Ese zurcido por dentro que se lo haga el médico en su propia tripa...» ¡Qué salvaje!... Perdona; todavía me sofoco al recordarlo... Mira, te lo confieso, se me pasó toda la compasión que me inspiraba tu padre.

—No le interesa la compasión —murmura Renato.

—Me quedé indignada. ¡Pobre hombre, qué ignorancia más cerril! Te lo tengo dicho, Renato: mientras no eduquemos al Mezzogiorno Italia no levantará cabeza.

Renato calla. Andrea se va calmando y, claro, vuelve a sentirse compasiva. Su mano se hace más tierna sobre los cabellos del marido. Sí, se enternece. Acerca su boca al oído del hombre:

—Renato, dime la verdad: ¿soy mala?

Los brazos que a ella le gustan contestan de sobra al oprimirla tiernamente.

—¿Lo hago mal, Renato? —continúa la voz mimosa—. Dime, ¿por qué no me quiere tu padre?

—Sí te quiere, mujer... Basta con que seas la madre de Brunettino para que te quiera.

—Eso espero yo... Cierto, al niño lo adora; yo no tenía idea de lo que es un abuelo... ¡Y el niño le adora a él; no hay más que verles jugar!

Ahora es ella la que se refugia en el hombre, buscando consuelo.

—Yo quiero a tu padre, te lo juro. Sí, aunque sólo fuera por lo mucho que quiere a nuestro hijo, aparte de ser tu padre. Le atiendo, procuro complacerle, pero él me lo pone muy difícil, reconócelo... Ya ves, ese vinazo que esconde y que le perjudica; pues me callo y lo aguanto.

—Nada le perjudica ya —replica el hombre, apenado—. Nada puede hacerle más daño que la *Rusca,* como él dice.

—Por eso lo tolero... Y lo más penoso, Renato, no pienses que no lo sé, lo que más me cuesta es que maleduque al niño... Sí, no me interrumpas: eso de meterse todas las noches en su cuarto, impidiendo que se acostumbre a dormir solo... No lo niegues; hasta tú has estado allí y le has visto... ¿O te crees que soy tonta?... No deberíamos consentírselo, pero pienso en su poca vida ya, y los dolores y paso por todo... ¡Sólo que podía plantearnos menos dificultades, también él!

Renato se vuelve hasta conseguir abrazarla, hacerla pequeñita en sus brazos, donde ella se acurruca. Y con llanto en la voz, aunque sin lágrimas, exclama conmovido:

—¡Andrea, Andrea mía!

Se abrazan fuerte porque la muerte está ahí, al otro extremo del pasillo, a la vuelta de las esquinas de la vida. Se abrazan fuerte, unidos hoy por la compasión como otras noches por la carne.

Mientras ellos se abrazan y consuelan, el viejo acuna en sus brazos a Brunettino muy lejos del dormitorio conyugal, en la posición fortificada de los dos partisanos, montaña arriba. Allí le habla bajito (esta noche no solamente lo piensa) para que sus palabras calen mejor en el niño. No le impulsa la niebla de las cavilaciones, sino el resplandor de la acción.

—¡Esto se pone al rojo, compañero! Me hirieron y perdí sangre, te habrás enterado, pero ya estoy bien. He vuelto a la base, decidido a resistir. No te asustes, las he pasado peores. Ya falta poco, están perdiendo terreno. Triunfaremos, reconquistaremos Roccasera, entraremos allí antes del verano, que va a ser el más grande. Ya verás, en cuanto les tomemos el castañar ya se domina el pueblo y es cosa hecha. Ellos también lo saben y han pedido refuerzos... No les valdrán, ni siquiera la traición, que es lo peor. La de ese médico; por eso me trató tan bien. Me quiso engatusar con la amistad suya con Zambrini. ¡Mentira, es un traidor! Un nieto de pastor que resulta señorito. Fascista como todos. Ahora quiere alejarme con engaños, ¡como no puede conmigo! Sí, niño mío, intentan evacuarme a un hospital. ¡Están listos si creen que voy a dejarme! Veo claro: en cuanto me sacaran en camilla caías tú en sus manos. Tomaban esta posición

y volvían a encerrarte con esa maldita puerta. Estarías
preso, compañero, y ya sabes lo que era la tortura en
la Gestapo. Acuérdate de cómo salió sin uñas el pobre
Luciano, y peor los que no salieron, ¡pobrecillos! El
Petrone, callando por salvarme a mí y a la partida, ase-
sinado en la celda junto a la mía. Nunca olvidaré sus
gritos, ni los tuyos aquella primera noche de la puerta. Eran iguales; cien años que viva me dolerá su agonía... Pero no me engañarán, no me rindo. No te dejo
solo ni abandono esta posición, te lo he jurado. ¡Y el
Bruno cumple, lo sabes de sobra, ángel mío, ya no dudas de mí!

Los susurros le agotan el aliento. Se recobra:

—¡Lástima perderme el hospital, no creas! Una
operación decente ya me la he ganado y ese médico
es el mejor. ¡Figúrate que llevo cuarenta años pagando
el seguro sin hacerles gasto! Dinero perdido, para en-
gordar a los comesopas del Gobierno. En tanto tiempo
nunca enfermo; nada, ni una muela en el dentista, ni
una aspirina. Solamente el balazo de los Cantanotte,
pero ése no es del seguro, sino de la justicia. Ahora
podría disfrutar del hospital. Tener los médicos al re-
tortero y las enfermeras pendientes de mí... ¡Las enfermeras, compañero, tan limpias y con medias blancas! ¡De primera comunión, pero buenas carnes!
Siempre que visité a un herido tenía unas enfermeras
¡cosa fina! Y se le volcaban sobre la cama, le abraza-
ban para levantarle, se ponían a mano, ya te digo...
Lástima perdérmelo, sí, pero la guerra es la guerra.
A lo que estamos es a resistir. Si han pedido refuerzos
que vengan, pero a mí no me evacuan con mentiras.
Ya veremos qué consiguen, esta posición puede mejo-
rarse y hasta preparar una retirada, como hizo Ambrosio en la cueva de Mandrane. Basta una escala por
esa ventana y salimos abajo fácilmente. A mí no me
marean las alturas, harto estoy de recoger cabritillos

despeñados. Ya te digo, no me evacua ni el médico ni Dios.

La voz se afirma, tras ese reto definitivo:

—Lo digo por si acaso, para que estés tranquilo. Tengo aún muchas cartas en la manga. Nada de retirarse, ni pensarlo. Al revés, resistir y avanzar luego. Aquí aguantamos sin nadie más, ni enfermeras ni siquiera mujeres. Yo también tengo mis armas secretas, ¿sabes? Si tú necesitas abuela lo seré para ti, ya me voy haciendo. Solamente por arriba, ¿eh?, ¡cuidado!, ¡abajo con lo de siempre! Pero por arriba…, ¿no te has dado cuenta? ¿No me notas más blando cuando te cojo en brazos? Un poquito, ¿verdad? Me están creciendo pechos, acabaré teniéndolos para ti, niño mío… Se lo conté al médico, fue lo único que le dije, no fuera a presumir de descubrir eso también. Le fastidió verme tan dispuesto a todo, hasta a tener pechos, ¡quién me lo hubiera dicho! Pero disimuló; claro, es un traidor. «No se preocupe», dijo, y empezó a hablar de hormonas para calmar a la *Rusca,* eso pasa cuando las toman los hombres, pues son medicinas de mujer… ¡Pamplinas!, los pechos me crecen para ti, niño mío, son mi florecer de hombre. Para que tú y yo juntos no necesitemos a nadie. Para que acabemos avanzando, echando abajo todas las puertas del mundo. ¡Todas las que encierran a los niños indefensos y a los pobres explotados! Nos cargaremos a los espías y traidores y luego entraremos victoriosos en Roccasera. ¡Verás qué hermoso, qué fantástico verano!

Hortensia se asoma al balcón. Por fortuna ya no llueve y abril se estrena tibio, con un aire acariciante. La mujer clava su mirada en la esquina de la calle *della Spiga* por donde vendrá Bruno, acompañándole Simonetta porque es su primera salida. Hortensia tiene ganas de conocer a esa muchacha, aludida siempre por el hombre con muy vivo entusiasmo.

Se impacienta. ¡Cuánto tiempo desde que telefoneó Renato anunciando la salida! Días antes la había llamado invitándola a visitar al viejo en cama, de donde no le dejaban aún levantarse. Pero Bruno la llamó también —supone ella que en ausencia de los hijos— para pedirle que no fuera.

—Ya te explicaré, no quiero hablar. El teléfono puede estar pinchado... Ten paciencia, iré pronto a verte. ¡Tengo unas ganas!

Hortensia recuerda en el balcón, inquieta, esas palabras tan extrañas... ¡Por fin! La pareja dobla la esquina.

¡Qué vuelco en el corazón! ¡Qué pequeñito Bruno desde lo alto! ¡Qué cruel es la vida al presentárselo así, al lado de esa muchacha cuyo ágil caminar pone en evidencia el paso cauteloso del hombre, apenas repuesto!... Pero es él, ¡es él! Hortensia acude a la cocina para abrirles el portal y luego avanza por el pasillo, esperando tras la puerta el ruido del ascensor.

¡Ya!... Al abrir sorprende al viejo con el dedo en el aire hacia el timbre, en una cómica postura de película cortada que les hace reír. Gracias a ello disimula mejor Hortensia su tristeza, porque el viejo ha dado un bajón en esos días. Siguiéndole hacia la salita repara en los hombros caídos y los pantalones fláccidos, vacíos de carnes. Aunque al menos la gallardía se sostiene y la cabeza erguida no ha claudicado. «¿Y Simonetta?», piensa la mujer... Pero ahora se alegra de que no haya subido: ojos que no ven...

—¡Estupendo, Bruno! Te ha sentado bien el reposo.

—¡Tú sí que estás guapa! —y, para consuelo de Hortensia, chispea de nuevo la vida en la mirada viril—. Yo, bueno, me defiendo. Y la *Rusca* está achantada, ¡como le falló aquel mordisco!... No te preocupes, hoy no pienso desmayarme.

—Mejor —sigue ella la broma—. No me gusta llevar hombretones en brazos.

—Prefieres que los hombres te llevemos a ti, ¿eh? Pues no me provoques...

—¡Ah, Bruno, Bruno! —exclama feliz—. ¡Qué alegría, oírte tan guerristón!

—Ya lo creo. Como que Andrea se empeñaba en que me acompañara Simonetta y la he mandado a paseo. ¡Figúrate! ¿Iba yo a venir a tu casa con niñera?

Hace una pausa, mirándola inquisitivo por si ella sospecha y, ya tranquilizado, continúa:

—Quieren operarme, ¿sabes? Pero no me dejo.

—Pues si lo aconseja el médico... —replica Hortensia sin convicción, pues conoce por Renato la verdad.

El hombre la mira condescendiente. ¡Hasta ella cae en las trampas del enemigo!

—¿No comprendes? ¡El médico se ha vendido, tonta! ¡Me evacuan y encierran otra vez a Brunettino! Pero el Bruno es zorro viejo y no abandona su guardia.

Hortensia finge darle la razón, pero cada día le inquietan más esas deformaciones de la realidad. Sobre todo, ese «continuar la guardia»:

—¿Es que has vuelto estas noches con el niño?

—Sin faltar una —canta ufano.

—¡Estás loco! Te mandaron reposo, sin levantarte...

Le asusta otra posible hemorragia, de madrugada, cuando nadie se enteraría.

—Ni loco ni nada. Para eso descansaba de día, como buen partisano que soy.

—¡Un loco, eso es lo que eres! Si yo hubiese ido a verte ya te hubiera convencido.

—¿Ir a verme en mi cama, como un enfermo? ¡Nunca! Por eso te telefoneé.

—¿No me quieres como enfermera?

Al hombre se le alegran los ojos.

—Aquí sí, pero allí, con la Anunziata, la Andrea... Ni hablar. Ahora ya puedes ir, ellos están encantados contigo. Renato te ha cogido cariño. Además, así me ayudarás; contigo se confían y yo necesito conocer sus intenciones: en la guerra siempre hace falta información.

Como el gesto de Hortensia es reticente, añade:

—Allí verías a Brunettino.

¡Brunettino! El nombre mágico les cambia las ideas y jubilosamente, quitándose uno a otra la palabra, celebran las gracias del niño... Ya no se limita a empujar sillas, cuenta el viejo. Las pone cuidadosamente en fila, todas las que pilla, grita «¡Piii!» y juega al tren visto en la televisión... Revoluciona toda la casa, desesperando a Anunziata, pero por desgracia todavía no dice «nonno»... Aunque ¡no falta mucho, cada vez chapurrea más!

Alegrado así el ambiente, el hombre acepta media copita.

—Pero de vino: con la *grappa* tengo que reservarme, por si vienen tiempos duros... Está bueno —paladea luego—, pero no es el mío de casa, que no tiene química. Solamente lo suyo: uvas, trabajo y tiempo.

Vacila, pero al fin se decide:

—¡Tendrías que probarlo allí, en Roccasera! ¡Qué fuerza da! Sólo con ese vino, queso y olivas se puede vivir... ¿Te gustaría venir?... No te hagas ilusiones. Es un pueblo pequeño, sin tanta fantasía como aquí, pero ¡con cosas tan hermosas!... ¡Se ve más a lo lejos, la vida es más grande, empieza mucho antes todos los días!... ¿Te gustaría? ¡Dime que sí!

—¡Con alma y vida! ¡Cuando quieras!

—¡Bravo!... Verás qué verano, tú y yo con Brunettino... Yo le enseñaré a correr, a tirar cantazos, a no asustarse de un cabritillo topando, a... Bueno, ¡a ser hombre, eso!... Y tú...

—¿Yo qué? —sonríe burlona—. ¿A ser mujer?

—¡Ni lo mientes! No es eso... Yo sé lo que pienso y tú me comprendes...

—Cierto, te comprendo. Yo le enseñaré cómo deseamos al hombre las mujeres —traduce Hortensia.

—¡Eso era! ¿Lo ves? ¡Siempre me aciertas!

—Aunque nunca lo digamos, porque quisiéramos ser adivinadas; pero no sois capaces... Sí, le enseñaré cómo adivinarnos los deseos. Y así será más hombre, mucho más hombre.

—¡Ay, Hortensia, Hortensia! ¿Por qué no tendría yo la suerte de que me enseñaras a mí?

Pero Hortensia se recuerda muy bien a sí misma cuando era joven.

—Entonces yo tampoco sabía... No nos queje-
mos, Bruno. Si nos hubiésemos encontrado antes no
hubiéramos estado maduros el uno para el otro... ¿Te
parece poco lo que tenemos? Pues casi nadie lo consigue en esta vida. Ni a nuestros años ni en la juventud... Casi nadie.

Si acaso le parecía poco, esas palabras dichas
con tanta verdad —«el uno para el otro»— le saben
a plenitud, porque también las entiende como «el uno
al lado del otro»: no enfrente de la mujer, como él se
situó siempre, sino a su lado... «¡La pareja etrusca!»,
recuerda de golpe, en una explosión interior.

Ella sigue hablando:

—... no hubiera podido enseñarte porque no
sabía, porque nos engañan, y más en mi tiempo. Yo
era una chiquilla leyendo novelitas en la peinadora
donde trabajaba y viendo galanes en el cine. Claro, me
deslumbró el primer sinvergüenza que conocí: el Tomasso.

El viejo se queda atónito al oírla. ¿Sinvergüenza el bravo marinero?

—Sí, un canalla, ésa es la palabra. Eso sí, con
mucha labia y mucho trasteo. Se encaprichó con la
chiquilla y me trastornó, ¡era tan fácil!... Al principio
fue el paraíso, aquella azotea veneciana donde yo cantaba como un pájaro frente al Campanile y la laguna,
pero duró bien poco... Era un vago y un chulo; sacaba
más dinero de las americanas viejas que de darle al
remo de su góndola y luego se lo gastaba con otras
jóvenes... Al final, ya cuesta abajo, empezó a beber y
tuve que cuidarle meses y años y, ¡fíjate qué raro!,
cuando ya no se podía valer me consolaba cuidarle...
Inexplicable, pero así era: aprendí mucho con aquello.
Ahora tampoco lo comprendo, pero siento que es natural... ¿Qué te hubiera podido enseñar aquella niña
ignorante?

«Aquélla no, pero ahora tú sí y ya lo haces», piensa el viejo. «Contándome tu verdadera vida. Enseñándome cómo hay que entregarse, sin guardarse ninguna carta...», y contesta:

—Tienes razón, siempre tienes razón... Yo tuve más suerte. No caía en esas trampas porque aprendí de los animales, que engañan menos... Pero crecí sin maestro.

—Ni siquiera Dunka —se atreve a desafiar Hortensia.

—Ni siquiera Dunka —reconoce el hombre, para alegría de ella—. Y eso que era cosa diferente.

Ya está dado el paso definitivo, ya el recuerdo deja de ser nostalgia para ser liberación. Ella sabe que por fin va a escucharlo, y lo desea aunque haya de dolerle.

—Tan diferente que era pianista, ¿no te lo he dicho antes?... ¡Pianista!, ¿para qué? Eso no sirve ni para las bandas en las fiestas... Pero ella vivía de eso, allá en su tierra, en Croacia. «Al otro lado», señalaba en la playa, hacia la orilla que no veíamos. «Rijeka, mi casa, ¿la volveré a ver?», decía llorando... Es que estaba en la guerrilla por patriotismo, ¿tú lo comprendes? ¡Hay que ser infeliz! Claro que eso lo decía, nada más. Pero se metió porque era hembra de verdad, ¡con sangre y agallas!... ¡Cómo nos peleábamos! Me llamaba su animal, su «magnífico animal». Exactamente eso, porque ella hablaba con palabras así, era una señorita fina.

Hortensia imagina lo que el hombre no cuenta porque ni siquiera lo percibió aunque lo viviese: el espléndido regalo de la vida a la pianista refinada, ofreciéndole el descubrimiento del tigre en el amor, del lobo, del caballo... Hortensia suspira mirando esas manos huesudas, ya de abultadas venas, que fueron huracán y aún son apasionadas cuando acarician...

—¡Cómo se cabreaba!... «Aguanto contigo solamente por el piano», me gritaba. Llevaba mucho tiempo sin tocarlo y allí en la casa había un piano de esos tumbados y largos. Se pasaba el día tocando músicas raras... Bueno, mientras yo la dejaba, porque pronto me hartaba y me la echaba al hombro para llevármela arriba. Nuestro cuarto daba a la terraza, y ya podía aporrearme la espalda y patalear por la escalera... No se libraba, no.

Sí, Hortensia comprende a Dunka con su amenaza de irse, sincera aun sin ejecutarla. No queriendo querer o al revés, sentándose al piano para forzarle a forzarla. «Bach para exasperar», piensa, sobreponiendo una sonrisa a la dolorida avidez con que escucha.

—¡Maldito piano!... Si en lugar de ser algo tan caro hubiera sido un hombre, lo destrozo, palabra... Eso del piano estaría muy bien para David, que era así. Pero él no le hubiera servido a Dunka ni para empezar. Ella arriba no se cansaba nunca, hasta se olvidaba del piano. Pobre David..., valiente como pocos, eso sí. Pero de macho nada; nunca se iba con ninguna cuando teníamos ocasión. Era hombre de libros, sobre todo de uno en judío que no paraba de leerlo. De eso debía de estar cegato... Cuando le conté su muerte a Dunka, lloró desesperada. Se echaba la culpa de no haber podido quererle. ¡Como si en el querer se mandase! Luego se enfureció contra mí. ¡Qué cosas me gritaba! «¡Me he ido a enamorar de ti, un patán, un salvaje que ni siquiera se baña!» Esa era otra manía suya. Siempre bañándose, antes y después. Hasta en la mar se metía de noche; no le daba miedo el agua tan negra. Cuando entraba en la bañera antes yo me hartaba de esperarla y me plantaba desnudo en aquel cuarto lleno de espejos. Le gritaba: «¡Sal de ahí, mira cómo estoy!» Ella me miraba, me veía a punto y empezaba a reír, señalando con el dedo. ¡Cómo reía, cuánta vida, cuánta!... Era..., no sé, ¡un matorral ardiendo!

Hortensia imagina aquel cuerpo suyo de muchacha, metido en la bañera rodeada de espejos multiplicando la virilidad del tigre, deslumbrador en su potente impaciencia...

De pronto nota la tensión del silencio. ¿En qué tropieza el torrente de las memorias? ¿Qué roca han de saltar aún esas aguas represadas para liberarse del todo? La voz, al reanudar su marcha, se ha hecho lenta y grave:

—Curé y se acabó Rímini. Me volvieron a mandar a la montaña... A ella la cogieron los alemanes en la ciudad. Parece que la enviaron a Croacia y allí la entregaron a los *ustachis*... No se volvió a saber más.

Ahora Hortensia se niega a imaginarla entre los verdugos. Prefiere la pianista con metralleta: el matorral ardiendo, como él ha dicho... Repara de pronto en el vaso de vino todavía medio lleno y se entristece. Antes de sufrir la hemorragia, ¡qué pronto apuraba su vasito!

Como si ya hubiese aprendido a adivinarla, el hombre se bebe el vino de un trago. Aún mantiene el silencio.

—Ahora, para conocerme del todo, sólo falta que vengas a Roccasera —dice al fin—. ¡En mi tierra es donde yo soy yo! Este verano: ¡lo has prometido!

—¡Claro que iré! ¡También soy del Sur!

—¡Bah! Pero del otro lado, del otro mar.

—¡Mejor que el tuyo!... Espera que veas Amalfi, ¿qué te has creído?

Ríen. De pronto, una idea en el viejo:

—Oye, ¿sabes por qué me dio su dentellada la *Rusca* aquí en tu casa?... ¡Porque estaba celosa, eso es! ¡Porque estaba celosa!

La mira, ve una sombra en esos ojos y, adivinándola por segunda vez, puntualiza:

—De ti, Hortensia. Celosa de ti.

«Sale Dunka y entra Hortensia», comprende la mujer, mientras sus manos acuden a recibir a esas otras, tendidas hacia ella:

—Ahora sí puedo enseñarte... Tú sabrás mucho de guerras y hombradas, pero de esto no... Déjate llevar; de esto las mujeres entendemos mejor.

—¿Y qué es esto? —susurra el hombre.

Pero aunque esta tercera vez ha tardado un instante en adivinar, no necesita oír la respuesta para sentirse arrebatado por los aires hacia lo más alto de su montaña.

Andrea telefonea a Hortensia:

—¿Cuándo podremos vernos donde usted quiera? Estoy deseando conocerla y ¡agradecerle tantas cosas!

Hortensia percibe sinceridad y rectitud en esa voz agradable, aunque pronuncie con excesiva precisión profesoral.

—No hay nada que agradecer, pero yo también deseo verla. Prefiero ir a su casa; así veré a Brunettino.

—¿Por qué no esta tarde? Mi suegro va al Seminario de la Universidad; tiene su última sesión del curso. Estaremos solas y veremos qué se puede hacer con él.

«Esa mujer tiene buena voluntad», piensa Hortensia al colgar. «Sólo que yo hubiese dicho "hacer *por él*" en vez de "*con*"... Pero, claro, para ella no es el mismo.»

Andrea recibe a Hortensia. Se besan, cambian cortesías, pasan adentro y durante los «le colgaré su abrigo», «¡qué salón tan bonito!», se examinan mutuamente. Ninguna se hubiera imaginado a la otra como es y, sin embargo, ambas comprenden luego que «ella» tenía que ser así.

Al poco tiempo el reyezuelo de la casa asoma dando grititos y avanzando con seguridad. Hortensia le encuentra monísimo, con esas botitas que ella misma eligió para él, esas calzas y ese jersey rojo... Pero, ¡Dios mío!, ¿qué ha bebido?, ¡le espumajea la boca!...

Se alarman un instante, pero resulta ser jabón. Andrea explica que ahora le da por subirse al taburete del baño junto al lavabo, abrir el grifo y jugar con la pastilla... Habrá dejado el grifo abierto, seguro.

—Ah, bandido, bandidote, ¿no te tengo dicho que no hagas eso?

Corren las dos al baño, cierran el grifo y la madre regaña a Brunettino, que reacciona con la pícara expresión de quien está de vuelta de las más terribles amenazas. Ellas acaban riendo y ya todo son fiestas para el chiquillo. Entre tanto ambas se siguen observando. A Hortensia le gusta el peinado de Andrea: personal, sencillo y muy para su cara. Andrea aprueba el vestido de Hortensia; sólo desentona, ¡qué lástima!, esa góndola de plata en el pecho, demasiado estilo *souvenir* para turistas. Hortensia sorprende la mirada.

—Me la regaló él —se excusa y defiende. Andrea la comprende: esa mujer tiene tacto.

Cuando vuelven hacia el estudio una puerta abierta retiene a Hortensia.

—Es su cuarto —confirma Andrea, que añade unas disculpas—. ¡Créame, no consiente que se lo arreglemos mejor! Y esa manta viejísima ha de estar siempre encima de su cama. ¡Tiene unas manías!

Hortensia entra, conmovida. Esa manta es sin duda la que llena el cuarto de olor a él. Se inclina y acaricia tiernamente la lana, marrón como el sombrero. Mira en torno: «Ahí detrás esconde sus provisiones», piensa, «en ese armario tiene su navaja, en el cajón, bajo el papel de seda del fondo, está aquella foto callejera que nos hicimos juntos la tarde de las *Varietés*...» Todo eso es captado de una ojeada, antes de salir pensativamente. Celda de monje, de partisano, de hombre. Ella quisiera haber dejado allí su perfume de mujer.

Andrea percibe todo el significado de esa mano acariciando la vieja manta. «Renato no me lo ha explicado bien», piensa, «o no sabe ver a esta mujer... ¡Los hombres, siempre tan torpes!»... Y en el pasillo coge el brazo de Hortensia con solidaridad femenina y lo oprime un instante camino del estudio, proponiéndole el tuteo.

Charlan mientras el niño juega, arrastrando y alineando sillas. Andrea se esfuerza por explicar a Hortensia hasta qué punto procura complacer al viejo, pero...

—Haga lo que haga, nunca acierto... ¡Hasta aguanto que se meta en el cuarto del niño por las noches, contra lo recomendado por el pediatra, el mejor de Milán!

Hortensia procura disculpar al hombre.

—En el Sur formamos otra clase de familia, ya sabe.

En el tono deja traslucir que ella, aunque también meridional, comprende a Andrea. A su vez, ésta escucha las preocupaciones de Hortensia.

—Bruno tiene a veces momentos..., no sé, casi de desvarío. Habla como si continuara la guerra, como si estuviéramos en el año cuarenta y tres.

—¡A mí me lo vas a decir! —estalla Andrea, a la que ha resultado extraño oír a esa mujer llamar Bruno a su suegro—. ¡Menudo lío me armó anteayer! Verás, resulta que Anunziata no acaba de curarse (esa mujer tiene algo que los médicos no le encuentran), y Simonetta tenía exámenes, así es que fue preciso llamar a mi agencia habitual. Me mandaron a una estudiante austríaca que quiere mejorar su italiano para dedicarse a la hostelería... Me gustó la chica, de aire formalito y nada escandalosa en el vestir, pues hay que ver cómo van ahora, la misma Simonetta a veces... Bueno, pues estábamos las dos en la cocina, explicándole yo su trabajo, cuando mi suegro se asomó a la puerta y tan pronto la oyó hablar desapareció. Me extrañó oírle cerrar del todo la puerta del niño dormido, pero no le di importancia. La chica se sentó para cambiarse las botas por unas zapatillas que traía y ponerse la bata, y yo me arreglé para ir a dar mi clase...

Hace una pausa porque la narración ha llegado al momento culminante:

—Mira, Hortensia, la suerte fue que estuviera estropeado el ascensor y yo, sin saberlo, esperase un rato en el descansillo a que llegara... ¡Si llego a marcharme escaleras abajo, o me voy en el de servicio, hubiéramos acabado todos en la comisaría!... Como te lo cuento: estaba aún allí esperando cuando de pronto oigo a la chica gritar pidiendo socorro, mientras mi suegro vociferaba: «¡Traidora, espía, ahora vas a ver!», y yo, del susto, no acertaba a meter la llave en la cerradura... «¡Socorro, que me violan!», gritaba ella en alemán... Por fin abrí, la chica estaba en la misma puerta, toda histérica, una bota puesta y la otra en la mano, y enfrente mi suegro chillando furibundo... La muchacha se me abrazó frenética y me explicó: «¡Venía a por mí, señora, con los ojos fuera, un sátiro, un sátiro!...», a la vez que mi suegro me insultaba por meter en casa a espías alemanes... Me puse entre los dos para calmar a la chica, que ya lloraba en mi hombro: «Es la segunda vez», decía, «es la segunda vez; todos los italianos igual, no piensan en otra cosa... ¡Pero el primero siquiera era joven!»

Hortensia sonríe divertida, mientras Andrea recobra el aliento.

—Sí, ahora tiene gracia, pero pasé un rato fatal... Por fin mi suegro retrocedió por el pasillo y conseguí calmar a la muchacha, gracias a hablarle en alemán. Se calzó la otra bota y se marchó con su jornal completo y diciendo que por atención a mí no le denunciaba... Salí con ella al descansillo y traté de desengañarla, explicándole el problema de mi suegro, pero fue inútil. Mientras esperaba el otro ascensor me dijo: «Son mis pechos, señora, yo lo sé; les gustan grandes en las jovencitas; les ponen así, no lo pueden remediar...» ¡Fíjate, Hortensia!, resulta que en el fondo estaba orgullosa, creo yo... ¡Qué ideas más raras!, ¿verdad?, no lo comprendo... Luego, cuando volví a entrar y quise convencer al abuelo me replicó, despreciativo, «no entiendes nada, Andrea, no te das cuenta de lo que está ocurriendo en este país», y se metió en su cuarto.

Andrea suspira. Hortensia la compadece sinceramente. «¿Cómo van a entenderse ellos dos?»

—¿Y el niño? —pregunta.

—¿Querrás creer que con tanto jaleo y tantas voces siguió durmiendo tan tranquilo? —sonríe Andrea.

—Es un tesoro —se extasía Hortensia, mirando a Brunettino que, encaramado sobre una silla, intenta alcanzar la falleba de la ventana.

—¡La ventana no! —prohíbe Andrea, levantándose para alejarle del peligro.

—¡No! ¡No! —imita el niño a gritos, siguiendo una rociada de sílabas sin sentido.

—Es un tesoro, sí —repite Andrea—, pero nos tiene rendidos a todos.

Hortensia afirma que está en la edad, Andrea lo reconoce y ofrece un café, pasan las dos con el niño a la cocina para tomar allí la bebida recién hecha, discuten los méritos de sus respectivas cafeteras, Hortensia recomienda una tienda en el barrio más barata y Andrea se lo agradece aunque por supuesto no piensa ir, Brunettino se pilla ligeramente un dedito con la puerta de la alacena donde andaba enredando y lanza gritos desgarradores, le llevan otra vez al baño para refrescarle la magulladura con agua, le miman, le festejan...

Las dos mujeres, aunque tan diferentes, se comprenden ya. Y ambas piensan en lo mismo: Andrea, en ese viejo capaz de resultar amenaza sexual para una muchacha y, también, de provocar tanta ternura en esa mujer que acaricia la vieja manta; Hortensia, en ese hombre cuyo cuerpo ha dado forma a la manta y la ha hecho compañera de toda su vida.

Pensando en Bruno cuando ya sale del ascensor, le da la razón y se lamenta:

—¡Señor!, ¿por qué no habré sido la única desde el principio? ¿Por qué no habré vivido con él sus días de Rímini? ¿Por qué no le habré conocido antes, ¡antes de todo!, cuando comenzaban nuestras vidas?

Pero ya en la calle, más adelante, pasa por los jardines donde se encontraron y recuerda el incidente.

«Sin aquello, hubiéramos pasado de largo, uno junto al otro», se dice sonriendo, y agradece fervorosamente a San Francisco la existencia de automóviles que salpican desdeñosamente a los peatones con cochecito de niño.

El hombre en quien ambas piensan asiste entre
tanto a una discusión científica entre el propio profesor Buoncontoni y un invitado de Munich, el profesor
Bumberger. Este sostiene que la clave del comportamiento humano la proporciona la Psicología, la ciencia
del alma; sede de los impulsos, el razonamiento, la
memoria, la personalidad. Buoncontoni empezó discre-
pando cortésmente, pero la tenacidad del alemán le ha
ido exasperando poco a poco. Al fin, acalorados ambos, llega a decir:

—Mire, doctor, esta discusión no tiene sentido, porque la Psicología no existe. Es como la Teología, esa contradicción en términos porque es absurdo
razonar a Dios. El mero hecho de pretenderlo prueba
el orgullo clerical.

—¿Que no existe la Psicología? —brama el
alemán—... ¿Cómo se atreve usted? Entonces, ¿de
qué soy yo profesor?

—Bueno, existe como construcción intelectual,
pero no corresponde a nada, salvo a otra fantasía: el
alma. Dicho de otro modo —insiste, aprovechando que
la congestión del teutón le impide replicar—, en la conducta humana lo que no es orgánico es social. Es decir, lo que no explican la Genética ni la Fisiología lo
explica la Sociología. Sí, señor —prosigue, disparado

ya—, nuestra conducta es genes, adrenalina, etcétera, combinados con la educación y los condicionamientos sociales. No hay otra cosa, por muchos libros que escriban los psicólogos.

—¡Pero el alma, señor mío, el alma, *die Seele*...!» —el arrebato le impide seguir argumentando—... ¡Es usted un ignorante, un despreciable ignorante!

Sigue una rociada de palabras en alemán porque el bávaro no domina los improperios en italiano. En el cuello se le hinchan las venas, sus dedos se aferran a la mesa y toda su corpulencia de bebedor de cerveza se estremece de coraje. Enfrente, Buoncontoni, desordenados en aureola sus cabellos blancos, alarga el cuello y estira su pequeña estatura como un gallo de pelea.

El viejo lo está pasando en grande al ver sufrir al alemán. «Ahora se matan», piensa, relamiéndose de gusto. Pero de pronto el muniqués da un puñetazo en la mesa, suelta una retahíla germánica y sale furioso dando un portazo.

—¿Qué ha dicho? —pregunta bajito el viejo.

—Universidad italiana de mierda —le traduce sonriendo un ayudante de Buoncontoni. Y añade, con admiración—: ¡En una sola palabra!

«¿Nadie sale a partirle la boca?», se asombra el viejo lleno de desprecio. «¡Bah!, con estos milaneses no se va a ninguna parte.»

El caso es que el origen de la disputa fue la grabación del viejo. Primero les habló de niños abandonados por sus padres en el campo y criados por cabras, que tenían mejor corazón; y ellos relacionaron su historia con otros casos antiguos, como el de una cabra famosa, que les dio por llamarla *Amadea*, según cree entender el viejo. Después contó las fiestas y romerías de Roccasera, de las riñas por llevar las andas de Santa Chiara y les llamó mucho la atención el nombre de *scerraviglicu* dado a la navaja. De ahí se pasó a discutir la agresividad humana o animal y los dos profesores se enzarzaron acerca de la clave del comportamiento.

Pero no pasa nada. Claro: en Milán son como niños, incapaces de pegarse como los hombres. El viejo lo lamenta por el profesor Buoncontoni, que le había caído simpático. Además, seguro que tiene razón. El otro indiscutiblemente miente, puesto que es alemán y, además, la negación del alma le convence al viejo porque así no tienen nada que hacer los curas... Pero una cosa es tener razón y otra muy distinta tragarse el insulto de un alemán. Se indigna. Si llega a estar la doctora Rossi, que no ha podido asistir, él mismo hubiera salido tras el ofensor para vengar el honor italiano delante de una mujer. Pero, al menos, necesita echarlo en cara.

—¿Es que aquí nadie tiene sangre en las venas? —exclama, mirando en torno—. ¿Un solo alemán asusta a tantos profesores?... ¡En el frente me hubiera gustado verles! Pero, claro, ninguno hubiera ido. ¡Todos emboscados en retaguardia, con sus libros y sus papeles!

—Yo luché —replica tranquilamente Buoncontoni.

—¿Usted? —inquiere, acordándose a la vez del profesor que tenían en su partida, allá en la Sila.

Buoncontoni se suelta la corbata de pajarita, se abre la camisa y muestra una larga cicatriz desde el cuello a la tetilla.

—Partisano. En Val d'Aosta. Cuerpo a cuerpo.

—Dispensa, compañero. Eso es otra cosa.

Le explican que bastante revolcón se ha llevado el humillado alemán y así concluye apaciblemente la última sesión del curso. Todos despiden al viejo con cariño: «¡Hasta el año que viene, calabrés!», repiten, porque es el calabrés del departamento. El viejo estrecha manos orgulloso.

Buoncontoni le hace pasar a su despacho con Valerio y le enseña unas fotografías de los partisanos en Val d'Aosta.

«Eran como nosotros», piensa el viejo, «sólo que con más ropa encima y mejores armas. ¡Estos del Norte siempre jugando con ventaja!» Pero la visión de esas escenas se le sube a la cabeza. Sus ojos adquieren una expresión extraña.

—¿Y cómo estás aquí? ¿Cómo no te coge la Gestapo?

—Hago doble juego —contesta misteriosamente Buoncontoni, que conoce por Valerio los fallos mentales del viejo—. Al enemigo hay que engañarle, camarada.

La frase afecta al viejo y le decide a realizar una confesión hace tiempo meditada para tranquilizar su conciencia.

—Es verdad, al enemigo hay que engañarle, pero al amigo no... Tengo que decirte... Yo no me he portado bien, compañero, y perdona. A veces, en mis historias, he exagerado... Bueno, un poquito. No era engañaros, no; eran como bromas. Como cuando se bebe algo de más . Quiero que lo sepas: no toméis en serio todo lo que dije.

Buoncontoni le mira con estimación.

—¡Bravo por tu lealtad! Pero entonces, ¿por qué inventabas? No sería por el puñado de liras.

—¿Por dinero yo? ¡Tengo más tierras y más ganado que tú!

—Seguro; yo no tengo nada... ¿Entonces?

—¡Me gustaba tanto hablar de la montaña, del país! En Milán a nadie le interesa... ¡Y me encontraba tan a gusto con vosotros!... Gracias por estos ratos. Si queréis, os devuelto el dinero.

—¡Pero si está bien ganado! De veras... Mira, yo he de confesarte también que ya había notado algunas de tus exageraciones y sospechaba errores... Pero incluso tus inventos son documentos antropológicos y nos interesan para estudiar cómo piensa alguien de tu tiempo y de tu tierra.

El viejo, sorprendido primero, acaba enfureciéndose y se pone de pie, agresivo:

—¡Tenía razón el alemán: Universidad de mierda!... ¿De modo que me dejabais hablar para burlaros? ¿Tú has hecho eso a un compañero?... Ahora comprendo tu doble juego; lo haces contra mí, estás con los fascistas.

Buoncontoni se levanta a su vez.

—Cálmate, camarada; te juro que te equivocas. Te escuchábamos y te escucharemos en tus grabaciones para aprender. De los relatos ya conocidos nos interesan precisamente tus variantes personales. Así, cuando tú hablabas de un tesoro en un río lo relacionábamos con el entierro de Alarico y sus cofres bajo el lecho del río Busento, y ¿sabes quién es el *Carrumangu* de tu penúltima grabación?, nada menos que Carlomagno el emperador... En cuanto a tus invenciones libres, reflejan tu cultura, nada menos. Sí, camarada, cuando habla un hombre de tu condición, diga lo que diga, están hablando las raíces de un pueblo.

El viejo siente que esas palabras expresan algo grande, pero sigue recelando de Milán y su gente.

—Habláis bonito, los que escribís papeles: bla, bla, bla, como los políticos... Pero de mí no se burla nadie.

—¿Quieres la prueba de cuánto estimamos tus

documentos? Voy a dártela. Ferlini, ¿dónde tenemos archivadas las grabaciones Roncone?

—Junto a las de Turiddu, el de Calcinetto.

El viejo queda impresionado. ¡Turiddu! ¡El más famoso improvisador popular de toda la Calabria! ¡El hombre cuyos versos y canciones se repiten de pueblo en pueblo!

—¿De veras? —sonríe orgulloso, ya convencido.

Buoncontoni asiente.

—Le trajimos aquí el curso pasado, para grabar... Y además, compañero, ¿quién sabe distinguir sin fallos entre lo que es verdad y lo que no?

—Alto, por ahí no paso. Yo distingo; lo noto. Veo un carro que quieren venderme o los ojos de un tío y siento si me están o no engañando. La verdad se toca. Yo la toco.

Buoncontoni le mira con curioso escepticismo.

—¿Tú crees? —pregunta irónico—. Dime algo que sea verdad, sin sombra de duda, algo no discutible.

La respuesta brota, explosiva:

—Un niño.

Y se reafirma, segura:

—Sí. Un niño.

Buoncontoni reflexiona y acaba rindiéndose, melancólico.

—Te doy la razón... Como yo no tuve hijos... Mira, me alegro de que lo hayas dicho, porque entonces te va a gustar más el recuerdo que te habíamos preparado.

Hace un gesto y Valerio le entrega un sobre conteniendo una de esas cintas de la máquina en que ellos graban.

—Son tus palabras del primer día, amigo Roncone —dice el profesor, ofreciéndole el sobre—. Para tu nietecito.

«¡Para Brunettino!», se enternece el viejo. «¡Qué grandes son estos amigos!...»

Así sus propias palabras, con su voz de sólo cincuenta años, seguirán sonando cuando el niño sea hombre, mucho después de que él haya cesado para siempre de hablar... ¿Entenderá las frases en dialecto? Porque a esta gente ha tenido que explicárselas alguna vez... ¡Ah, pero Brunettino romperá a hablar este verano en Roccasera y lo hará en dialecto antes que en el italiano este!... El dialecto, el habla de los hombres.

El profesor y el estudiante respetan el conmovido silencio del viejo, que contempla ese estuche de plástico en cuya tapa se lee: «Roncone, Salvatore (Roccasera).» Lo vuelve a guardar en el sobre y lee en éste: «Para Brunettino, de los amigos de su abuelo en el Seminario del profesor Buoncontoni.»

¡Brava gente! Sin palabras, el viejo abraza al ex podador municipal y luego, efusivamente, al partisano de Val d'Aosta... Luego les invita muy de corazón a ir en el verano a Roccasera. Siguen bromas y palabras cordiales, camino de la salida. Buoncontoni le entrega su tarjeta, ofreciéndose para todo, y le acompaña hasta el gran portal y la escalinata a la calle. Hace los honores —comprende el ufano viejo— al digno compañero de Turiddu, el gran cantor de la Calabria.

Valerio le abre la puerta del cochecito y el viejo se instala en el asiento, acariciando en su bolsillo ese estuche metálico que hará sonar en el lejano futuro las palabras dedicadas para siempre a Brunettino.

Al niño: esa verdad.

Suaves pisadas y un mugidito corderil despiertan al viejo, creyéndose en la majada. Pero sus ojos se abren en la penumbra a un angelito blanco que alza los brazos en la puerta, frente a la cama. El viejo se incorpora, salta y corre hacia él. Le eleva, le acuna en sus brazos y una inefable suavidad le inunda el pecho cuando la cabecita se reclina en su hombro. El ángel va cerrando los ojitos a medida que el viejo, primero de pie, sentado después en su cama, cavila para su dulce carga.

«Es verdad, compañero, me has cogido en el sueño. Pero no creas, no descuidé la guardia... Es que, ¿sabes?, el enemigo se retira. Vamos ganando la guerra, ¡sí, vamos ganando, algunos ya se rinden! ¿No me crees? ¿Es que no te das cuenta tú mismo? A ver, ¿cómo has llegado hasta aquí? ¿Has tenido que gritar, que aporrear la puerta como otras veces? No, porque estaba abierta... ¿Me vas comprendiendo? ¡Eso mismo, compañerito, ahora ya no te encierran! ¡Y nunca más te encerrarán! ¡Ha triunfado tu abuelo, la partida del Bruno! ¡Vamos ganando!»

Acuesta al niño un momento y vuelve a cogerle después de echarse la manta sobre los hombros para quedar envueltos ambos en ella.

«¿Preguntas qué ha pasado? Pues que Andrea

se ha rendido. Así, como lo oyes, ayer mismo. Se presentó a parlamentar, con un pañuelo blanco, ésa es la costumbre... Habló y habló y habló, ya la conoces. Pero hasta cariñosa estuvo. En resumen, de su bla, bla, bla: que la puerta es nuestra. Hemos conquistado para siempre ese paso de la montaña. El *Carrumangu,* que mi amigo el profesor lo llama de otra manera... Así me dijo ella: "no hace falta que vaya usted por las noches. Duerma tranquilo, no cerraremos. Que haga el niño lo que quiera". Así habló y, claro, ¡tú has venido a mí, a quién mejor! A tu partida, concentrada en esta posición. Fíjate cómo ganamos terreno, ya no estamos solamente resistiendo. Has venido con tu abuelo... ¡Ay, niñito, ángel mío!, ¿cuándo me vas a llamar *nonno,* la mejor contraseña? ¡Es tan fácil! Basta con que esa lengüecita de rosa diga dos veces ese "¡no!" que gritas siempre. ¿Oyes?, así: *Non-no*... ¡Es tan fácil y me harías tan feliz!

»Seguro, vamos ganando... Sí, ya sé, no me lo digas. Esa rendición puede ser una trampa. Ya se me ha ocurrido, pero mientras tanto, avanzamos. Por eso estamos aquí, más abajo, en la montaña. Mira la ventana, ya no se ve el cielo más que sacando la cabeza. Eso de enfrente no son peñascos, sino casas. Sí, con gente durmiendo tranquila porque sabe que se acaba la guerra. Dentro de poco les liberaremos, ya te dije que para el verano estaremos allí. El buen tiempo también avanza con nosotros... Además, con tu puerta libre, ahora sí me dejaré operar en el hospital. Cazarán a la *Rusca;* me da pena, pero no hay más remedio. Me pondré fuerte para el asalto final, la toma de Roccasera. Falta poco, se están retirando en todos los frentes, palabra de partisano. Allí jugarás con los corderos y montarás a caballo conmigo. Serán tuyos el sol y la luna, y la montaña, sobre todo la montaña, con sus prados y sus castañares... Cruzaremos la plaza

como es debido, por nuestra propia senda. Las gentes
dirán: "¿quién es ese niño tan majo?" Todo el mundo: las mujeres en la tienda, los arrieros, los que aguar-
dan para Aldu el barbero, los del estanco, los bebedores a la puerta de Beppo, y hasta los de enfrente,
los del Casino, porque los Cantanotte ya no son nadie.
Todos dirán "ahí va *zío* Roncone con su nieto el Brunettino... Pues pisa bien el mozo, levanta la cabeza,
tan pequeñito y mírale: sale al abuelo...". Te harán
fiestas todos. Unos porque me quieren y otros porque
me temen, sí. Conocerás a Ambrosio, más que mi hermano. Te llevará a todas partes cuando yo ya no pueda... Tendrás que saludarles, dando a cada uno su
trato No es difícil, yo te enseñaré. Cuestión de olfato, ¿sabes?, y tú tienes mucho de eso, niño mío. Olfato para tratar a los hombres, ya aprenderás a mi lado.
»Y a las mujeres, tratar a las mujeres. Eso
vendrá después, es más difícil. Yo me creía un maestro
y que con darles gusto iban ya bien despachadas. Eso
no cuesta nada, al contrario, pero resulta que no...
¡Me hubiesen dado mucho más si yo hubiera sabido!
La misma Dunka, no podrás conocerla. ¡Qué ojazos
de miel con chispitas verdes, que unas veces se veían
y otras no, según estaba ella...! Bueno, yo tampoco
la conocí; ahora lo pienso. Pero al fin he aprendido,
con Hortensia. Es la que sabe, la que vale, más que
ninguna jamás. Sus ojos claros, entre azules y violeta,
no cambian nunca. ¡Qué seguridad! Como la que a ti
te dan mis brazos. ¡Qué amparo! Ojos que al principio
no te impresionan, pero siguen mirando y te van calando, calando; te lo sacan todo. Hablas, confiesas, te
rindes. ¿Y a quién mejor? Esa de las mujeres es otra
guerra, niño mío, pero una guerra al revés: da gusto
ser prisionero... Tú eres aún pequeñito, pero ya sabrás de unos ojos así: una puñalada clavándose despacito, para gozarla mejor, hasta tu corazón... Ahora

comprendo la vida, ahora que para ti me salen pechos. Tú también comprenderás, pero antes. Lo que yo aún no sepa te lo enseñará ella. ¡Es tan segura y tan tierna!... Tan fuerte que me llevó en brazos... Cada vez que lo pienso, ojalá hubiese tenido mis sentidos aquel día. Pero entonces me hubiera puesto en pie para cogerla yo... Mejor así; saber que ocurrió, haber estado en ella como nunca. Esa mujer no es un matorral ardiendo; sino un manantial para siempre. No hay sed que ella no apague. Y será tu maestra porque ¡va a venir con nosotros! ¡Me la llevo a Roccasera; va a ser tu abuela!... Sí, niño mío, nos acompañará. A Roccasera, que ya es tuyo porque lo conquistaremos. Allí te reirás del mundo entero...

»Duerme tranquilo porque triunfamos. Hasta la *Rusca* se ha rendido; apenas muerde ya. Desde esta posición falta muy poco. Duerme contra el pecho de tu abuelo; es de roca como la montaña. Duerme y prepárate para el último empujón... Atacaremos cuando yo vuelva del hospital, libre ya de la *Rusca*. Y este verano, ¡en Roccasera! Por la mañana correteando, al atardecer sentados en la solana. A esa hora asoman una tras otra las estrellas y canta lejos alguien que vuelve del campo. El aire huele a mies recién cortada y es dulce, dulce, dulce respirar, estar vivo...»

«¿Qué plaza es ésta?...» El viejo mira en torno suyo, desconcertado.

«¿Dónde estoy? ¿Cómo llegué hasta aquí?... Acabo de apearme de un autobús, sí, pero ¿cuál? No me fijé en el número; me distraje . ¿Qué me alarmó en el trayecto, para bajarme de repente? Algo sería, ese olfato mío no me falla; seguramente me seguían... Ahora ya no; me daría cuenta...

»Serenidad, sobre todo... Primero, ¿qué ciudad es ésta?... ¡Le mandan a uno a sitios tan distintos!... Preguntarlo, imposible; despertaría sospechas... Desde luego he venido con alguna misión... ¿O acaso voy de paso, escapando como otras veces?... Calma, calma, acabaré aclarándolo todo, en peores me he visto... ¡Maldita sea, otra jugarreta del golpe en la cabeza al tirarme por el barranco de Oldera para escapar del cerco, hace ya...! ¿Cuánto?... Tres meses o así, pero todavía me resiento.

»Bueno, he salido de otros trances... Allí mismo, en Oldera, donde sólo me salvé yo... A ver si en ese quiosco algo me da una pista... ¡Qué raro; ningún periódico habla de la guerra! La censura, claro, ¡como están perdiendo! Antes todo era presumir en primera plana de sus avances, los bombardeos y los prisioneros. Ahora se callan, pero eso no les salvará... ¡Ah!,

¿qué ha dicho ése al pasar con su chica?... "Yo no me muevo de Roma", eso ha dicho, "aquí estoy bien"... Entonces, Roma, ¿qué habré venido a hacer en Roma?... Ya lo recordaré; a ver si me orienta el nombre de esta plaza...»

Un guardia se aproxima a ese viejo que parece andar extraviado:

—¿Busca usted algo? ¿Puedo ayudarle?

«¡Cuidado! Pero lo más natural es preguntar.»

—Sí, gracias, agente. ¿Qué plaza es ésta?

—*Piazza Lodovica.*

Ante esos ojos ligeramente desconcertados el guardia añade:

—¿A dónde va?

«¿Te crees que soy tonto? Lo primero es no darles nunca informaciones.»

—¿Puedo ayudarle? —insiste el guardia, cuya amabilidad aumenta la desconfianza del viejo.

—No se moleste, gracias. Conozco bien Roma.

«¿Roma?», se asombra el guardia y observa más atentamente al viejo... No parece un delincuente, aunque emane cierta agresividad, pero si cree estar en Roma algo falla en su cabeza... ¿Y si hubiera escapado de un hospital? Los institutos clínicos están cerca, tras el *Corso Porta Romana.*

—¿Le ocurre algo, buen hombre? ¿Dónde vive usted?

—¿Y por qué he de decírselo? —responde agrio.

Lo malo es que unos transeúntes desocupados prestan oído y el guardia se siente en entredicho. Es joven y no tolera jactancias; necesita hacerse respetar. Replica enérgico:

—Porque soy una autoridad.

«¿Ahora se me va a engallar este mocete que

debería estar en el frente?», piensa el viejo. Y replica
sarcástico:

—¿Autoridad? ¿De qué Gobierno?

El guardia, desconcertado, se irrita y se vuelve más inquisitivo. El corro de curiosos aumenta y
el guardia acaba llevándose al viejo hasta un teléfono
desde donde consulta a sus superiores, sin que el viejo se atreva a echar a correr porque la huida le dela-
taría y, además, la sangre perdida por su última herida
le quitó fuerzas.

«Me haré el tonto», decide mientras el guardia
le retiene esperando un coche patrulla. «Es fácil, los
romanos estos nos creen bobos a todos los campesinos... Romanos, sí, aunque este guardia repita que es
Milán, para confundirme y que cante... No me sacarán
nada, y menos ahora», concluye satisfecho, pues ha
destruido las pruebas, aprovechando la ocasión de telefonear el guardia para tirar disimuladamente su tarjeta de identidad por una alcantarilla.

Por eso no le encuentran el documento cuando poco después, ya en la comisaría y al negarse a dar
su nombre, le registran en vano la cartera. Por desgracia, el viejo no tiene paciencia para mantener el
papel de tonto, porque ese pretencioso sargento inte-
rrogador acaba exasperándole.

—No me engañas, traidor fascista... —le suelta, al fin—. Sí, traidor, aunque lleves uniforme italiano... Anda, informa a tu amo, el tedesco escondido
ahí dentro. ¡Que salga! ¡Ni en la Gestapo me haréis
confesar nada!

Evidentemente, piensa el sargento, es un per-
turbado. ¿O acaso lo finge, para disimular algo más
grave? Manda encerrar al viejo en una habitación de
espera y delibera con su escribiente, porque el comi-
sario ha salido a una diligencia. ¿Qué hacer? ¿Empe-

zar las llamadas rutinarias al manicomio, clínicas y hospitales?

—¡Oiga, sargento! ¿No sacaríamos algo por este profesor Buoncontoni? —sugiere el escribiente, que ha encontrado la tarjeta en la cartera—. «Etnólogo», dice... A lo mejor es el especialista que le atiende.

Afortunadamente el profesor está en casa. Por las señas personales identifica rápidamente al viejo. No, no es un delincuente ni un simulador; ciertamente padece fallos de memoria. No puede darles la dirección, pero la conoce Valerio Ferlini, el hijo del abogado, cuyo teléfono facilita. Si no encuentran a la familia, el propio profesor se declara dispuesto a recoger al viejo en la comisaría y hacerse responsable de él.

Gracias a Valerio el sargento consigue al fin hablar con Renato en la fábrica y pedirle que acuda cuanto antes. Entre tanto le pasan al viejo un café y unas galletas: el nombre de Doménico Ferlini, el as de los tribunales, pesa mucho en las comisarías y el hijo del abogado ha estado muy contundente en favor del retenido.

«Esto es para reblandecerme», cavila el viejo contemplando la batea sobre la mesa y preguntándose si el café contendrá alguna droga. Al fin decide bebérselo: «Estos no son tan científicos. Es el truco de siempre: primero las finuras y después vendrán las bofetadas... Lo único que siento es pasar la noche encerrado. Tengo idea de que mi misión es por la noche... Sí, estoy seguro, una noche, pero ¿cuál?... Si me retienen no podré actuar. ¡Si yo pudiese recordar!... Lo seguro es que me han traicionado, sí, pues no hice nada para despertar sospechas. Habrá sido el médico, porque no me dejé evacuar... ¡No, ahora caigo, me traicionó la espía! ¡Eso, la espía alemana, aquella de las tetas gordas! La que se presentó con el pretexto de..., ¿qué era?... Sí, de cuidar a..., ¡a Brunettino!»

El nombre mágico disipa confusiones de memoria y restaura el orden. ¡Esa es su misión nocturna: protegerle! Entonces, ha de salir y pronto, pues en la ventana empieza a declinar la tarde primaveral.

El viejo se levanta, se cala el sombrero, llama a la puerta y, como no le abren, vocifera:

—¡Abran, por favor, ya lo sé, lo recuerdo, lo diré todo! ¡Abran, me llamo Runcone Salvatore, vivo en casa de mi hijo, *viale Piave,* y el profesor Buoncontoni me conoce!... ¡Sí, y el senador Zambrini también, Zambrini! ¡Abran, por favor, soy...!

Se abre la puerta y aparece Renato, que abraza a su padre. Un guardia queda en el umbral.

—¿Está bien, padre?

—¡Naturalmente!... No te habrás asustado; no me pasa nada —gruñe con firmeza enternecida—. No es tan fácil que me pase. Es que esta gente ve sospechosos por todas partes y les gusta avasallar. Pero hubieran tenido que acabar soltándome.

El guardia se retira discretamente. Renato no replica y sale con su padre, entregándole la cartera que le acaban de devolver. Al pasar vuelve a disculparse ante el sargento que, antes de entregarle al viejo, le ha reconvenido por esa negligencia con un enfermo mental, al que dejan salir incluso sin documento de identidad. Afortunadamente, el apellido Ferlini, aunque sólo mezclado indirectamente en el asunto, ha facilitado la solución.

Salen los dos a la calle. El guardia que abrió la puerta le dice al sargento:

—¿Le oyó usted? Resulta que además es amigo del senador Zambrini... Pues no tenía pinta de importante ese hombre.

—No te fíes de las apariencias —sentencia el

superior—. Está como una cabra y lo mismo pudo haber dicho que es hijo del Santo Padre... Nunca creas fácilmente a los que pasan por aquí.

Renato, durante el trayecto a la casa, sólo habla de cosas intrascendentes por miedo a abrumar aún más a su padre. En eso se equivoca por completo: el viejo no está compungido, sino al contrario. Vive exaltadamente su triunfo, pues ha vuelto a salir de una comisaría como siempre: sin dejarse avasallar. No le han sacado ni una palabra y, lo que es más importante, el niño continúa seguro porque él esta noche volverá a su lado, protegiéndole contra todo peligro en la nueva posición avanzada.

La piedra erguida es misterio y clamor silencioso. Dos figuras humanas en estado naciente, en estado muriente. No acabadas de crear por el cincel: por eso mismo siguen ellas creando. El desnudo viril desfallece, la mujer en su manto le sostiene. Con brazos amorosos, con rostro desesperado... ¡Cómo la comprende Hortensia, enfrentada a esa talla por su hombre!

—¡Ahí están; mira mis guerreros! — exclama el viejo—. ¿Verdad que no son una *Pietà?*... Pero ¡vaya estatuas! ¡Qué tío, ese Michelangelo!

Ciertamente, una *Pietà* fue siempre para Hortensia otra imagen diferente: herido amor, dolorida ternura. Sin embargo, para asombro suyo, en esa escultura ve encarnada su propia actitud hacia el viejo. Ninguna otra representación podría producirle tanta pena, porque así es como caminan juntos por la vida que les queda, y así es como se vio aquel día sosteniéndole ante la luna de su armario. Le desgarra el corazón, a la vez que se lo conforta, ese amoroso patetismo de la estatua, que el viejo interpreta como heroísmo bélico y así quiere mostrárselo a su Hortensia en este Jueves Santo. Su Hortensia, porque ya lo es: la ha convencido y se casarán en cuanto arreglen los papeles.

—Te quedas con la boca abierta, ¿verdad?

—No me lo esperaba... Además, creí que me traías a ver a esos etruscos que te gustan.

—¡Si aquí en Milán no tienen!... Pero esto vale la pena. Esto... ¡Vaya si tenía jarcias el Michelangelo!

No sabe decir más, pero blande los puños, frunce el ceño, concentra la mirada.

—¿Los etruscos son así?

—¡Al contrario! Estos pelean y los etruscos vivían. ¡Pero con las mismas agallas que éstos!

A la salida del museo da gusto alzar la mirada. Llena los ojos un limpio cielo azul; besa el rostro un aire tibio. El sol tiende sombras danzarinas bajo los árboles; densas al pie de las fachadas. En el autobús, junto al olor de Hortensia y sintiendo la suave mano en su huesudo puño, el viejo cuenta alegremente su última treta.

—¡Ya está salvado Brunettino! ¡Para siempre!... Ya te conté, ¿verdad?, que Andrea se ha rendido; ha prometido no volver a encerrarle... Pues, por si acaso, yo he rematado la faena. ¡Nunca me fié de los salvadores, como aquel Mussolini con sus cuentos! No, sólo se salva uno mismo. Por eso le he enseñado a Brunettino a abrir la puerta arrimando una silla a la pared, porque él no llega al pestillo. Se encarama en ella y entonces alcanza, ¡angelote mío! Lo consiguió a la primera, ¡es más listo!... Ahora no me importa ir al hospital; el niño ya empieza a defenderse solo. Además, estarás tú.

Luego, en la capilla de San Cristóforo, al disponerse Hortensia a rezar, contempla el cuadro, viendo en él la fotografía del hombre con Brunettino en alto sobre su mano; esa imagen conmovedora entronizada por ella en lo más sagrado de su armario, porque no ha querido enmarcarla a la vista de nadie. Entre tanto, el viejo piensa que entre dos se llega mejor a la otra orilla: «Hortensia y yo pasando juntos el río, uno al lado del otro, con Brunettino sentado sobre nuestros brazos enlazados y rodeando nuestros cuellos con sus bracitos.» Y se enternece repitiendo: «Así, así; uno al lado del otro.»

Hortensia se vuelve al hombre:

—¿Recuerdas el primer día en que vinimos aquí?

—Sí, después de ver a tu San Francisco. ¿No voy a recordar? Por eso nos casaremos aquí. Pero el cura será un antifascista de siempre, como aquel don Giuseppe que me escondió en la cúpula, el pobrecillo, y que dijo aquel sermón.

(Porque se llamaba don Giuseppe, ahora mismo le ha venido a la memoria el nombre olvidado.)

Está decidido; aunque Hortensia empezó resistiéndose. Incluso llegarán muy pronto los papeles del viejo, encargados a Ambrosio. Al hombre le entusiasma imaginar el disgusto de su yerno al caerle encima un ama inesperada, y goza anticipadamente de su llegada al pueblo con la mujer espléndida... Pero lo esencial es ella, Hortensia, que a él le da la vida y se la dará a Brunettino, pues, aunque ya se defienda solo, necesita a una mujer. Sus padres le cuidarán, claro, pero ¿cómo va a enseñarle Andrea lo que ni siquiera barrunta? ¡Que no le ocurra al niño lo que a él! ¡Que no se pierda nada, que desde el principio sepa adivinar a las mujeres!

—Así serás su abuela y le seguirás enseñando después —continúa—. El niño te necesita.

—¿Y tú, no me necesitas? —replica ella, fingiendo enfado.

—¿Es que no lo sabes? —responde arrebatado.

—¡Claro que lo sé, tonto, pero quiero que lo digas!

—Pues ya está dicho.

Hortensia vuelve a su rezo, tras paladear las palabras del viejo: «Nos casaremos aquí.» Sí, ya está dicho. Ella no necesitaba la boda, siendo ya lo que son. ¿Qué añade la ceremonia? Pero ¡a él le ilusiona tanto!

En cuanto vuelven al piso —¡qué alegre la salita en este claro día!— se meten en la cocina a preparar una buena pasta al estilo de allá. ¿A la amalfitana o a la calabresa? Discuten bromeando, por si ese vino es el más propio, por si baja él a comprar un postre, por si ella llevará o no en su boda el *concertu:* el aderezo roccaserano de desposada, con su anillo con *brilloccu,* pendientes, collar y pulsera... En el tejado de enfrente picotean vivaces unos gorriones y ella les arroja unas migas.

En el comedor, vacíos ya los platos, el hombre mira en torno. La vista de Amalfi, la mandolina, las lozanas plantas en sus limpias macetas... ¡Qué sosiego! Como el primer día.

«Pero ¿dónde está el retrato de Tomasso?... Desapareció, como Dunka... Esta mujer piensa en todo... Sí, como Dunka; pasó a la historia», se repite el viejo. Una tibia emoción le recorre, le levanta de su silla y le acerca a la mujer que está recogiendo la mesa.

—Pero, Bruno, ¿qué haces? —exclama, al sentir ceñida su cintura.

Los otros labios la besan y ahora es ella quien siente retornar antiguas emociones. Ríe feliz, zafándose.

—¡Qué loco eres!... Anda, anda; a tu siestecita, que estás muy guerristón y te conviene descansar.

Sí, guerristón; hacía tiempo que un beso no era tan beso. «¡Mira que si se hubiera rendido también el otro enemigo, la *Rusca!*... Ilusiones. Sus mordiscos últimos ya no tienen remedio.»

—Bueno, pero te acuestas tú también.

Hortensia se alarma y se entristece ante esa mirada viril todavía: «¡Si ya no valgo nada!», se lamenta pensando en su cuerpo. El viejo no admite reticencias.

—No te niegues. ¡No es la primera vez!

—Yo estaba enferma aquel día.

—¿Es que no te fías de mí?

Ha experimentado por eso un fugitivo instante de alborozo. Y continúa:

—Mujer, que ya no somos jóvenes. No te hagas ilusiones, ya te lo he dicho... Y la cama es el mejor sitio para estar juntos un hombre y una mujer.

Palabras y silencios en la penumbra primaveral de la alcoba, cernida por las cretonas estampadas. Tendidos uno junto a otro bajo la sábana y la colcha, desvestidos a medias, las palabras son estrellas en el crepúsculo de cada día, rojas brasas en un fuego tranquilo, misterios compartidos. Y los silencios lo cantan todo, son la vida entera de cada uno resucitando, reconstruyéndose y requiriendo a la otra para completarse; son las existencias de ambos abrazándose en un trenzado de anhelos y esperanzas. Por eso tras de cada silencio fluyen revelaciones:

—Tuve celos de Dunka hasta la otra tarde —confiesa susurrante Hortensia— y todavía...

El hombre tiene un ataque de jactancia:

—¿Y de las otras no?

—Ya sé que tuviste a muchas, pero Dunka te tuvo a ti... Al menos hasta donde tú te dejabas.

—Tú me tienes del todo, rendido del todo, sin condiciones... Aquí, fíjate, y ya no me avergüenzo de tener mujer en la cama y no catarla. ¡Mira si me has cambiado!... Con ella fue al contrario: ¡la gocé y ni pensé que había más!

Impulsiva, Hortensia se incorpora, el codo sobre la almohada, poniendo en sus ojos toda su convicción:

—¡No te duela! ¡Le diste justo lo que ella quería! El «magnífico animal», como dijiste. Lo que ella no había conocido jamás.

Deja que sus palabras penetren en el hombre y continúa:

—Olvida: fue como había de ser. Para ternezas ya estaba David y ella las rechazó... Sí, diste todo lo que eras. Sólo ahora es cuando sabes que eres más.

«Sólo ahora», rumia el hombre. «Y ¿qué ha pasado ahora? Pues Milán. Es decir, el niño y ella: no hay nada más en Milán.»

—Sí, ahora lo sé. Gracias a ti.

—Gracias a Brunettino.

—Mis dos amores.

—Uno. Tú eres los dos amores. Tú, que los das.

Otro vasto silencio.

«Yo, que me doy», piensa el hombre: algo completamente nuevo en su mente, algo recién nacido en estas semanas.

Se recrea en ser mirado desde arriba como ahora, lo que no le gustó nunca. Saborea ese rostro sobre el suyo, ese torso dominándole, por cuyo escote abierto asoma la curva de un pecho grávido, venciéndose hacia él.

Lo contempla fascinado. Y esto sí que lo había pensado siempre: «¿Qué poder tiene la carne de mujer? Redonda y blanca como la luna, que dicen que levanta el mar.»

—¿Qué poder tiene la carne de mujer? —han sonado esas palabras. Las ha pronunciado en voz alta sin darse cuenta.

—El mismo que la de hombre —susurra ella,

encendida, sintiendo la mano que moldea suavemente
su pecho y oyendo el suspiro profundísimo.

Silencio de nuevo, sí, pero ¡cómo habla el
tacto!

Y una lamentación. La misma, la única:

—¿No te da pena tener en tu cama sólo una
carne ya muerta?

—¿Muerta? —protesta esa ternura absoluta—.
¡Vive! ¿Es que esa carne no está sintiendo mi caricia?... ¡Qué vello el de tu pecho, qué rizos ásperos,
cómo se enredan y se demoran mis dedos!... Y debajo
tu corazón, tu corazón que habla, que me grita: ¡Estoy vivo!

Un silencio aún mayor, más alto, envolviendo
los ecos de las voces, las delicadas presiones, los amorosos reconocimientos. En la cúspide, una dolorida queja viril:

—¡Cuánto daría por que supieras cómo fui yo
en estos lances! ¡Si pudiera...!

La mano femenina deja ese pecho rizoso y un
dedo firme sella los labios demasiado exigentes.

—Calla. No pidas más a la vida.

Y repite, ocultando su repentina angustia:

—No pidas más... ¡Que no se rompa!

Cierto, dejarlo así, saber gozar así. Ella sigue
reclinada sobre el codo. «La dama etrusca», recuerda
el hombre. Pero no sobre un sarcófago. La cama es
un océano tranquilo donde se vive la pleamar de los
amantes. ¡Alta libertad de entregarse! Al hombre ya
no le encadena la sombra de Dunka, ni siquiera —gracias a Hortensia— el dolor de lo perdido en las últimas dentelladas de *Rusca*. Sereno ante la puerta que
pronto traspasará, porque ya sabe vencer al destino.
Atrincherándose en lo indestructible: el momento presente. Viviendo el ahora en todo su abismo.

Ella, mientras tanto, sabiendo lo que sabe,

siente derramársele hacia dentro, anegándole el pecho, unas lágrimas por él, por ella misma. Le gustaría cogerle otra vez en brazos, ser aquella *Pietà* en la luna del espejo —¡pesa ya tan poco su Brunettino!—... Pero él sospecharía.

Se reprime y se refugia también en el puro instante. «¡Que no se rompa!», reza.

Mediante un hábil recorte, el cochecito esquiva el golpe de un camión que tenía la obligación de cederle el paso.

—¡Cómo conduces, Andrea!

La interpelada vuelve un momento su mirada y su sonrisa hacia Hortensia.

—Y tú, ¡cómo compras!

—He sido vendedora... Pero estas chicas de ahora en la *Rinascenza* no conocen el oficio. No hacen más que llevarte a la caja a pagar. En cambio, ¡da gusto ponerse a elegir en manos de una buena profesional! O al revés, ofrecer los géneros a una compradora entendida. Mucho disfrutaba yo con eso en mis tiempos.

Sin duda, pues en esta tarde de compras Andrea ha gozado con el buen gusto natural de Hortensia y con su habilidad para obtener buenas calidades al mejor precio. En las «oportunidades» su mano se zambulle en el montón de prendas como la gaviota en el mar y emerge con la auténtica ganga.

Mientras sigue atenta al tráfico, Andrea se pregunta cómo puede enamorar su suegro a esa mujer tan sensata y, en cierto sentido, tan refinada, dentro de su sencillez. No le niega cualidades al viejo, pero ¡es tan perturbador! ¿Cómo ha logrado inspirar tanto cariño? Pues por dinero no es, reconoce Andrea al recordar que cuando, por primera vez, hablaron ambas de la boda, Hortensia aseguró tajantemente que no aceptaría la herencia.

—Ni una lira —afirmó—. Sólo quiero sus cosas personales, las que le he visto usar: la manta, la navaja...

Hortensia no pudo continuar porque un sollozo le cortó la voz.

No, no es el dinero, se repite Andrea. En cambio la hija está fastidiada porque ya contaba con la herencia. ¡Qué muchacha tan vulgar! No ha salido a la madre.

—Seré la madrina, ya que se empeñan —declaró desdeñosamente a Andrea en un aparte—, pero mi madre tiene que estar loca para ir ahora a enterrarse con un viejo en un poblacho de mala muerte sin compensación ninguna.

Andrea comprende la decepción de esa chica. También ella perdería si Hortensia se quedase con la herencia. En todo caso, como lo de «poblacho» coincide con sus recuerdos, Andrea no deja de interrogarse acerca de los atractivos del viejo. Habrá sido un buen mozo, sin duda, pero eso ya pasó, y no es culto, ni refinado, ni... ¡Como no sea su vitalidad! Eso sí; estos días les tiene asombrados a todos, callejeando sin tregua con las gestiones y el papeleo. Ambrosio, recién llegado del Sur para ser padrino, se confiesa cansado y ensalza la energía del viejo cuando discute con los funcionarios, sobre todo en las oficinas del Arzobispado. El curita de la ventanilla le teme.

Dallanotte también se mostró sorprendido cuando Andrea fue sola a consultarle acerca de la proyectada boda.

—A estas alturas de su enfermedad cualquier otro se encontraría postrado en cama, pero su fibra,

o su espíritu si usted prefiere, o lo que sea, resulta
más fuerte y le sostiene... Déjele, déjele que se case:
la ilusión le empuja. Después... seguramente todo será
más rápido, pero mejor para él. Sí, mucho mejor.

Andrea todavía recuerda cuánto le sorprendió
la voz del médico al concluir aquella frase en tono súbitamente melancólico, dolorido, nada profesional.
Como si le afectara, ¿por qué?

Camino de *Viale Piave* el cochecito entra por
la calle *della Spiga* y, ante la esquina con *Borgospesso*,
Hortensia interrumpe sus cavilaciones acerca de los
grandes cambios en los sistemas de venta desde aquellos tiempos.

«Más he cambiado yo», se dice al pasar bajo
su balcón. «Me veía ya definitivamente sola en ese pisito y ahora voy a cerrarlo y marcharme al Sur, y además con un hombre, un nieto, otra familia... ¡Qué sorpresas, la vida! Hace unas semanas yo no conocía a
esta mujer que me lleva en su coche, ni había visto
nunca a Renato... Renato, ¡si Dios me hubiese dado
un hijo como él! ¡Cómo nos comprendemos, cómo se
me confía! Me parece haber conocido a su madre; de
tanto oírle filialmente casi me siento hermana de ella...
¡Ay, Bruno, cuánto poder tienes! ¡Cómo nos estás en-
lazando a todos! ¡Y no hay quien discuta contigo,
cabezota mío! No queda otro remedio que seguirte,
¡nos arrebatas!... Tú y tu Brunettino, nuestro Brunettino... Tiene tu mismo carácter, ya tan suyo. ¡Pues
cuando crezca...!»

Salen de la calle *della Spiga* por *Porta Venezia*
y luego Andrea acorta hacia su casa por la *via Salvini*.
Pasando ante la portada de los ultramarinos, Hortensia
recuerda el primer día que acompañó allí a su hombre.
¡Qué taladradora mirada recibió de aquella rozagante
cuarentona, la señora Maddalena! Una mirada que se
enteró de todo. Hortensia no reaccionó risueña, sabien-

do como sabía las historias de la frutera, porque advirtió en los otros ojos la envidia y la pena de no tener a un Bruno.

Pero ya no piensa en eso cuando llegan a la casa. Entra en ella con la sonrisa provocada por otra visión: un futuro muchacho como Renato, pero con el ímpetu vital, la gracia viril del abuelo joven.

Al abrir Andrea la puerta del piso ese futuro muchacho corre hacia ella llenando de chillidos el pasillo y tiende los bracitos a Hortensia.

—Te quiere más que a mí —comenta Andrea, encantada sin embargo con ese cariño, porque espera mucha ayuda de Hortensia para criarlo.

—No digas eso; no es cierto —replica Hortensia alzando del suelo a Brunettino y sentándole en su antebrazo—. Yo soy la novedad. Si tuviera que elegir, siempre serás la madre, bien lo sabes.

—No, no lo sé —responde gravemente Andrea—. La mía murió antes de cumplir yo los tres años.

Hortensia la mira y comprende muchas cosas.

Con el brazo libre enlaza a Andrea por la cintura, mientras siente enredarse los bracitos del niño en torno a su cuello.

«Mi hombre es mi Brunettino», piensa Hortensia conmovida, «y en cambio tú, niño mío, angelote mío, eres ya mi Bruno abrazándome... Te quiero por él como a él le quiero por ti. ¡Ojalá te llegue a ver como él fue y luego me cierres tú los ojos!»

Zambrini se encuentra unos días en Milán para asuntos del partido y, gracias a Dallanotte, ha podido concertar con el viejo un almuerzo en una *trattoria* de las que gustan al senador, siempre enemigo de los grandes hoteles donde ahora inevitablemente le alojan. Les acompaña Ambrosio, que llegó con su verde ramita en la boca, y los tres antiguos partisanos recuerdan los buenos tiempos paladeando el café de la sobremesa.

Evocan trances difíciles, y también golpes de suerte con momentos triunfales. Discuten amistosamente el comunismo de Zambrini, pero coinciden en apreciar la degeneración del país y de la juventud, por contraste con el entusiasmo popular en el cuarenta y cinco. Al final, claro está, acaban hablando de la próxima boda y Zambrini lamenta no poder asistir.

—Algo fantástico —remata Ambrosio—. Lo que nadie se esperaba allí para rematar el triunfo. En el pueblo están con la boca abierta. Entre eso y sus propias peleas por las tierras, los Cantanotte se han quedado sin amigos. ¡Tienes a la gente en el bolsillo, Bruno; ni te imaginas! ¡Incluso las beatas empiezan a pensar que por fin vas a convertirte a una vida cristiana! ¡Hasta rezan por ti, seguro! ¡Sobre todo alguna que te llevaste al huerto cuando era moza!

Ríen.

—¿Sabes lo único que les cabrea? —añade—. Que no te cases en Roccasera. ¡Menuda boda se pierden!

—Para casarse en otra diócesis me pedirían aún más papeles —se disculpa el viejo. Luego contraataca—. Además, ¡no me da la gana de que me eche la bendición el curilla de Roccasera! ¿O es que a ti te cae bien ese meapilas?

Por supuesto, a Ambrosio tampoco le gusta.

—Cásate como prefieras, hombre —interviene Zambrini—. Tu boda es tu boda... Eso sí, prepárate a la cencerrada...

El viejo sonríe como si le ofrecieran un buen regalo.

—Ya cargaré con postas la *lupara,* ya. Hasta con sal, por si alguno de mala leche se propasa. La cencerrada la admito: es lo suyo cuando se casa un viudo y, encima, fuera del pueblo. Pero cencerrada como es debido. Bromas pesadas con mi mujer, ¡ni una!

—No hará falta disparar, Bruno —asegura Ambrosio—. Nadie te quiere mal en el pueblo ahora.

—O nadie se atreve a decirlo —presume el viejo.

—Eso es, o no se atreve.

El viejo se encoge de hombros, desdeñoso. Luego se dirige a Zambrini con expresión solemne.

—Tú pensarás que estoy loco, Mauro, porque voy a durar muy poco. Ya te lo habrá dicho el Dallanotte. Por cierto, un buen hombre.

—Sí, me lo ha explicado. Y también me ha dicho que te envidia, porque él no tiene ya ilusiones... No estás loco, Bruno, sino muy cuerdo. Yo te comprendo.

—¡Y tanto que hace bien! —salta Ambrosio—. Lo digo yo, que conozco ya a la Hortensia. ¡Si la vieras, Mauro...! La mujer que necesita un hombre... ¡Si no te casaras tú me declaraba yo! —concluye el solterón de Ambrosio dedicando al viejo su divertida mueca de aquellos tiempos.

—No te encampanes: me quiere a mí —se ufana el viejo, que continúa dirigiéndose a Zambrini—. Así, ¿sabes?, este verano en mi casa, con Hortensia y Brunettino, voy a vivir cada hora mucho más que los milaneses en un año... ¡Brunettino! El día que me llame *nonno* daré la gran fiesta, ¡tengo unas ganas de oírle!... Y está a punto, a punto; aún me dará tiempo antes de la castañada.

Calla un instante y continúa, grave:

—Sí, tendré tiempo; en el pueblo se soltará... Y además, después... Después, ya me entiendes, Mauro...

Baja la voz, acerca la cabeza hacia sus compañeros y sonríe astutamente, orgulloso de su estrategia vital:

—Después Brunettino, mi angelote, mi tesoro, tendrá la mejor abuela del mundo, la mujer para hacerle hombre.

El viejo se repliega en el silencio a fin de imaginar mejor a Hortensia, su relevo junto al niño. Sí, instalada en su cuarto sobre el sofá-cama, recibiendo allí la visita nocturna del angelito blanco y cogiéndole en brazos para hablarle de su abuelo Bruno. Para contarle cómo era y cuánto, cuánto, cuánto les adoraba a los dos.

El blanquísimo ángel aparece en la oscura puerta y eleva sus brazos al cielo. Sorprendido al no sentirse volar hacia el pecho del viejo, como cada noche, pronuncia unas sílabas en su misterioso lenguaje y da unos pasitos hasta tocar la cama.

El viejo abre los ojos y percibe la clara presencia. Se incorpora —¿por qué, hoy, tanto cansancio?— y levanta al ángel hasta la cama, sentándole a su lado.

—Estoy alerta, niño mío, te esperaba... Ven, sube al coche, ya salimos. Está cascado, pero aún tira. El *Lancia* requisado al marqués, ¡quién se lo hubiera dicho cuando presumía de auto!... Traes el parte, ¿verdad?; no necesitas dármelo. Ya lo sé, a la montaña suben pronto las noticias, sobre todo las buenas. Se derrumban: ¡triunfamos, ángel mío!... Le han dado la patada al Mussolini; se sienten perdidos. Huyen como ratas. Los de Cosenza están echando al mar a los tedescos, que no pueden resistir. David les voló el tren y les dejó sin municiones... ¡Feliz David, curándose la herida en Rímini! Con su Dunka, ¡bien se lo han ganado!... ¡Qué grande es ahora el mundo! Ya ves, hasta avanzamos en coche, como los generales. Se acabó el andar por las breñas, de matojo en matojo. Se acabó el estar cercados, como tú y yo en la posición, ¿recuerdas? ¡Nunca más!... ¡Adelante, sobre ruedas, montaña abajo! Claro que muy alerta; puede haber tiradores, fascistas desesperados... Pero ya, ¡da lo mismo, están perdidos!

El niño acerca su cuerpecito al torso del viejo buscando los brazos acogedores de cada noche.

—¡Angel mío, topas como mi *Lambrino!*... Y ¡qué valiente eres! Tan pequeñín y trayéndome el parte... Pero tendrás frío; hay que guardarse del relente... No te apures, te abrigaré bien.

El viejo coge la manta extendida a sus pies y envuelve en ella al niño, que gruñe y agita enérgico sus manecitas rechazándola:

—*Na, na* —protesta.

El viejo ríe y le estrecha en sus brazos:

—Tienes razón; mejor así, junto a mí. Acunadito, para eso tienes abuelo... ¡Cómo no voy a abrazarte! Estoy fuerte, no me canso, y menos en el coche. ¡Si esto es guerra, vengan balas!... Pero no te distraigas, va a amanecer. Hora de los ataques por sorpresa. Este sitio se presta; estamos cruzando el castañar. Fíjate, ¿lo reconoces, verdad? ¡Te hablé de él tantas veces! ¡Qué hermosura!... Peligrosa, puede ocultarse alguno. O trampas: un cable de un árbol a otro, reteniendo una bomba de mano, y si lo tocas ni te enteras... Por fin aclara, vamos saliendo del bosque. Veremos el pueblo en cuanto doblemos el cerrillo... Ahora, ¿lo ves? ¿Lo ves? ¡La torre de la iglesia; a la izquierda de mi casa! ¿Ves la solana?... Roccasera, ¡mi Roccasera!... ¡Viva!... Ah, ¡la señal!

En el patio se ha encendido una ventana. Fatigosamente, pero arrebatado por su excitación, el viejo se pone en pie sobre la cama con el niño en brazos.

—¡La señal! ¡Adelante!... Y la trompeta, ¿la oyes? ¡Canta, cantemos todos! ¡La canción de los partisanos!

La voz cascada lanza contra el silencio su himno guerrero.

Desde otra ventana invisible salta al aire una saeta de luz. El viejo deja de cantar y estalla en júbilo:

—¡Un cohete!... ¡Es Ambrosio, le vuelven loco los cohetes!... ¡Es Ambrosio, Roccasera es nuestro!

Extasis en silencio.

De súbito, su dulce carga le pesa infinitamente y el viejo ya no puede sostenerla. «Como a San Cristóforo», piensa, mientras le hiere un dolor en el pecho, un calambre feroz arrancándole el brazo. Cae de rodillas sobre la cama, soltando al niño.

—Me han dado, hijo; un fascista emboscado... Pero no tengas miedo; estás con Bruno... ¡Con Bruno! Y siempre tengo suerte con las balas... Pronto llegaremos y Hortensia nos espera. Te cuidará mientras me curo... Ya la quieres y ahora es tu abuela, ¿sabes? ¡La mejor del mundo!... No te apures, tesoro; te llevaré a sus brazos...

Para arrancarse el dolor se da tal zarpazo en el pecho que la bolsita de amuletos, roto el cordón, cae sobre la cama.

—¡Cabrón de tirador! —ruge. Pero el rugido acaba en sofocada queja.

Se sienta, apoyando la espalda contra la cabecera. Murmura:

—Veo mal... El sol... Me ciega, al salir de la umbría...

Calla para ahorrar fuerzas, pero su mente prosigue, mientras el dolor va cerrando implacable tenaza en torno a su pecho.

«Nada, no es nada... ¡Qué alegría los cohetes! ¡Cuántas chispas en el cielo! ¡Y las trompetas, la música! ¿Oyes?... Vuelvo como quería: victorioso y contigo. ¡Contigo, mi angelote!»

El niño, inquieto ante esta noche tan diferente, gatea por la cama hacia el viejo. Se agarra temeroso al brazo ya paralizado y se pone en pie, su carita junto a la del abuelo, esperando, esperando... De golpe, su instinto le revela el desplome del mundo, la tiniebla vacía. El aletazo de la soledad le arranca la palabra tantas veces oída:

—*Non-no* —pronuncia nítidamente, frente a ese rostro cuyos ojos le buscan ya sin verle, pero cuyos oídos aún le oyen, anegados de júbilo. Y repite el conjuro, su llamada de cachorro perdido—. *Nonno, nonno. ¡Nonno!*

¡Por fin ese cántico celeste!

Colores de ultramundo, lumbres de mil estrellas incendian el viejo corazón y le arrebatan a esta gloria, esta grandeza, esta palabra insondable:

¡ N O N N O !

A ella se entrega para siempre el viejo, invocando el nombre infantil que sus labios ya no logran pronunciar.

El niño, en su desamparo, inicia un gemido. Pero se calma al olfatear en la vieja manta el rastro de los brazos que le acunaban. Se envuelve confiado en sus pliegues, en ese olor que reconstruye el mundo al devolverle la presencia de su abuelo, y clama, orgulloso de su proeza, una y otra vez:

—*¡Nonno, nonno, nonno, nonno...!*

Sus manitas, mientras tanto, juguetean con los amuletos.

En la carnal arcilla del viejo rostro ha florecido una sonrisa que se petrifica poco a poco, sobre un trasfondo sanguíneo de antigua terracota.

Renato, atraído por la canción guerrera y por los gritos del niño, la reconoce en el acto:

La sonrisa etrusca.

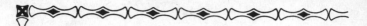

ESTE LIBRO
SE TERMINO DE IMPRIMIR
EN LOS TALLERES GRAFICOS
DE ROGAR, S. A.
NAVALCARNERO, MADRID (ESPAÑA)
EN EL MES DE OCTUBRE DE 1997

ÚLTIMOS TÍTULOS PUBLICADOS

Fulgencio Argüelles
LOS CLAMORES DE LA TIERRA

Ángeles Mastretta
MAL DE AMORES

Emine Sevgi Özdamar
LA LENGUA DE MI MADRE

José Donoso
CONJETURAS SOBRE LA MEMORIA
DE MI TRIBU

Campos Reina
EL BASTÓN DEL DIABLO

Philip Roth
OPERACIÓN SHYLOCK

Gonzalo T. Malvido
DOCE CUENTOS EJEMPLARES

William Boyd
LA TARDE AZUL

Javier Maqua
PADRE E HIJA

Miguel Torga
DIARIO II (1987-1993)

Carlos Casares
DIOS SENTADO EN UN SILLÓN AZUL

Antonio Martínez Sarrión
UNA JUVENTUD

Maruja Torres
UN CALOR TAN CERCANO

Luis Mateo Díez
LA MIRADA DEL ALMA

Luis Goytisolo
PLACER LICUANTE

Pedro Sorela
VIAJES DE NIEBLA

Nuria Amat
LA INTIMIDAD

Enriqueta Antolín
MUJER DE AIRE

Manuel de Lope
BELLA EN LAS TINIEBLAS

Philip Roth
EL TEATRO DE SABBATH

Ariel Dorfman
KONFIDENZ

Antonio Muñoz Molina
PLENILUNIO

Robert Saladrigas
LA MAR NUNCA ESTÁ SOLA

Pepa Roma
MANDALA

Ann Michaels
PIEZAS EN FUGA

Agustín Cerezales
LA PACIENCIA DE JULIETTE

Mario Vargas Llosa
LOS CUADERNOS DE DON RIGOBERTO

Mario Benedetti
ANDAMIOS

José Donoso
EL MOCHO

Manuel Rivas
EL PUEBLO DE LA NOCHE

Emilio Sánchez-Ortiz
CUENTOS, HISTORIAS
Y OTROS DESEOS INSATISFECHOS

Carlos Blanco Aguinaga
EN VOZ CONTINUA